KB156471

드래곤의 위험한 관계 2

LAST DRAGON STANDING

드래곤의 위험한 관계 2

초판1쇄 인쇄 2015년 11월 16일
초판1쇄 발행 2015년 11월 19일

지은이 G. A. 에이켄
옮긴이 박은서

펴낸이 박대일
편집 이문영 · 임유리 · 신지연
마케팅 송재진 · 임유미
디자인 박현주
일러스트 실베스테르 송

펴낸곳 파란썸(파란미디어)
출판등록 2004년 9월 14일 제313-2004-00214호

주소 04072 서울시 마포구 성지1길 32-36(합정동)
전화 02.3141.5589(영업부) 070.4616.2012(편집부)
팩스 02.3141.5590
전자우편 paranbook@gmail.com
카페 http://cafe.naver.com/paranmedia
페이스북 http://www.facebook.com/paranbook

ISBN 978-89-6371-243-7(04840)
978-89-6371-241-3(전2권)

드래곤의 위험한 관계 2

LAST DRAGON STANDING

파란

노스랜드의 번개 드래곤 올게어 일족의 열아홉 번째 아들. 권모술수에 능하여 '교활한 자'라는 이름을 얻었다. 탁월한 정치적 역량으로 사우스랜드 드래곤과 동맹을 이끌어, 왕조가 따로 없고 난립한 가문들이 패권을 다투는 노스랜드에서 수장의 위치에 올랐다. 그러나 만년설에 비견할 만한 냉철한 그의 가슴에 치명적인 일격을 날린 상대를 만났으니…….

사우스랜드 드래곤 퀸의 막내딸. 독립적인 성격인 데다 어머니와 사이가 나빠 가족과 떨어져 혼자 살아가는 레드 드래곤. 빼어난 미모에 남자들을 유혹하여 쥐어흔들기로 악명이 높아 절망과 죽음의 드래곤, 붉은 독사로 불린다. 그러나 사치스러운 취향의 버릇없는 왕족이라는 겉모습과 달리 그녀의 진정한 정체는…….

드래곤 퀸의 첫째 아들. 고지식하고 무뚝뚝하며 난폭해서 '파괴자'로 불리는 블랙 드래곤. 세상 누구도, 어떤 것에도 상관하지 않는다. 앤눨과 쌍둥이 아이들을 제외하고는.

사우스랜드 다크플레인의 피의 여왕, 피투성이 앤눨이라 불리는 인간 여왕. 평생을 군대와 함께 보냈고 앞길을 가로막는 자는 누구든 해치워 버리는 용맹한 전사. 피어구스의 짝으로 쌍둥이를 낳음으로써 드래곤을 비롯한 여러 세력의 표적이 된다.

드래곤 퀸의 둘째 아들. 용맹한 전사로 이름 높아 '막강한 자'로 불리는 실버 드래곤. 하늘을 찌르는 오만함과 딸에 대한 도가 넘치는 애정으로 주변을 불편하게 만드는 '딸 바보'.

놀웬 마녀. 인간 남자와 결혼해서 딸 이지를 낳았으나 남편이 죽고 혼자 살다가 브리크를 만나 짝이 되었다. 신들의 농간으로 금제되었던 힘을 회복하고, 드래곤–인간 사이에 불가능하다는 아이를 낳는다.

드래곤 퀸의 큰딸. 강력한 드래곤위치이자 치료사. 상냥하고, 수줍음에 가까운 성격에, 냉정한 어머니와 달리 다정하고 의지가 되는 누이 노릇을 한다.

모르퓌드의 짝. 인간 전사. 앤뷜이 처녀 적에 만나 인연을 맺은 이래로 전장에서 여왕을 가장 가까이에서 보필하는 충성스러운 장군.

사우스랜드 드래곤에 대해 배우기 위해 바다 건너 이스트랜드에서 교환 사절로 온 왕족 드래곤. 오만하고 배타적인 사우스랜드 드래곤 왕가에는 이례적이게도 그들 모두로부터 사랑을 받아 '선택된 자'라는 이름을 얻었다. 특히 케이타와 깊은 영혼의 교감을 나누는 친구 사이다.

탈라이스가 브리크를 만나기 전, 인간 남자와의 사이에서 낳은 딸. 모든 드래곤들의 아버지 신 뤼데르크 하일에게 목숨과 영혼을 저당 잡혔으나, 오직 앤뷜 여왕만을 향한 뜨거운 충성심을 품고 있다.

드래곤 퀸의 막내아들. 전사가 되어 이름을 얻기를 열망하지만 아직 첫 전투에도 나가지 못한 블루 드래곤. 번개 드래곤과 화염 드래곤이 동맹을 맺은 후로 노스랜드로 가 훈련을 받는다.

라그나의 동생. 노스랜드 규약을 목숨처럼 지키는 강력한 전사 드래곤으로 전장에서 맹위를 떨쳐 '끔찍한 자'라는 이름을 얻었다. 종족과 상관없이 관계를 맺고 정보를 수집하는 데 능하여 형의 수족 노릇을 한다. 라그나의 머릿속에서 나온 계략이 현실로 이뤄지는 것은 그를 통해서라고 할 만하다.

Last Dragon Standing

19

라그나는 요새 바깥 숲 속까지 따라갔으나 거기서 멈추기로 하고 공주를 마주 보았다. 공주가 갈색 눈으로 그를 올려다보며 물었다.

"엉망진창이었지?"

그 즉시 웃음이 다시 터졌다. 어찌나 심한지 멈출 수가 없었다. 그는 그저 풀 속에 주저앉아 웃음이 흘러나오도록 놔두었다.

"웃기지 않아. 미리 나한테 경고를 했어야지!"

케이타가 맨발을 쿵쿵 구르며 고함을 질렀다.

"나한테든 다른 사람한테든 기회를 주지 않았잖아. 어느 쪽이 더 멋졌는지 모르겠군. 당신 표정인지, 그녀의 표정인지."

케이타는 두 손을 배배 꼬면서 그에게서 떨어져 이리저리 왔다 갔다 했다.

"그게 다그마 라인홀트인지 내가 무슨 수로 알아? 전쟁 군주의 딸이라니, 나는 그 여자가 덩치 크고 으르렁대고 딱딱거리는 개 같은 야수인 줄 알았단 말이야."

라그나는 팔꿈치를 짚고 몸을 일으켜 케이타를 찬찬히 관찰했다. 그녀가 살짝 어깨를 으쓱했다.

"내 오빠는 참…… 취향이 독특하네."

그러면서 계속 왔다 갔다 했다.

"괜히 미안하잖아."

그 말에 라그나는 놀랐다.

"당신이?"

"물론이지. 난 그 여자의 감정을 상하게 할 마음이 전혀 없었다고. 그런데 그 머릿수건이랑 얼굴에 쓴 유리랑 온통 회색으로 우중충하게……. 내가 어떻게 알 수 있겠어?"

"얼굴에 쓴 그 유리는 안경이라고 해."

케이타가 겁에 질린 표정으로 입을 막더니 속삭였다.

"그 여자 장님이구나. 내가 심지어 눈먼 여자를 놀린 거야."

다시 한 번 라그나는 박장대소하며 땅을 굴렀다.

"웃기지 않다니까."

케이타가 얼굴을 찌푸리며 그를 내려다보았다.

"모르겠어? 지금 그 여자는 어쩌면 내 오빠의 발아래 주저앉아 히스테리를 부리며 흐느끼고 있을지도 몰라."

요새의 침소 안 침대 위에 몸을 뻗은 채로 그웬바엘이 물었다.

"이제 당신을 내 건방진 하녀 아가씨라고 불러도 되나?"

"아니, 안 되지."

다그마는 침대 가장자리에 앉아 손가락으로 개를 가리켰다.

"넌 여기 오면 안 돼. 난 너랑 얘기 안 할 거야."

개가 낑낑대며 바닥에 누워 코를 앞발 사이에 파묻었다.

"그럼 눈먼 노예 아가씨는?"

"안 돼."

그웬바엘이 다가와 그녀의 무릎을 벴다.

"그럼 성격 고약한 하녀 계집은?"

다그마가 드레스 소매의 보푸라기를 떼며 대답했다.

"좋아. 하지만 우리끼리고 당신이 벌거벗었을 때만이야."

"당신은 안 벗고?"

다그마는 무척 짜증을 내며 한숨을 내뱉었다.

"내가 이미 벌거벗고 있다면, 당신이 내 옷을 찢어 버리고 입으로 당신에게 서비스하라고 요구하거나 당신의 냉혹한 경비병들을 다 불러와서 나를 억지로 복종시킬 수가 없잖아. 그래도 괜찮겠어?"

그웬바엘이 몸을 부르르 떨면서 한 손을 들어 그녀의 머리카락 속에 넣은 후 그녀를 자기 쪽으로 끌어당겼다.

"세상에 내가 어떻게 가장 좋은 부분을 잊어버리고 있었지?"

"나는 그 불쌍하고 작은 여자를 무너뜨리고 살 의지를 꺾어 버렸어."

"지난 이 년 동안 정말로 일족과 전혀 연락을 안 했나 보군?"

"바빴거든."

케이타는 저만치 걸어갔다가 돌아왔다.

"곧장 돌아가서 사과해야겠어. 적어도 그건 할 수 있겠지."

그녀가 심지어 꼼짝도 하지 않았지만, 라그나는 그녀의 팔을 잡았다.

"나라면 그렇게 안 하겠어."

"왜 안 해?"

"그래 봤자 다그마에게 약점만 노출할 뿐이고, 다그마는 그 약점을 먹이로 삼을 테니까. 당신 친척이 저기 있는 시체를 먹이로 삼고 있듯이."

케이타는 동쪽 들판을 바라보며 잡히지 않은 한 팔을 들었다.

"안녕하세요, 삼촌."

그녀가 멀리 떨어진 삼촌이 들을 수 있도록 크게 소리를 지르자 연로한 드래곤이 고개를 들었다. 그의 주둥이는 피투성이였고 송곳니에서 피가 뚝뚝 떨어지고 있었다.

"사랑스러운 조카야, 잘 지내느냐?"

"네. 식사 잘하세요."

케이타는 발치에 있는 번개 드래곤에게로 다시 관심을 돌리며 고개를 옆으로 기울였다.

"당신 웃고 있었지."

그녀가 말했다.

"그랬지."

"웃을 수 있는지 몰랐는데."

케이타는 그의 옆에 앉아 드레스를 주변에 펼쳤다.

"그럼 사과는 하지 말란 거지?"

"절대로. 내가 다그마를 잘 가르쳤거든. 당신이 사과하면 다그마는 그걸 나중에 당신에게 불리하게 써먹을 수 있는 무기로 볼 거야."

"가르쳤다고?"

"다그마와 오랫동안 아는 사이야. 수도사로서 그녀 아버지의 영토를 여행할 때 만났지."

"그때 몇 살이었는데?"

"열 살, 아마도."

"정확히 '뭘' 가르쳤어?"

라그나가 두 다리를 끌어당기고 무릎 위에 두 팔을 얹었다.

"제발 내 기분을 건드려서 다 망치진 마."

"미안해, 미안해. 하지만 그런 짓을 하는 드래곤을 몇 봤으니까. 그들은 나이가 찰 때까지는 인간들을 건드리지 않지만, 길들이기는 훨씬 더 일찍 시작되지."

"그런 건 전혀 아니었어."

"좋아. 내가 그런 일을 과거에 보았을 땐 무척 불쾌했거든."

"상상하고도 남아. 그래서 어떻게 했어?"

"아버지에게 말했지."

케이타는 겨울이 자리 잡기 전에 간신히 핀 꽃을 뽑았다.

"그러자 아버지는 그들을 죽여 버렸어."

라그나의 머리가 앞으로 쏠렸다. 그는 숨을 내쉬었다.

"당신 일족은 모든 일에 그렇게 대응하나?"

"그래."

그가 한참 그녀의 얼굴을 바라보았다.

"그래서 당신이 암살자가 된 거야?"

그 말은 모욕이었다.

"난 암살자가 아냐. 왕좌의 수호자지. 열세 번째 겨울부터 그랬어."

"열세 번째 겨울이라면 날지도 못했을 텐데."

"그래, 좋아. 말하자면 그렇다는 거지. 그때 왕좌의 수호자가 될 것을 알았으니까. 사실 몇 년 뒤까지는 날개를 펴지도 못했어. 자, 마음에 들어?"

라그나가 대답하려 했지만 케이타는 그의 말을 끊었다. 뭔가 명확히 해 둘 필요가 있었기 때문이다.

"하지만 나는 암살자가 아냐."

그녀는 꽃을 들어 코에 갖다 대고 향기를 맡았다.

"그 일은 탈라이스 몫이지."

"탈라이스가 누군데?"

"브리크의 짝. 알산데어 출신이야."

라그나가 눈에 띄게 움찔했다.

"알산데어? 혹시 그 여자에게 딸이 있어? 키가 큰 여자애?"

"그래. 만난 적 있어?"

"그런 것 같군."

그는 턱을 긁었고, 케이타는 처음으로 그의 턱에 있는 흉터를 알아차렸다. 길었지만 턱 아래 낮게 난 흉터였다. 눈에 금방 띄진 않았다.

"그들이 내 아버지를 죽였지."

"하아…… 오늘 저녁 식사는 좀 어색하겠네."

"그렇지도 않을 거야. 잘 알겠지만, 내 아버지는 죽을 만했으니까. 하지만 내 일족에게는 언급하지 않는 게 좋겠어."

"내게 말해 줘서 기뻐. 이지는 며칠 후 돌아올 거야. 그 아이가 비골프와 마인하르트 앞에서 부적절한 말을 하기 전에 미리 일러둬야겠다. 물론 그 애가 일부러 그러진 않겠지만, 그건 중요하지 않겠지."

"그럼 나도 며칠 후까지 여기 있어야 한다는 건가?"

"그럴 것 같아."

라그나가 약간 몸을 앞으로 숙이며 뺨을 무릎에 댔다.

"당신 어머니와 있었던 모든 일을 어떻게 생각하는지 내게 말해 줘."

"당신이 우리가 발견한 목걸이 얘기를 꺼내지 않아서 정말로 고맙게 생각해."

"지금 당장 당신 어머니는 에쉴드의 충성을 확신할 수 없어. 하지만 당신 생각이 옳은 것 같군. 내가 목걸이 얘기를 했더라면 당신 어머니의 의견은 순식간에 바뀌었을 테니까."

그가 손을 내밀어 그녀의 두 손을 잡았다.

"당신의 백성들과 강철 드래곤 얘기도 해 봐."

케이타는 숨을 들이마셨다.

"내 조상 시대에 강철 드래곤은 그저 사우스랜드 드래곤이었어. 우리 모두와 마찬가지로 날개와 발톱, 송곳니가 있었고 불도 뿜었지. 하지만 그들은 언제나 더 원했어. 다른 드래곤들에게서 떨어져 나가 자신들의 혈통을 '깨끗하게' 유지하기 위해 근친 관계를 장려한다는 말이 있었어. 내가 들은 단어가 그거였지. '깨끗함'. 사우스랜드의 다른 드래곤들과는 달리 그들의 비늘은 언제나 한 가지 색이었어. 강철 색깔. 당신네 노스랜더만 해도 다양한 자줏빛이 있잖아. 하지만 강철 드래곤은 딱 한 가지 빛깔뿐이래. 거기서 벗어나면 태어날 때 죽인다는 얘기도 있었지. 그들은 뿔도 바꾸었어. 새끼들이 알을 깨고 나오면 어떤 장치를 써서 머리 주위로 뿔을 구부린다고 했어. 마침내 내 증조할머니가 그들의 기행을 너그럽게 봐 넘기지 못하고 추방하자, 그들은 서쪽으로 이동했어. 내 어머니가 어렸을 때, 강철 드래곤이 딱 한 번 공격한 적이 있대. 내 할아버지와 그 부대가 그들이 아리시아 산맥을 휩쓸기 전에 맞섰지. 우리 쪽이 물론 승리했지만, 할아버지는 포로로 잡혀서 퀸틸리안 지방으로 끌려갔어. 지금이야 독립 구역의 수도지만 그땐 그저 외딴 고장이었잖아. 할아버지는 며칠 동안 고문을 당했다고 해. 처형당할 때까지."

케이타는 그의 손에 잡힌 자기 손을 뒤집어 엄지손가락으로 그의 손등을 눌렀다.

"그렇지만 우린 다른 이들에겐 할아버지가 전투에서 전사했다고 말해. 할아버지 죽음에 대한 진실을 아는 이는 가족뿐이야."

"나도 그 진실을 절대 입 밖에 내지 않도록 하지."

케이타는 그의 말을 믿었고 살짝 미소를 지었다.

"내 어머니는 외할아버지를 몹시 사랑하셨어. 할아버지는 어머니를 그 어머니에게서 보호해 주셨고, 어머니는 아버지를 잃고 상실감이 크셨지."

"정말로 여왕이 복수를 원한다고 생각하는 건가? 단지 그 이유만으로 전쟁을 도발했다고 생각해?"

"대양이 물을 담듯이 내 일족도 원한을 품고 있어. 영원히. 거대한 파도가 해변으로 밀려와 모든 것을 쓸어버릴 때까지."

"그건 당신 어머니가 잘못 생각했다는 말이 아니잖아, 케이타. 뭔가 우리에게 거침없이 달려들고 있다는 느낌이 없다는 말은 못 하겠지."

"나는 꿈을 꿨어……."

"꿈을 꿨다고? 뭘?"

케이타는 고개를 저었다. 정말로 여기 앉아서 악마가 나오는 우스꽝스러운 꿈 얘기를 라그나에게 할 작정이란 말인가? 대체 그게 강철 드래곤들과 무슨 상관이라고?

"됐어. 하지만 당신 말이 맞아. 뭔가 오고 있다는 느낌이 들어. 하지만 또, 어머니가 전쟁을 끌어안으리라는 것도 알지. 장로들은 전쟁이 터지면 힘을 잃을 테니까."

"그럼 에쉴드는?"

"어머니가 에쉴드 이모를 이용해서 전쟁을 벌일 수 있다면 그렇게 하겠지. 하지만 나는 거기까지 가기 전에 이 일을 막을 거야. 왕좌를 수호해야 할 필요가 있으니까."

라그나가 일어나 앉았다.

"신들이여, 맙소사. 강철 드래곤들을 이성으로 설득할 수 있으리라 생각하는 건 아니겠지?"

"그들을 만나기 전까지는 알 수 없지."

"그들을 만난다고?"

"진정해. 지금 한다는 뜻은 아니었어."

"언제라도 한다는 뜻이 아닌 편이 좋을 거야."

"그건 약속 못 해. 기회가 있으면……."

"정신 나갔어?"

"그런 일은 있을 수 없다고 말해 주다니 다정하기도 하네. 내 가족을 만난 후인데도."

"이제 더 큰 문제는……."

"당신의 무모한 짓보다 더 큰 문제도 있나?"

라그나는 대체 이 여자가 무슨 생각을 하는지 의아해하며 물었다.

"놀랍게도 그래. 그리고 그 더 큰 문제는 물론 이제 우리가 당신을 어떻게 할까 하는 거겠지?"

"뭐라고?"

"아, 과거에 렌과 내가……."

"그래, 당신의 완벽한 렌. 어쩌다 그를 잊고 있었나?"

"비꼬는 티가 너무 나는데. 하지만 무시하도록 할게. 그래, 나는 이 문제를 데벤알트 산맥에서부터 계속 생각했지. 우리는 당신이 내 옆에 있을 이유를 그럴듯하고 확고하게 대야 할 필요가 있어. 당신이 나를 강아지처럼 그저 졸졸 따라다닐 수는 없잖아. 그러니까 우리가 연인이 되는 게 제일 좋은 생각인 것 같아."

케이타가 미소를 띠었다.

"그거 정말 멋진 생각 아냐?"

신들이시여, 이 여자를 어쩌면 좋습니까.

"뭐라고?"

그녀는 감히 모욕받은 표정을 지었다.

"그렇게 겁에 질린 얼굴을 할 건 없잖아. 그게 당신에게 더 편하다면 그저 흉내만 내도 된다고."

"겁에 질리지 않았어. 무슨 말을 하는지 따라가려고 하는 것뿐이지."

라그나는 그녀가 연인인 '척'해야 한다고 말하지 않았다는 데 생각이 미치자 머리를 긁었다. 그러면 정확히 무슨 뜻이지?

"당신은 연인이 '되고 싶은' 거야?"

"못 할 것도 없잖아. 알겠지만, 여기 있는 동안은."

케이타는 정말로 그가 정신이 나갈 때까지 매일 술을 먹이려는 걸까?

"이건 소위 '일석이조' 같은 거야."

그녀가 설명했다.

"우리 대륙 전체를 초토화할 전쟁을 막으려는 동안에 재미도 보는 거지."

"아하."

"그리고……."

그녀가 더 활짝 웃으며 말을 이었다.

"내가 야만족 번개 드래곤과 실제로 잠자리를 같이할 만큼 타락했다고 하면 모두들 싫어할걸. 그러면 확실히 윈-윈이라고 할 수 있지 않아?"

"어떻게 윈-윈이지?"

"모두들 내가 어머니를 괴롭히려고 그런다고 생각할 테니까. 내 어머니는 눈곱만큼도 신경 안 쓴다는 것도 모르고. 그러면 반역자들을 더 빨리 끌어모을 수 있겠지. 봐, 정말 멋진 생각이지."

라그나는 한 손으로 관자놀이를 문질렀다.

"질문을 다시 해 보지. 정말 나와 함께하고 싶어?"

"당신과 실제로 잘 수 있느냐는 뜻이야?"

술. 그는 당장 술이 몹시도 필요했다.

"그래. 어때?"

케이타가 뒤로 몸을 빼며 그를 훑었다.

"그래, 당신과 자면 즐거울 것 같아."

그녀의 눈이 가늘어졌다.

"가슴에 무슨 문제 있어?"

라그나가 한 손을 내려치자 그녀는 더 멀리 물러났다.

"혹시 비늘 곰팡이 같은 게 있는 거 아니지?"

"비늘 곰팡이 따위는 없어. 사실을 알고 싶다면, 이건 다 당신 잘못이라고."

"내 잘못?"

"당신이 나를 찔렀잖아. 그리고 이 망할 상처는 이 년이 지났는데도 낫지 않아. 꼬리에 독이라도 쓴 건가?"

"내가 그럴 리……."

케이타가 말을 하다 말고 한 손으로 입을 막았다.

"그랬군!"

라그나는 외쳤다.

"당신이 내게 젠장맞을 독을 넣었어."

"이렇게 오래갈 리가 없는데."

그녀가 웃지 않으려 무척 애쓰며 반박했다.

"나는 그저 유스티그 잎을 좀 문질렀을 뿐인데……."

"나를 공격하기 전에?"

"말을 곧이곧대로 받아들이자면 그렇지. 하지만 가려움증은 한참 전에 없어졌어야 해."

"아니, 그러지 않았는데. 망할 케이타. 난 정신 나가는 줄 알았다고."

"미안해."

"참도 그렇겠다."

"아냐, 솔직하게 말해서 미안해."

라그나는 고개를 흔들었다.

"어쩌면 이 이야기는 나중에 해야 할 것 같군."

"아냐, 아냐."

케이타가 그의 무릎 위로 기어 올라와 마주 보며 한 손을 흉터에 댔다. 그녀의 살과 그의 살 사이에는 셔츠가 있었지만 라그나는 오로지 케이타만을 느낄 뿐이었다.

"미안. 해독제 갖다 줄 수 있어."

그는 툴툴대며 시선을 돌렸다.

"지금은 내게 화내지 말아 줘. 우리 막 사이가 좋아졌잖아. 처음으로."

그는 여전히 아무 말 하지 않았다. 그때 그녀가 물었다.

"인간 형태로 키스해 본 적 있어?"

이 여자는 한 번에 한 가지 화제만 꺼낼 순 없는 걸까? 없는 것 같은 여자였다.

"한두 번."

라그나는 농담처럼 대답한 건데, 그녀는 약간이나마 움찔했다. 그것만으로도 충분했다.

"잘해?"

"사실……."

케이타가 한 손을 들어 그의 말을 끊었다.

"그건 괜찮아. 큰 문제가 아냐."

그리고 그의 허리에 앉아 두 무릎을 그의 양쪽 옆구리에 댔다.

"난 인간 몸으로 키스하는 거 좋아해."

그녀가 설명했다.

"인간 몸으로 섹스하는 것도 좋아. 그게 당신에게 문제가 안 됐으면 좋겠다."

라그나는 어떻게 생각해야 할지 몰라서, 또다시 대답하지 않았다.

"그리고 무엇보다 기억해야 할 중요한 건, 당신 혀로 내 숨을 막아 죽이지 않는 거야."

"그건 기억해 두지."

하지만 그가 숨을 헐떡이지만 않았다면 훨씬 더 건방지게 들렸을 게 확실했다. 망할, 그녀는 드레스 밑에 알몸이었다. 그도 잊고 있던 사실이었다.

"좋아."

케이타가 그들 사이의 간격을 좁히더니 자기의 입을 그의 입에 갖다 댔다. 처음에는 가벼운 키스였다. 서두르지도 않았고 너무 강압적이지도 않았다. 처음 몇 번의 키스는 얼마나 순수한 느낌이 들었는지 그조차도 놀랐다. 그가 '경험 부족'이리라 가정한 케이타는 이 사실을 명심하며 그를 밀어붙이지 않았고 가벼운 키스만 계속하다 점차 시간을 늘려 갔다.

키스가 점점 강렬해지자 그녀가 입힌 상처의 가려움증도 다시 살아나 타올랐다. 라그나는 두 주먹을 불끈 쥐고 피가 나올 때까지 그 부위를 긁고 싶은 것을 간신히 참았다.

"괜찮아."

케이타가 그의 입에 대고 속삭였다.

"긴장 풀어, 잘하고 있어."

아니, 그는 잘하고 있지 않았다. 가려움증 때문에 정신이 나갈 것 같은데 이 키스든 다른 키스든 어떻게 집중할 수 있겠는가? 더 이상 가기 전에 그 망할 해독제가 필요했다.

라그나가 말을 하려는 순간에 케이타가 또 키스를 하러 다가왔다. 그의 입을 벌린 뒤, 그녀는 혀를 안으로 집어넣어 그의 혀를 쓸었다. 라그나의 몸이 부르르 떨렸다. 그는 주먹을 풀어 그녀의 허리를 잡고 좀 더 가까이 자기 몸으로 끌어당겼다.

가슴의 상처가 신경 쓰이지 않았느냐고? 순간적으로 잊고 말았다.

이 성실한 번개 드래곤은 하나를 가르치면 열을 아는 자였다. 그의 혀는 대담하게 그녀의 혀 주위를 움직였고, 두 팔은 그녀를 단단히 끌어안았다.

케이타는 머리를 옆으로 기울이고 긴장을 풀면서 키스를 계속 이어 갔다. 어쩌면 인간인 동안에는 이런 유의 일에 경험이 없을지 모르나 그는 확실히 빨리 익혔다.

드레스 아래 몸이 달아오르고 젖꼭지가 딱딱해졌다. 그녀의 그곳이 무언가 들어와 채워 주길 바라는 욕망으로 조여들었다. 그녀는 그의 무릎 위에서 꿈지럭거리다 키스에서 빠져나왔다.

둘 다 숨을 헐떡이며 서로를 바라보았다. 케이타는 얼마나 오랜 시간이 흘렀는지 알 수 없었다. 몇 시간은 된 듯했다.

"케이타."

요새 근처에서 그녀의 이름을 부르는 소리가 들렸다. 동생 에이브히어였다.

케이타는 눈을 감고 동생에게 마음의 메시지를 보냈다.

— 뭐야?

— 어디 있어?

— 서쪽 들판에. 뭔데?

— 저녁 식사가 한 시간 후에 시작돼.

— 그래서?

— 뭐…… 누나는 그런 유의 행사에 차려입기를 좋아하잖아. 그래서 미리 알려 주는 거야. 나중에 왜 충분한 시간을 주지 않았느냐고 화낼까 봐.

— 깐깐하게 굴지 말고 있어. 곧 갈 테니까.

— 좋아. 아, 그리고 라그나 못 봤어?

— 왜?

— 비골프가 찾고 있어. 그리고 브리크가 진정한 개자식이 뭔지를 보여 주면서 이러더라. '아, 당신들은 몰랐나? 우리가 그를 강으로 데려가서 물에 빠뜨려 죽였거든.' 그래서 비골프가 무기를 집어 들려고 하는데, 피어구스가 이러는 거야. '맘대로 해 봐, 번개 드래곤. 내 계집에게 그나마 남은 머리도 날려 버리라고 할 테니.' 그래서 내가 '왜 지금 하면 안 돼?'라고 물었지. 그리고 피어구스에게는 '앤뷜을 계집이라고 부르지 마.'라고 했더니 형이 날 밀어 버리잖아. 그래서 나도 형을 밀어 버렸지. 그랬더니 무척 열 받았나 봐. 그다음에는 피어구스와 브리크가 합심해서 나를 괴롭혔어. 그래서 내가 '엄마에게 말하겠어.'라고 했더니 둘이 나를 비웃는 거야. 이건 정말 공평하지가 않아…….

꼬마 동생은 계속 지껄였지만, 케이타는 몸 아래에서 흔들리는 느낌에 눈을 떴다. 그리고 두 팔로 껴안고 있던 전쟁 군주를 빤히 바라보았다. 웃고 있는 전쟁 군주.

— 에이브히어.

케이타는 동생의 말을 끊었다.

— 오빠들이 걱정하겠다. 나도 곧 돌아갈게. 라그나는 괜찮아.

— 알았어.

동생은 통신을 끊었고, 케이타는 '교활한 자' 라그나의 땋은 머리 한쪽을 잡았다. 그의 동생은 이제 없는 머리였다.

"아야."

"듣고 있었어?"

"맙소사, 걔는 정말 징징대기도 잘하지."

케이타는 라그나의 머리를 잡아당겼다.

"아야."

"어떻게 그럴 수 있어? 어떻게 그게 가능해?"

오직 직계 가족만이 서로의 생각을 들을 수 있었다.

라그나가 그녀의 손을 잡고 자기 머리카락을 빼냈다.

"둘 다 자기 생각에 방어벽을 치지 않았잖아. 실력 있는 마법사라면 이렇게 가까운 거리에선 둘이 하는 얘기를 귀에 대고 고함치는 것처럼 들을 수 있지. 특히 그 정도로 징징대면."

"내 동생은 징징대는 게 아니야."

케이타는 그의 머리카락을 다시 잡고 잡아당겼다.

"아야."

"내 머릿속에서 나가시지, 라그나 님."

"당신 생각의 방향을 조절하시지, 공주님."

"왠지 '공주 년'같이 들리는 말이라니까."

라그나가 히죽거렸다.

“그럼 당신의 꼬마 동생이 징징대기 전에 하던 일로 돌아가 볼까요.”

케이타는 경고의 뜻을 담아 그를 손가락으로 가리켰다.

“절대로. 절대로라고 했어. 내 동생 괴롭히지 마.”

“그렇게 오냐오냐 안아 주기엔 너무 크지 않나?”

그녀는 라그나의 무릎 위에서 내려와 일어섰다.

“당신 내 머릿속에서 나가.”

“왜? 나한테서 뭘 숨기는 거야?”

“아무것도. 하지만 그건 무례하고 사생활 침해야. 그리고 당신이 스스로 주장하는 만큼 강력하다면 남의 생각을 듣기가 쉬운 만큼이나 들려오는 것도 쉽게 막을 수 있겠지.”

“굳이 원하신다면.”

“굳이 원해. 이제 갈까?”

전쟁 군주는 덩치에 비해 가뿐한 동작으로 일어섰다. 솔직히 케이타는 언제나 그가 약간 더 느릿할 거라 생각했었다.

“이제 기억해 둬.”

그녀는 드레스의 주름을 펴고 머리를 매만졌다

“이건 내가 주도권을 잡아야 모든 일이 잘될 거야. 이 키스보다 더 나갈지는 나중에 결정할 수 있어.”

라그나가 옆에서 걸으며 한 팔로 그녀의 허리를 감아 자기 가슴으로 끌어당겼다.

“내가 당신 때문에 미치게 하고 싶은가 본데, 그렇게 놔두진 않을 거야."

"그러는 게 아니라……."

"그리고 이 키스보다는 더 나가는 게 당연하지, 젠장."

"아, 그렇게 생각한다면……."

그가 다시 키스했다. 케이타는 그 힘에 정신이 빠질 정도였다. 하지만 그는 빨리 시작한 만큼 빨리 끝내 버리며 그녀를 놓아주더니 엉덩이를 찰싹 쳤다.

"가자, 공주님. 당신은 저녁 만찬에 입을 드레스로 갈아입고 내게 그 망할 해독제를 가져다줘."

케이타는 소리쳤다.

"먼저 만들어야지. 그러니까 저녁 식사 후나 내일 가져다줄게. 아직도 공주 년처럼 들린다니까."

'피를 마시는 자' 암하르는 조카딸이 번개 드래곤 뒤를 따라가는 모습을 보았다. 그는 발치에 있는 시체에 너무 정신이 팔려서 조카가 한참 전에 가 버린 줄 알았다. 하지만 고개를 들어 보니, 그 애는 여전히 거기 높다란 풀숲에 서 있었고 번개 드래곤이 바로 그 뒤에 있었다.

암하르는 그 광경이 마음에 들지 않았다. 특히 그 애의 엉덩이를 때린 손이. 키스는 그에게 아무런 의미가 없었다. 엉덩이를 쳤다는 게 더 의미가 강렬한 메시지로 보였다.

조카딸이 남자들과 있을 때 다른 아이들보다는 더 자유분방할 수는 있지만 —그런 부분에서는 그의 여동생들을 닮았다— 가문의 점잖은 여자들이 날개 달린 야만족 뱀과 잠자리를 할 만큼 타락한 적은 없었다. 하물며 왕족으로서 케이타는 그보다는 분별이 있어야 하지 않겠는가.

암하르는 걱정이 되긴 했지만 가족 문제에 오지랖 넓게 나서는 성격은 아니었으므로 다른 여동생과 먼저 의논해 보기로 했다. 굳이 베르세락에게 직접 알릴 마음은 전혀 없었다. 조카 중 하나는 케이타가 일족에 수치를 주기 전에 수도원에 보내 가두자고 했다가 왼쪽 송곳니를 다 잃고 말았다. 그렇다고 암하르는 형제를 탓할 마음이 없었다. 베르세락은 암하르처럼 자기 딸들을 보호했고, 그것이 그들 아버지의 가르침이었다. 또 조카 중 몇몇은 입을 다물고 있거나 제대로 된 싸움을 견디는 법을 배울 필요가 있었다.

다음 행동의 방향을 결정한 후 암하르는 거의 다 뜯어 먹은 시체로 돌아갔다. 그리고 당분간은 그 일을 더 생각하지 않았다.

다그마는 회색 드레스를 판판히 펴고 무척 기다란 전신 거울에 자신의 모습을 슬쩍 비춰 보았다. 이 정도면 되었어, 다그마는 생각하며 한발 물러났다가 그 짝에게 도로 끌려갔다.

그웬바엘이 하고 싶은 대로, 드레스 앞부분을 잡아당겨 가슴골을 더 드러냈다.

"그럴 필요가 있어?"

"난 벌써 아름다운데, 적어도 당신이 맞춰 가야지."

그는 그녀를 뒤로 돌려서 드레스 뒷자락을 들어 엉덩이 위에 걸쳤다.

"뭐하는 거야?"

"내 낙인이 보일 수 있게 당신이 드레스를 이렇게 입고 다녔으면 좋겠어."

"대체 왜 내가 그렇게 해야 하는데?"

"그래야 당신의 라그나 님이 당신이 누구 소유인지 알지."

"그는 나의……."

다그마는 말을 멈추고 바닥을 내려다보았다. 잠시 후, 그녀가 고개를 들고 물었다.

"질투하는 거야?"

"나는 소유권이라는 단어가 더 좋은데."

"나를 두고 질투해?"

"당신은 내 거야. 내가 당신의 엉덩이에 낙인을 새기기 오래전부터 그 점은 명확히 한 것 같은데. 아무래도 낙인을 다시 새겨야 할……."

다그마는 한 손을 들어 짝의 입을 막았다.

"제발, 내가 이걸 음미할 수 있는 여유를 줘."

그녀가 아는 중에 가장 오만하고 허영심이 많은 남자가 질투를 한다는 사실 때문이 아니라, 자기를 두고 질투하는 남자가 있다는 사실 그 자체가 벅찼다. 다그마는 오래전부터 미모는 평생 자신이 믿고 의지할 수 있는 것이 아니란 사실을 받아들였다. 그래도 이러한 순간은 일어날 때마다 그녀에게 놀라움과 기쁨을 주었다. 구제 불능인 그녀의 드래곤이 그녀에게 해 줄 수 있으리라고 생각한 이상으로, 이렇게 놀랍고 기쁜 순간들은 자주 있었다.

"당신의 그 미소를 신뢰할 수가 없는데."

그웬바엘이 한 팔을 그녀의 허리에 둘렀다.

"침대로 돌아가자. 내 지배력을 다시 한 번 행사해야 할 것 같으니까.”

다그마는 그의 팔을 허리에서 떼어 내려고 해 보았다. 물론 다소 약했다는 건 인정해야 했지만.

“내 노스랜드 동지들을 오늘 밤 저녁 식사에 당신 형제들하고만 있게 놔둘 수는 없어.”

“어째서 그들이 동지가 되는 건데?”

그웬바엘이 다그마를 침대 위로 던졌다.

“다리를 벌려, 아가씨. 준비를 하라고.”

다그마는 웃음을 터뜨리기 시작했다.

“그래 봤자 당신 상황엔 도움이 안 되지.”

그가 침대 위를 기어 그녀의 몸 위로 올라왔다.

“하지만 당신 말고 달리 비난할 자는 없을걸.”

그는 그녀에게 손을 뻗었으나 문에 노크 소리가 들리자 끙 신음을 했다.

“꺼져. 우린 섹스 중이니까.”

다그마는 자신이 어떻게 이런 드래곤들을 참는 법을 배웠는지 의아해하며 그의 말에 반박했다.

“들어와요. 우린 그런 짓 안 하니까.”

“아직 안 하는 것뿐이지.”

문이 빼꼼 열리고, 그웬바엘의 막내 여동생이 슬쩍 들여다보았다.

“정말 괜찮아요? 내 오빠가 뭔가 멋지게 음란한 짓을 할 때 방해하고 싶진 않은데.”

"여동생이 문 앞에서 엿듣고 있을 땐 아니지."

"난 엿듣지 않았는데."

케이타가 미소를 지으니 그 누구보다도 그웬바엘과 비슷했다.

"난 그저 티켓을 팔았을 뿐이야. 그날 밤에 한 재산 건졌지."

그웬바엘은 편안히 모로 돌아누웠다.

"너 내 심장의 주인에게 절이라도 하러 왔냐? 잔인하게도 이 여자를 그저 하녀로 오해했으니 용서라도 빌게?"

"아니."

케이타가 완전히 방 안으로 들어왔다.

"하지만 드레스를 가져왔지."

다그마는 움찔했다. 지금 공주가 입고 있는 화려하고 스팽글이 더덕더덕 붙어 있는 하늘색 드레스를 보니, 이 왕족 아가씨가 가져왔다는 드레스가 어떤 종류인지도 보고 싶은 마음도 없었다.

"아주 친절하네요, 공주님……."

"케이타. 그냥 케이타라고 불러요, 다그마. 우린 이제 가족이잖아요?"

다그마는 이 공주를 자세히 뜯어보았다. 다그마가 신뢰하는 존재는 세상에 몇 안 되었고, 그웬바엘과 그의 형제들이 케이타를 높이 평가하기는 해도 그녀에게는 아직 이 여자가 값비싼 옷을 고르는 취향이 있는 버릇없는 왕족으로밖에 보이지 않았다. 이 여자의 옷에 박힌 게 진짜 다이아몬드일까?

"물론이죠, 우린 가족이죠."

다그마는 둘이 하는 말 중 어느 쪽도 믿지 않았다.

공주가 큭큭 웃었다.

"거짓말도 참 잘하네요, 다그마 라인홀트. 하지만 당신 때문에 내 오빠가 행복하니까 그건 넘어가죠. 자, 이제 당신 생각을 말해 봐요."

케이타가 뒤에 숨기고 온 드레스를 꺼내 다그마가 볼 수 있게 들어 보였다. 원칙만으로도 미리 싫어할 준비를 하긴 했지만, 다그마는 옷을 본 순간 싫어할 수 없다는 것을 알았다.

그녀는 침대에서 미끄러져 내려와, 케이타에게 걸어가서는 한 손을 내밀어 조심스럽게 드레스를 만졌다.

"이거…… 아름답네요."

"당신이 회색을 선호한다는 건 알지만……."

케이타가 그녀를 거울 쪽으로 끌어당겼다.

"은색과 강철색도 마찬가지로 잘 어울려요. 이런 색은 가게 주인들 사이에선 '검의 강철색'이라고 불리죠."

그러고는 다그마의 뒤에 서서 드레스를 그녀의 앞으로 들어 보였다.

"이건 당신 같은 색깔의 눈을 완벽히 돋보이게 해 줘요. 아주 멋진 눈이라는 말을 꼭 해 주고 싶네요. 오빠가 그 눈을 몹시도 사랑할 것 같은데."

"네 말이 맞아."

그웬바엘이 침대 위에서 말했다.

"봤죠? 내가 오빠 속을 훤히 안다니까. 자, 어서. 입어 봐요."

"그래."

그웬바엘이 침대에서 환호했다.

"나와 내 여동생 앞에서 홀딱 벗어 봐."

케이타가 코를 킁 울렸다.

"내가 그런 계획을 세웠다고 생각하는 건 아니겠지, 역겨운 오빠? 오빠가 모든 것을 부적절하게 바꾸는 능력이 있다는 걸 아는데 말이야."

그녀는 방문 쪽으로 걸어가 문을 열었다.

"갖고 들어와."

하인 하나가 커다란 막을 들고 들어와 펼쳤다. 그리고 하인이 나가자, 케이타는 다그마를 그 뒤로 데려갔다.

"입어 봐요."

따져 묻기는 다그마의 일생에서 항상 해 오던 일이지만, 이번만은 그만두고 왕족이 명령한 대로 했다.

케이타는 침대 위 오빠 옆에 앉아 오빠의 꼬마 인간이 자기가 골라 준 드레스를 입고 나오길 기다렸다.

"이제 내가 기억나?"

그녀는 무시무시하게 눈을 부라리는 것도 잊지 않았다. 오빠가 웃었다.

"어떻게 너를 잊어버릴 수 있겠니."

"나도 그렇게 생각해. 나는, 한마디로 말해, 잊을 수 없는 존재니까."

그웬바엘이 한 팔을 동생의 어깨에 감으며 그녀의 이마에 키스했다.

"이상 없니, 꼬마 동생?"

"우린 얘기 좀 해야겠어."

케이타는 부드럽게 웅얼거렸다.

"에쉴드 얘기?"

그녀는 눈을 깜박이며 오빠를 올려다보았다.

"어떻게 알았어?"

"그 번개 드래곤이 아까 우리에게 말해 줬거든. 그건 그렇고, 어째서 어머니는 이모를 데려오라고 그를 보낸 거지?"

"얘기가 길어. 물론 거기에 더 있고."

"물론이겠지. 하지만 말 좀 해 봐라. 그 번개 드래곤과 야만족 수행단은 곧 돌아갈 거냐? 가령 오늘 밤이라든가?"

"아니. 에쉴드는 그냥 한 부분일 뿐이야."

"그럼 다른 부분은 뭔데?"

케이타는 턱을 긁었다.

"강철 드래곤…… 아마도."

"강철 뭐?"

"강철 드래곤이라고, 바보야."

그웬바엘의 팔이 뚝 떨어지더니, 그가 멍하니 동생을 바라보았다.

"그들이 어쨌는데?"

"우리 어머니는 그들이 전쟁을 계획하고 있을지 몰라 두려워하시는 것 같아."

"진담 아니지."

"진담이야. 적어도 우리 어머니는 그래."

"어머니가 그들을 싫어하시긴 하지. 그들을 모두 죽일 기회가 있다면 좋아하실걸."

"바로 그거야. 어머니는 아직도 전쟁을 원해. 하지만 내가 그걸 막을 수 있다면 좋겠어."

"정말로 어머니와 학살에 대한 사랑 사이에 껴서 상관하는 게 현명하다고 생각하냐?"

"이건 막아야 해. 처음에 어머니는 전쟁을 일으키기 위해 노스랜더를 이용했고, 이제는 강철 드래곤을 노리고 있어."

"아니면 그들이 우리를 노리고 있다는 이야기가 맞을지도 모르지."

케이타는 어깨를 으쓱했다.

"뭐든 가능할 것 같은데."

그녀가 가림막을 보면서 얼굴을 찡그렸다.

"거기 뒤에서 뭐하죠, 다그마?"

"이거 너무 화사해요. 몇 리그 밖에서도 보이겠어요."

케이타는 두 손을 천장을 향해 뻗었다.

"왜? 왜 다들 나를 시험할까?"

긴 한숨이 다른 편에서 흘러나왔다.

"당신이 그의 여동생인지 몰랐다면……."

"나와서 보여 줘요."

몇 분 후, 전쟁 군주의 딸이 가림막 뒤에서 걸어 나왔고 케이타는 박수쳤다. 그녀는 정말로 보는 눈이 있었다. 그렇지 않은가? 그리고 오빠가 숨을 헉 들이마시는 소리를 들었을 때, 케이타는 그렇게 생각하는 이가 자기만은 아님을 알았다.

사실, 그 옷을 입은 다그마의 얼굴은 덜 수수해 보였고 눈은 두드러졌다. 근사한 눈이었다. 케이타는 그녀에게 다가가, 더 완벽한 효과를 위해 드레스의 치맛자락을 잡아당겼다.

"거의 완벽해요."

케이타가 말했다.

"거의?"

그웬바엘이 못 믿겠다는 듯 따라 했다.

케이타는 다시 다그마의 뒤로 돌아가 머릿수건을 벗겼다. 그리고 화장대 위에 놓인 빗을 집어 노스랜더의 머리카락이 반짝반짝 빛을 발할 때까지 빗겨 주었다. 머리카락은 그녀의 작은 허리까지 내려왔다.

"이젠 완벽하네."

케이타는 다그마를 다시 거울 앞으로 밀었다.

"이 보디스가 약간 깊게 파인 것 같은데……."

케이타는 다그마가 말리기도 전에 가져온 작은 꽃을 재빨리 그녀의 머리카락에 꽂았다.

"하지만 오빠의 취향을 알겠네. 저 음란한 개에게 뼈다귀를 던져 준 것 같은데."

"정말 예쁜 드레스예요, 케이타."

다그마가 말했다.

"고마워요."

"천만에요. 일상용으로는 평범한 회색 드레스도 좋지만 중요한 왕가 만찬에서 다른 이들이 하녀로 생각하는 건 싫지 않겠어요, 다그마."

케이타는 거울에 비친 다그마에게 윙크를 하고 모호하게 미소처럼 보이는 표정을 답례로 받았다.

그녀는 다그마의 몸을 다시 돌려 마주 보게 하고는 얼굴에서 안경을 벗겼다.

"이것 없이도 볼 수 있어요?"

케이타가 소리쳐 물었다.

"아뇨."

전쟁 군주의 딸이 딱 잘라 말했다. 얼굴에서 미소가 사라지더니 그녀가 안경을 빼앗아 다시 썼다.

"그리고 나는 귀머거리가 아니에요. 당신 가족에게 내가 아직도 듣지 못한 문제가 남아 있나요?"

다그마의 물음에 케이타는 무척 솔직하게 대답했다.

"그보다는 좀 더 구체적으로 말해 줘야 할 것 같아요, 레이디 다그마."

라그나는 동생과 사촌 형을 쏘아보았다.

"나 혼자 거기 내려가게 하겠다고?"

마인하르트가 자기 다리를 가리켰다.

"아직도 낫는 중이거든."

"됐어."

라그나는 비골프를 보았다.

"그럼 넌, 동생아? 무슨 변명이냐?"

"난 기형이 되었어."

비골프가 머리카락을 가리키며 고함쳤다.

"더 이상 뭐가 필요해?"

"계집애 같은 짓 그만둬."

라그나는 웅얼거렸다.

"뭐라고?"

"아무것도 아니야."

식사 내내 자기 잘난 줄 아는 화염 드래곤들 사이에 혼자 앉아 있어야겠다고 체념한 라그나는 방을 나왔다. 나오면서 문을 쾅 닫는 것도 잊지 않았다. 그리고 내려가는 계단으로 향했다.

라그나와 그의 일족이 머무는 방은 삼 층이어서 화염 드래곤들의 방과는 꽤 떨어져 있었다. 그 점은 아무래도 좋았다. 그는 이 층까지 내려가서 복도를 따라가다 다음 계단에 이르렀다. 그때 어떤 방문이 벌컥 열렸고, 라그나는 나온 이들이 먼저 지나가도록 멈춰 섰다.

그웬바엘이 걸어 나오다 라그나를 보더니 얼굴에서 미소가 사라졌다.

"아. 당신도 저녁 만찬에 참석하나?"

"굶어 죽을까 생각도 해 보았지만. 그러지 않기로 결정했죠."

라그나가 대답했다.

"라그나 님."

케이타가 오빠 뒤에서 빠져나와 라그나의 팔짱을 꼈다.

"언제나처럼 시간 잘 맞추시네요. 이이에게도 보여 줘요."

하지만 아무런 대답이 없자, 그녀는 라그나를 놓고 다시 오빠 뒤로 돌아가서 방 안으로 들어갔다. 이 초 후, 얼굴이 붉어지고 당황하는 다그마 라인홀트가 복도로 구르듯 뛰어나왔다. 라그나는 그녀가 밀려 나왔겠거니 짐작할 따름이었다.

"정말 예쁘지 않아요?"

케이타가 다시 그의 팔을 잡으며 말했다.

'야수'의 새로운 모습에 놀란 —그리고 자신의 표정을 보고 다그마가 얼마나 불편해할지 안— 라그나는 대답했다.

"예쁘군."

그는 다그마의 손을 잡고 손등에 키스했다.

"무척 예쁘군요."

다그마가 살짝 웃었다.

"네, 고마워요."

그웬바엘이 자기 짝의 팔을 도로 뺐다.

"신들에게 맹세하는데, 저 번개 녀석의 팔을 떼서 그걸로 죽을 때까지 때릴 거야."

"삐치지 마, 오빠."

케이타가 자기 오빠를 나무랐고, 그들은 다 함께 계단으로 향했다.

"오빤 삐치면 잘생기지 않아진다고."

"나는 항상 잘생겼어."

그웬바엘이 우겼다.

"우리 오빠 정말 사랑스럽지 않아요?"

케이타가 라그나에게 물었다.

"아니, 조금도."

라그나는 케이타가 두 손으로 자기 팔뚝을 잡은 자리를 내려다보았다. 그리고 그녀만 들을 수 있게 웅얼거렸다.

"게임이 시작된 건가?"

"당신도 안다고 생각했는데."

케이타가 미소를 지었다.

"게임은 항상 진행 중이었지."

오늘 밤은 조용한 식사였다. 카드왈라드르 일족은 다른 이들이 나타나기 시작한 이후로 호수에 남아 있었다. 케이타는 신경 쓰지 않았다. 고모나 삼촌, 사촌 들의 방해가 없으면 오빠들과 어울리기가 더 쉬웠다.

심지어 피어구스의 쌍둥이들과 어울릴 기회까지 있었다. 탈윈은 훈련용 목검을 아무에게나 들이대며 제 어머니의 딸임을 증명했다. 그나저나 누가 저 애에게 저 망할 것을 줬을까? 탈란은 식사 후에 케이타의 무릎으로 기어 올라와 이모의 보디스에 갇힌 가슴에 얼굴을 묻고 잠에 빠졌다. 그 시점에 모든 이들이 —심지어 라그나까지도— 그웬바엘을 보았다. 그는 재빨리 관련성을 부정했다.

"저 애한테 저런 거 가르친 건 나 아니라고."

"자기 아버지를 닮아서 그런 것 같긴 한데."

브리크가 자기 아이를 짝의 팔에서 받아 들었다. 그녀에게 휴식을 주기 위해서인지, 성질을 돋우기 위해서인지, 모든 이들이 추측하긴 했으나 그들에 대해서는 어떤 추측도 불가능했다.

"피어구스도 저런 페티시가 있는 것 같잖아."

이제 모두 앤뇔을 보았다. 다른 이들과는 달리, 앤뇔은 만찬을 위해 옷을 갈아입지 않고 종일 입던 옷 그대로였다. 또, 다른 누구에게도 주의를 기울이지 않은 채 무릎에만 시선을 주고 있었다. 침묵이 계속되자, 앤뇔이 마침내 고개를 들었다.

"뭐예요?"

"거기 아래에 책을 숨겨 놓았어요?"

다그마가 책망했다.

"그랬다면 어쩔 건데요."

앤뇔은 책을 탁자 위에 쿵 내려놓았다.

"이게 뭐요?"

"손님이 있잖아요."

다그마가 되쏘았다.

앤뇔은 라그나를 흘끔 본 후 어깨를 으쓱했다.

"그래서요?"

"비록 앤뇔이 저분의 동생과 사촌을 죽이려고 한 건 사실이지만……."

"저들이 누군지 몰랐다고 말했잖아요."

"그건 거짓말이에요. 적어도 노스랜드 드래곤의 전쟁 군주이자 대표에게 어울리는 존경을 표할 수는 있잖아요, 여왕님. 그게 그렇게나 엄청난 부탁인가요?"

"내가 이렇게 지루할 땐…… 그렇죠."

"아…… 실례합니다."

라그나가 말을 끊었다. 케이타는 그가 무슨 말을 하려는지 궁금해 죽겠어서 의자를 돌려놓고 그를 똑바로 바라보았다.

"네, 라그나 님?"

다그마는 목소리를 침착하게 유지하려 하며 물었다.

"음……."

그가 탁자 밑으로 손을 넣어 뭔가 꺼내더니 탁자 위에 쿵 내려놓았다. 책이었다.

"그래요, 좋습니다. 딱 걸렸네요."

벌써 괴로울 정도로 꼿꼿했던 다그마의 등이 한층 더 꼿꼿해졌다.

"라그나 님."

"미안합니다. 나도 지루해서. 다 내가 모르는 친척들에 대한 잡담뿐이라서요. 게다가 만날 뜻도 없고 관심도 없는 이들이니, 나도 책을 하나 몰래 들여왔죠."

사우스랜드 영토의 인간 지도자이자 이 세상에서 가장 두려운 전사 중 하나로 꼽히는 앤뷜 여왕이 손가락으로 탁자 너머 다그마를 가리키며 외쳤다.

"하!"

그리고 두 주먹을 허공에 쳐들면서 다시 외쳤다.

"자, 봐요!"

"아, 조용히 해요."

다그마가 라그나를 보았다.

"이해하시겠죠, 제가 여왕님에게 기본예절을 가르치려 했다는 것을?"

"난 당신 개가 아니에요, 야만인."

"물론 아니시죠. 제 개는 훨씬 더 영리하니까요."

앤뷜이 숨을 헉 들이켰다.

"야만인 '야수' 같으니."

라그나는 흥미가 동했다는 걸 인정할 수밖에 없었다. 다그마 라인홀트가 누구와 말싸움을 하는 것을 본 적이 없었기 때문이다. 실제로 목소리를 높여 가며 싸우다니 말할 필요도 없었다. 그는 다그마가 올케들과 어떻게 지냈는지 분명히 기억했다. 교태 넘치고 사악한 마녀들은 다그마의 삶을 비참하게 만드는 데서 즐거움을 찾았다. 하지만 안타깝게도 그 여자들은 그렇게 할 수가 없었다. 다그마가 전혀 신경 쓰지 않았으니까. 그들이 뭐라고 부르든 상관하지 않았고, 그들이 어떻게 대하든 상관하지 않았으며, 그들이 좋아하든 말든 상관하지 않았다. 다그마가 상관한 것은 백성과 아버지 라인홀트의 안전뿐이었다.

다그마가 이처럼 쉽게 싫증 내는 정신 나간 인간 지배자에게 사악한 모욕과 매서운 분노를 퍼붓는다는 건 딱 한 가지 의미였다. 편안하다는 것. 긴 산책을 한 후에 폭신한 의자에 앉아 있을 때의 편안함과는 달랐다. 하지만 이렇게 인간과 드래곤 앞에서 그녀의 진실한 본성과 생각을 드러내면서도 앤뉠의 모욕이 '야만인'이나 '야만적인 야수' 이상은 나가지 않으리라 신뢰할 만큼 편안했다. 그런 말들은 다그마가 오직 칭찬으로 여기는 표현일 뿐이었다.

라그나는 여왕에게 집중했다. 그녀가 반복해서 '지루해. 지루해. 지루해.'를 외치는 동안 다그마는 손님 귀족들과 외교사절을 식사 중에 어떻게 대해야 하는지를 설명하려 하고 있었다. 별로 자주 찾아올 외교사절과 귀족도 없어 보였건만. 확실히 인간 여왕은 드래곤 퀸과는 무척 다르게 궁정을 운영하는 듯했다. 사실……. 라그나는 거대한 대전을 재빨리 둘러보았다. 아니, 오직 몇 안 되는 무리와 하인들뿐이었다. 귀족이나 외교사절은 어디에도 보이지 않았다. 그런 깨달음 덕분에 어쩐지 라그나는 인간 여왕을 더 좋아하게 되었다.

진정한 전사답게 앤뉠에게는 흉터가 있었다. 많기도 했다. 얼굴, 손, 팔……. 라그나는 민소매 미늘 갑옷 셔츠나 가죽 바지 아래에도 흉터가 더 있으리라고 확신했다. 또, 피어구스가 대단한 자부심으로 새긴 낙인이 있었다. 거기 새겨진 드래곤 문양을 숨기기 위해 팔에 밴드나 팔찌 같은 건 하지 않았다. 그녀는 케이타처럼 '권리 주장 서약'을 겪는 데 별로 문제가 없어 보였고, 라그나는 앤뉠을 그저 미친 군주로 취급하기가 점점 더 어려워졌다.

그는 몸을 앞으로 내밀며 앤뉠이 내려놓은 책을 보았다. 표지를 자세히 보니 웃음이 나왔다. 여왕의 푸른 눈이 그에게 향했고, 그는 그녀의 첫인상이 왜 '미친 계집'이 되었는지 이해할 수 있었다. 그 거친 초록 눈과 결합된 험악한 표정, 언제나 머리카락 사이로 노려보고 있다는 사실 때문이었다.

하지만 이제 라그나는 오래전 다그마에게서 보았던 것을 그녀에게서도 보았다. 그는 처음에 이 전쟁 군주의 딸을 수줍고 어쩌면 약간 머리 회전이 느릴지도 모른다고 보았지만, 그녀가 자기 바로 앞에 있는 것만 볼 수 있기 때문임을 깨달았다. 그 문제를 해결하자, 진정한 다그마는 무척 위험한 모습을 갖추었다. 그 초기 시절에 다그마와의 유대 관계가 편안해지자, 그는 길에서 찾은 강아지를 그녀에게 주었다. 다그마에게는 황금으로 가득 찬 동굴을 준 거나 진배없었다.

앤뷜과는 훨씬 더 단순했다. 그는 자기 책을 들어 보였다. 그녀가 얼굴을 찡그리더니 제목을 읽고 씩 웃었다. 신들이여, 맙소사! 근사한 웃음이었다.

"그의 책 멋지지 않아요?"

그녀는 한 시간 전만 해도 그가 앉은 방향으로는 미소도 짓지 않고 고개도 끄덕이지 않았건만, 이제는 갑자기 그와 대화를 하고 싶어 안달이 난 듯했다.

"저도 그렇게 생각합니다. 하지만 마지막 책은 좋아하지 않았어요."

"모르겠어요? 그는 더 깊게 보길 바란 거예요. 독자에게 도전한 거죠."

"어쩌면요. 하지만 그의 세 번째 책을 저는 가장 좋아합니다. 멋진 구절이 있죠. 내가 지금 알고 있는 것을……."

"그때도 알았더라면……."

둘은 함께 끝을 맺었다.

"기회가 있을 때 그 새끼를 죽여 버렸을 텐데."

그들은 깔깔 웃다가 모든 이들이 자신들을 주목하고 있다는 것을 깨달았다.

앤뉠이 어깨를 으쓱했다.

"고르네베스, 《여왕의 왕실 스파이》."

"스파이 소설이라고요?"

다그마가 물었다.

"둘이서 지금 스파이 소설 얘기를 한 거예요?"

앤뉠이 두 손을 허공에 쳐들었다.

"그냥 스파이 소설이 아니라고요."

"그 이상이죠."

라그나도 주장했다. 다그마가 역겹다는 듯 그를 멍하니 바라보자, 그는 덧붙였다.

"나라고 항상 심오하고 의미 있으며 생각을 불러일으키는 철학책만 읽을 순 없잖아요."

"바로 그거예요. 가끔은 자기가 항상 사랑하는 여왕의 이름으로 이름 모를 땅을 헤매고 다니며 여자들이랑 놀아나고 남을 죽이는 완전히 비도덕적한 주인공이 나오는 책을 읽어야만 한다면……."

"하지만 그 여왕을 절대 차지할 수는 없죠."

순간, 라그나와 앤뷜은 둘 다 살짝 한숨지었다.

다그마가 잠깐 눈을 감았다.

"새로 산 드레스에 토할 것만 같네요."

"아, 안 돼요, 다그마."

케이타가 충고했다.

"그러지 말고 그냥 왼쪽을 겨냥해요."

이제 '훼손자'가 두 손을 쳐들었다. 그는 다그마의 왼쪽에 앉아 있었다.

"굳이 꼭 그래야 했니, '독사' 케이타?"

21

모르퓌드는 장비를 챙기고 모닥불을 끈 후 도로 성으로 향했다. 가반아일과 조카들의 주위에 보호 주문을 치느라 생각보다 시간이 더 오래 걸렸지만, 솔직히 아직 갈 준비가 되지 않았다. 아직은 아니었다. 특히 브라스티아스가 그날 밤 늦을 거라는 말을 들은 후에는. 하지만 이제 할 일도 없었고, 이 작은 시내에서 더 오래 머무를 수 없다는 것을 알았다. 그녀는 성으로 터벅터벅 돌아가며 심호흡을 하고 계단을 올랐다.

모르퓌드는 대전으로 들어가며 일족과 손님들을 보고 고개를 끄덕였다. 저녁 식사가 벌써 끝나 가는 듯해 내심 다행이라 생각하면서. 노스랜더는 하나만 저녁 식사에 참석했지만 그녀는 별로 놀라지 않았다. 다리가 부러진 쪽—음, 마인하르트라고 했던가—은 그녀의 마법과 드래곤으로서 타고난 능력으로 다리가 회복

되려면 그 밤은 안정해야 했다. 다른 쪽—비그 뭐라고 했는데—은 여전히 머리카락 때문에 병적으로 부끄러워하고 있었다. 그의 탓을 할 수는 없었다. 앤뉠이 새 투구를 받기 전에 이 노스랜더들이 멀리 떠나기만을 바랄 뿐이었다. 앤뉠은 벌써 그의 머리채를 대장장이에게 주고 장식으로 덧붙이라는 명령을 내려 두었다.

모르퓌드는 그웬바엘의 의자 뒤에 두 손을 얹고 미소를 띠며 물었다.

"다들 식사는 어땠어?"

모두들 음식이 맛있었다고 한 후에 탈라이스가 되물었다.

"모르퓌드는 식사 아직이에요?"

그녀의 모성은 어떤 때는 타고난 듯 보였다. 그녀는 항상 모두 식사를 했는지, 잠은 잘 잤는지, 아이들이랑 시간은 보냈는지 확인하고는 했다.

"여기 아직 많이 있어요. 오빠들이 턱을 다시 빼고 남은 음식을 흡입하려는 게 아니라면."

"배고파서 죽는 줄 알았거든."

브리크가 대꾸했다.

"하루 종일 당신을 참아 주고 나니 허기가 져서."

"나를 참아 줘요? 나를 참는다고?"

탈라이스가 따졌다.

"됐어요."

모르퓌드는 두 손을 들고 끼어들었다.

"다음에 손님이 없을 때까지 이 탈라이스 대 브리크 논쟁은 미뤄 두죠."

"우린 형이랑 탈라이스가 언제 또 싸우나 기다리고 있었는데."

그웬바엘이 웅얼거렸다.

"입 닥쳐요, 뱀 같은 도련님."

탈라이스가 톡 쏘았다. 그리고 의자를 밀면서 일어섰다.

"당신 먹을 걸 좀 챙겨 올게요."

그녀가 모르퓌드에게 말했다.

"아, 신경 쓰지 마요."

모르퓌드가 손을 저어 사양했다.

"난 배고프지 않아요."

"정말 괜찮겠어요? 금방 준비하는데."

사실 모르퓌드는 무척 배가 고팠지만, 그날 저녁은 자신의 짝과 방에서 무언가 할 계획이 따로 있었고 가족들과 앉아서 차갑게 식은 음식을 먹는 것은 거기 포함되지 않았다. 그저 오빠들 앞에서는, 더욱이 번개 드래곤의 총사령관 라그나 앞에서는 자세하게 말할 마음이 없었다.

"아니, 아니, 괜찮아요."

바로 그때 모르퓌드는 그 소리를 들었다. 한숨 소리. 부드럽지만 짜증 섞인 한숨. 그녀는 라그나와 에이브히어 사이에 앉은 여동생에게로 시선을 옮겼다. 때마침, 눈알을 굴리던 여동생의 모습과 딱 마주쳤다.

"뭐 잘못됐니, 동생아?"

모르퓌드는 집에 케이타가 있다는 사실에 이미 벌써 지쳐 있었지만 다정하게 말했다.

"아니, 아니, 괜찮아."

"정말이야? 뭔가 문제가 있어 보이는데? 하고 싶은 말 있는 거 아냐?"

"동생들."

피어구스가 낮은 목소리에 경고의 뜻을 분명히 담았다.

"괜찮아요, 오빠. 나는 우리 소중한 여동생이 여기 가반아일에서 더 편안히 지내도록 도와줄 게 없나 알아보려던 것뿐이었어요. 얘가 불행한 건 보기 싫거든요."

"불행하다고? 내가? 어머! 아니, 언니. 나는 행복해서 정신이 나갈 지경인데."

케이타가 진홍색 머리카락을 두 손으로 훑으며 덧붙였다.

"하지만 언니는 희생양의 장작더미에서 내려오고 싶을지 모르지…… 그 나무는 우리가 필요한데."

"그게 대체 무슨 뜻이니?"

"괜찮아요, 탈라이스. 난 먹고 싶지 않아요. 내 순결한 하얀 로브를 입은 채로 굶어 죽도록 놔둬요. 당신들 모두 나 없이도 잘 지내잖아요. 솔직히 나는 괜찮을 거예요. 먼저 죽지 않는다면."

케이타가 성질을 돋우는 새된 목소리로 모르뭐드를 흉내 냈지만 전혀 비슷하지 않았다.

"그런 말을 한 적도 없고 그런 뜻으로 말한 것도 아니야."

"어머, 정말? 나한테는 그렇게 들리는데. 고통과 인내의 착한 레이디 드래곤."

"그만해라."

모르퓌드는 냉엄하게 잘랐다.

"그렇게 질투해서 뭐하니."

"질투한다고? 언니를?"

"내게 신경을 써 주고 돌봐 주고 싶어 하는 이가 있다는 사실을 질투하겠지. 하지만 너를 걱정시키고 싶지 않구나. 사실 네게 신경 쓰는 이도 많다는 걸 알아. 지금도 막사 한가운데에 침대를 세워 놓고 너를 기다리는 군인들의 줄이 건물 둘레를 두 번은 휘감겠더라."

케이타가 벌떡 일어나자 의자가 바닥으로 쿵 쓰러졌다. 에이브히어는 잠에서 깬 조카가 바닥으로 굴러떨어지지 않도록 재빨리 붙잡았다.

"케이타."

피어구스가 엄하게 불렀다.

"대체 진짜로 언니 마음에 걸리는 게 뭐야?"

케이타가 피어구스를 무시하고 물었다.

"언니는 꿈도 못 꿀 방식으로 내가 그런 군인들 모두와 재미를 본다는 사실? 아니면 언니의 브라스티아스가 그 줄 맨 앞에 있을지도 모른다는 것?"

솔직히 모르퓌드는 자신이 고성을 내지른 후의 일은 별로 기억하지 못했다.

라그나는 정말로 군인들이 줄지어 서서 케이타를 기다리는지 궁금해하느라 정신이 없어서, 그녀를 붙잡을 생각은 하지도 못했다. 게다가 굳이 그럴 이유가 있을까? 어쨌든 그녀는 왕족이었다. 고상한 예의범절, 적절하게 침착한 태도 등을 훈련받지 않았겠는가.

물론 언니가 온 가족 앞에서 자기를 헤픈 여자라고 욕하지 않을 때의 얘기겠지만. 그 친절을 되갚아 주기 위해 케이타는 언니의 짝과 잠을 자 줄 정도로 헤픈 여자라는 말을 흘려야만 했다. 사실, 형제 다툼이라는 면에서 사우스랜드 드래곤의 규칙은 노스랜드 드래곤의 규약과 별로 다르지 않았다.

그래도 라그나는 자신이 아는 노스랜드 여자들이 케이타처럼 갑자기 탁자 위로 뛰어올라 건너편으로 달려드는 광경을 볼 마음의 준비는 되어 있지 않았다. 그녀는 포효하는 언니와 한가운데서 맞닥뜨렸고, 둘은 부딪쳤다. 서로 때리면서 그들의 몸은 빙그르르 돌았고, 둘 다 서로의 머리카락을 잡아당기면서 휴가를 만난 노스랜드의 술주정뱅이 선원들처럼 서로에게 거친 말을 퍼부어 댔다. 아니, 라그나는 그런 일에는 마음의 준비를 할 수가 없었다. 그리고 지금도 준비되어 있지 않았다.

그런데 이 일족은 무엇을 하는 걸까? 아무것도 하지 않았다. 그들은 대체로 지루한 표정을 짓고 있었고, 블루 드래곤만이 계속 말할 뿐이었다.

"어떻게 좀 해야 해."

하지만 그도 실제로 '어떻게 좀' 하지는 않았다. 심지어 인간 여왕은 읽던 책으로 돌아갔다. 오로지 다그마만이 충격을 받아

한 손으로 입을 막고 있었고, 안경 너머 눈은 휘둥그레졌다.

"이 아수라장에 끼어들고 싶진 않을 텐데."

여왕의 장남이자 가장 쓸모없는 자식일 피어구스가 경고했다. 그는 재빨리 여기저기 뛰어다니는 자기 아이들을 잡아 안전하게 무릎 위에 올려놓았지만, 그 이상은 할 마음이 없는 듯했다.

라그나도 이 일에 뛰어들 생각은 없었지만 이 화염 드래곤들이 그에게 별다른 선택권을 주지 않았다. 그가 두 팔로 케이타의 허리를 잡았을 때, 인간 남자가 다른 출구에서 뛰어 들어왔다.

"망할."

그는 웅얼거리면서 방패와 도끼를 내던지더니 탁자 위에 올라와 라그나와 합세했다. 인간 남자는 모르퀴드 공주를 꽉 잡았고, 라그나와 반대편에서 두 공주를 떼어 냈다. 안타깝게도 여전히 두 여자는 서로의 머리채를 잡고 있었다.

"언니를 놔줘, 케이타."

케이타의 대답은 비명이었다. 말이 되는 비명이 아니라 그냥 소리일 뿐이었다. 약간 불쾌한 정도였다.

"모르퀴드, 제발."

인간이 거의 빌다시피 했다. 하지만 모르퀴드도 여동생과 다를 바 없었다.

라그나는 필사적이 되어 한 팔을 케이타의 허리에서 떼어 그녀의 손에 댔다. 그리고 가장 약한 번개 전류를 흘려 보냈다. 그것만으로도 충분했다. 전류는 케이타의 손가락을 타고 흘러 언니의 머리카락으로 전해졌고 곧장 정수리까지 이어졌다. 둘 다 소리를 지르며 서로를 놓아 버렸고, 두 남자는 그 틈에 여자들을 떼어 놓을 수 있었다.

"헤픈 계집애."

모르퓌드 공주가 비명을 질렀다.

"뻣뻣한 목석."

케이타도 비명을 질렀다. 그러더니 한 여자가 다른 여자의 뺨을 때렸고, 상대도 뺨을 때렸다. 라그나는 이제 진력이 났다. 그는 탁자 아래로 내려가 케이타를 안고 서늘한 밤공기 속으로 나왔다.

브라스티아스는 모르퓌드를 그들의 방으로 데려가서 문을 닫았다. 그리고 모르퓌드를 침대 위에 올려놓고 문을 잠근 후 다시 침대로 돌아와 그녀 옆에 앉았다. 그녀가 무릎 위에 팔꿈치를 얹고 얼굴을 두 손에 묻었다.

"문을 잠갔어."

그가 말했다.

"확실해요?"

"그럼."

그러자 모르퓌드는 눈물을 흘렸고 브라스티아스는 그녀를 품안에 끌어안아 실컷 울도록 놔두었다.

라그나가 케이타를 내려놓자마자, 그녀는 다시 성으로 돌아가려 했다.

"은혜도 모르는 못된……."

그는 그녀의 팔을 잡고 도로 끌어당겼다.

"잊어."

"잊어? 내 정당한 경멸까지 포함해서 아무것도 잊을 수 없어."

그 말에 라그나는 솔직히 어쩌지 못하고 웃음을 터뜨리고 말았다.

"미안. 정말 미안해."

그는 도망가려는 공주를 꼭 잡은 채로 거짓말을 했다.

"당신이 미안할 리가 있어. 언니랑 생각이 똑같을 텐데. 저 헤픈 계집의 야코를 죽이자."

"당신 언니와의 싸움에 나를 끌어들이려 하지 마. 이건 둘 문제잖아. 난 그냥 순수한 구경꾼일 뿐이라고."

라그나는 벤치에 앉아 케이타를 끌어당겼고 그녀는 옆에 풀썩 주저앉았다.

"불쌍한 늙은 암소 같으니."

케이타가 웅얼거렸다.

"자, 자. 자기 자신을 그렇게 비하할 필요 없어."

그녀의 작은 주먹이 그의 팔을 쳤다.

"언니는 언제나 그래. 언제나 시비를 건다고."

"당신 언니가 시비를 걸었던가?"

케이타가 그를 쏘아보았다.

"내가 시비를 걸었다고 말하는 거야?"

"그저 내 눈에는 둘 다 똑같이 책임이 있는 것 같았다고 말하는 것뿐."

"당신이 언니 편을 들 줄 알았어야 했는데."

"나는 누구 편도 들지 않아."

"거짓말쟁이."

케이타가 일어서서 드레스를 풀기 시작했다.

"뭐하는 거야?"

"당신들 모두에게서 도망가려고. 애초에 돌아오지 않았어야 했어."

"케이타, 가지 마."

다른 건 둘째 치고 여기 나를 혼자 두고 가지 마.

"난 환영받지 못하는 자리엔 머무를 수 없어."

"누가 그런 말을 했지? 오빠들과 그 짝들은 모두 당신이 돌아와서 무척 좋아하는 것 같던데."

"안타깝네."

케이타가 옷을 찢다시피 벗어 그에게 던졌다. 그는 아직도 대체 자기가 무엇을 잘못했기에 그녀의 화를 샀는지 정확히 알 수가 없었다.

"어디로 가는 거야?"

그녀는 벌거벗은 채로 궁정 뜰 한가운데를 쿵쿵 걸어가면서 원래 형태로 변신했다.

"떠나는 거야."

"하지만 우리 계획은……."

그녀가 날아오르자 라그나는 한숨을 지었다.

"어쩌고?"

그는 자기 손에 들린 드레스를 내려다보았다. 입고 있을 땐 참으로 예뻤건만.

"그 색은 당신 눈을 돋보이게 해 주겠는데."

이스트랜더가 뒤에서 불쑥 말하는 바람에 라그나는 조금이지만 놀라고 말았다.

"젠장맞을. 대체 어디서 나온 거야?"

"어디든 있을 수 있고, 아무 데도 없을 수 있지."

렌이 허공에 대고 한 손을 움직였다.

"나는 주위에 있는 모든 것과 하나야. 땅, 바다……."

"계집애 같은 냄새가 나는데."

렌은 손을 떨어뜨리더니 케이타가 떠난 벤치 위에 앉았다.

"나한테는 여자 몇 명을 합친 냄새가 날걸. 하지만 알아주니 고맙군."

그가 씩 웃으며 드레스를 가리켰다.

"케이타가 벗어 놓고 간 거야?"

"그렇게 말할 수 있겠지."

"언니랑 뭔 일 있었나 보지?"

라그나는 한숨으로 대신 대답했다.

"별로 신경 쓸 것 없어. 매일 하는 짓이니까."

"난 익숙하지가 않아서. 노스랜드 여자들은 그렇게…… 그런 식으로 행동하지 않아."

"그의 말이 맞아요."

다그마가 다가와 라그나의 다른 쪽에 앉았다.

"우린 그런 식으로 행동하지 않아요. 대신 우리는 조용하게 고양이처럼 교활하게 앙심을 품고 심술을 부리죠. 하지만 이 말만은 해야겠네요. 두 자매에게 돈을 주고 군대에 들어가게 해서 내 아버지 요새에 가서 내가 방금 본 것처럼 올케들과 싸우게 할 수 있다면……."

다그마는 두 손을 맞잡았다.

"그 대가로 뭐든 포기할 생각도 있다는 것."

렌은 웃었지만, 라그나는 머리를 긁으며 말했다.

"오늘 하루가 참 길군."

케이타는 다크글렌 한가운데 있는 피어구스의 동굴로 돌아갈까 갈등했다. 거기서 혼자 화를 내든가, 쌍둥이가 태어난 이래로 항상 동굴을 지키고 있는 경비병 중 누구를 놀려 주든가, 선택권이 있었다. 그래도 생각해 보니 남자들과 시시덕대며 장난을 치거나 섹스할 기분이 아니었다. 하지만 언니의 얼굴을 주먹으로 날려 주고 싶은 기분이긴 했다. 그렇게 하고 싶었다.

망할 계집. 비판적이고 냉혹한 계집.

오빠의 동굴로 가는 게 괜찮은 계획이라는 결론을 내리고, 케이타는 날개를 접어 다크글렌으로 돌아갔다. 하지만 언덕 위에 피워 놓은 모닥불을 보자 비행 방식을 조절해서 그 위를 날았다. 너무 늦은 시간이었지만 조카들에게서 그렇게 가까운 곳이라면 모든 것이 안전한지 확인하고 싶었다. 그녀는 자세히 들여다보자

마자, 곧장 아래로 내려가 발톱으로 땅을 단단히 짚으며 착륙했다. 발아래 땅이 흔들렸다. 얼굴에 흩어진 털을 흔들고 있을 때, 여자들의 목소리가 합창처럼 울려 퍼졌다.

"케이타."

케이타는 그들에게 다가가며 인간 형태로 변신해서 사촌들이 내민 와인병과 고모가 권한 담요를 받았다.

"너 돌아왔다는 말 들었다."

베르세락의 누나 중 한 명인 브라다나가 말했다.

"그런데도 지금까지 우리를 찾아오지 않았지?"

브라다나 고모의 목소리는 돌길을 굴러가는 수레바퀴처럼 흘러나왔다. 고모는 몇 세기 전의 격한 전투에서 목이 베인 적이 있었다.

"나한테 캐묻지 마세요, 고모."

케이타는 될 수 있는 한 위엄 있게 말하려고 힘을 주었다.

"마지막 날까지 해야 할 왕족의 의무가 많았답니다. 성질 고약한 번개 드래곤과 잘 삐치는 오빠들, 망할 사악한 언니까지 다 포함해서."

모든 여자들이 씩 웃었다.

"모르퓌드."

케이타는 와인을 힘차게 꿀꺽 들이켠 후에 말했다.

"언니가 목석인 게 내 탓이야? 언니의 경건한 태도를 참아 줄 수 있는 남자가 오직 인간 남자밖에 없는 게 내 탓이냐고? 언니가 성질 고약한 마귀인 게 내 탓인가?"

"그럼, 그렇지."

사촌 한 명이 대꾸했다.

"입 닥쳐."

케이타는 땅에 철퍼덕 주저앉았다. 여자 친척들이 주위에서 웃어 대는 동안, 그녀는 와인을 꿀꺽꿀꺽 삼킨 후에 누군가에게 병을 건넸다.

"모두에게 진절머리 난다는 말 해도 될까? 너희도 마찬가지야. 대부분은 몇 년 동안이나 보지도 못했지. 아예 가까이 오지 말았어야 했는데."

"가족을 잊어버릴 순 없어."

브라다나 고모가 제일 좋아하는 말 중 하나였다. 케이타의 할아버지 아일레안이 했던 말 그대로였다.

"네가 어딜 가든 무얼 하든 상관없이 그들은 언제나 너의 일족일 테니까."

"떨쳐 버릴 수 없는 질병 같죠."

다른 사촌이 끼어들었다.

"아."

브라다나의 장녀 로나가 케이타를 가리켰다.

"내가 마지막으로 들었을 땐 아누바일 산에서 훈련하고 있다고 하던데. 그 누구더라…… 아, 카단 삼촌의 큰딸이랑."

"엘레스트렌이지."

다른 고모가 알려 주었다.

케이타는 코를 문질렀다.

"맞아. 훈련은 그렇게 결과가 좋진 않았어."

"너한텐 너무 버거웠던 거 아냐, 공주?"

로나가 놀렸다. 벌써 약간 취해 있었다. 옆에 던져 놓은 빈 와인병의 수를 재빨리 세어 본 결과 놀랄 일도 아니었다.

"우리 모두 너희 왕족은 별로 일하기 싫어하는 거 알거든."

"나보고 동틀 때 일어나라고 했어…… 훈련하라고. 왜 그렇게까지 해야만 해? 오후에 하면 안 되나? 아니면 초저녁에? 좋아, 어쩌면 검이나 전투 도끼, 전투 망치나 긴 도끼가 딱히 내…… 기술 수준에 맞지 않았는지는 모르지. 나는 어쨌든 무기를 들고 싸우려고 거기 간 건 아니었어. 그런 훌륭한 능력은 너희 사랑스러운 드래곤들에게 맡겨 둘게. 너희는 그런 걸 천성적으로 좋아하는 것처럼 보이니까."

다른 사촌이 고개를 저었다.

"네 눈이 갈색인 것도 놀랍지 않아. 너는 정말로……."

"하지만 실력이 부족하다 보니 결국에는 쫓겨나고 말았지. 그건 약간 부당해. 며칠씩이나 열심히 훈련했는데…… 거의 일주일 가까이 했다고. 그런데도 내 실력이 빨리 늘지 않는다고 생각하자 재깍 차 버리고 말았어."

"정말 그렇구나."

브라다나가 동의의 뜻으로 고개를 끄덕이더니 술을 홀짝거리며 말했다.

"하지만 네가 쫓겨난 진짜 이유는 엘레스트렌의 눈을 뽑아서가 아니냐."

모닥불이 타닥거리는 소리를 제외하고는 모두 침묵에 빠졌다. 심지어 야행성 동물들도. 사촌과 고모 들이 멍하니 브라다나를 바라보자, 브라다나가 병째로 와인을 들이켜며 킬킬 웃었다.

"내가 그 애 눈을 뽑은 게 아니에요."

케이타는 이를 득득 갈았다.

"고의로 그런 건 아니라고요, 자기방어였지."

그러고는 여자 친척들 너머로 손을 뻗어 다른 고모에게서 와인병을 낚아챘다.

"그리고 내가 아무리 자기방어였다고 말해도 평생 아누바일에 발을 디디지 말라는 추방 명령을 받았죠. 왕실 근위대 개자식들의 규칙에 따른 거라는데, 대체 그 망할 게 무슨 뜻인지 이 규칙은 알지도 이해하지도 못해요."

"사고든 아니든…… 엘레스트렌은 조심해라. 그 애는 성격이 비열하고 용서를 몰라."

브라다나가 경고했다.

"걔 정도는 내가 처리해요."

케이타는 대꾸했다.

"다른 말로 하면 완전히 피해 다닌다는 거지, 어?"

로나가 물었다.

"어쩌면 약간은."

케이타는 웅얼거리며 한 모금 더 마셨다. 친가 쪽 일족이 만든 술을 마시면 언제나 그렇듯이 머리가 가볍게 핑 도는 느낌이 들었고, 그녀는 소리 지르다시피 말했다.

"게다가 모두에게 알려 두겠는데, 나는 그 성질 고약한 계집에게 다양한 색깔의 아름다운 안대도 많이 보냈다고. 때마다 바꿔 낄 수 있도록."

모든 여자들이 아직도 자기를 쳐다보는 것을 깨닫고 케이타는 물었다.

"뭐?"

웃음을 참으려는 기색이 역력한 로나가 사촌들과 이모들을 둘러보더니 몸을 앞으로 내밀고 물었다.

"걔한테 안대를 보냈다고?"

"난 정말 상냥하게 대했어!"

자고 있는 사촌 형과 뚱하니 생각에 잠긴 동생의 상태를 확인한 후 라그나는 자기 방으로 가서 잠깐 동안 노스랜더에서 가지고 온 편지를 몇 통 읽었으나, 자세히 살필 시간은 없었다. 대부분 다양한 부대와 분대의 지휘관이 보낸 편지였다. 편지와 전신은 짧긴 했지만, 하나하나 읽을 때마다 점점 불안이 피어올라서 리아논 여왕의 생각이 맞았다는 확신이 들었다. 사우스랜드에서 무슨 일이 일어나든 노스랜더가 크게 개입되어 있었다.

그는 또한 금방은 잠들 수 없으리라는 것을 알았다. 그래서 머리를 좀 식히고자 산책을 나가기로 마음먹고, 먼저 동생에게 돌아가 편지들을 건넸다.

"읽어 봐."

동생은 아직도 뚱한 상태였다.

"알았어."

"그리고 내일, 사람들하고 얘기해 봐."

"뭐에 대해서?"

"아무거나. 적에 대한 어떤 소문이든, 전쟁도 좋고 아무거나 괜찮아."

동생은 지역민이나 하인들에게서 온갖 종류의 정보를 캐내는 요령이 있었다. 라그나는 사우스랜드 인간들 사이에 일어나는 일에 대한 감각이 필요했다. 드래곤들이 종종 인간으로 변장해서 얻어 내는 건 고작 여분의 식량 출처 정도인 경우가 많았지만, 그는 인간 세계에서 일어나는 일은 드래곤 사이의 사건에 직접적으로 영향을 끼친다는 것을 알고 있었다.

"나중에 알려 줘."

그렇게 말한 라그나는 방을 나와 대전으로 향하는 계단을 내려갔다. 이 영토에는 호수와 시내가 있었고, 그는 생각을 정리하며 앞으로 할 일을 구상하기에 적당한 조용하고 고요한 호수를 하나 찾아 놓았다.

하지만 계단을 다 내려가기 전에 뭔가 그의 옆을 데구르르 굴렀다. 계단 한가운데에 그게 쿵 떨어지자 라그나는 가까이 가서 자세히 들여다보았다.

"케이타."

그는 그녀의 옆에 웅크리고 앉았다. 그녀는 아직도 인간 형태였고 오로지 담요만 두르고 있었다. 그런 높이에서 떨어지면 쉽게 죽을 수도 있었다.

라그나는 조심스럽게 케이타를 뒤집어 보았다. 코에선 피가 흐르고 있었고 집에서 만든 안대 같은 물건을 차고 있었다. 실제로 두 개나. 한쪽 눈에 한 개씩. 하지만 숨은 아직 쉬고 있었고 심장도 뛰었다.

"케이타? 내 말 들려?"

라그나는 담요를 벗겨 내고, 그 아래 인간 몸의 아름다움은 무시하려고 필사적으로 애쓰면서 어디 다친 데는 없는지에 집중했다. 두 손으로 갈빗대부터 엉덩이까지 훑었다. 부러진 데는 없었지만 이마에는 흉한 혹이 나 있었고, 그 이상한 안대는…….

그는 안대에 손을 뻗어 벗기려 했지만 케이타가 콜록콜록 기침했다. 라그나는 손을 도로 뺐다.

"천둥의 신들이시여, 대체 술을 얼마나 마신 거야?"

케이타가 손가락 네 개를 들며 혀 꼬인 소리로 말했다.

"에일 두 잔."

"괜찮아, 사촌?"

드래곤 하나가 역시 위에서 혀 꼬인 소리로 물었다. 케이타가 펼친 네 손가락이 하늘을 향한 엄지손가락으로 바뀌었다.

"잘됐네. 하지만 오늘 밤 저녁 식사에서 네 잘생긴 친구를 소개해 줘."

"직접 가서 번개 드래곤을 구해!"

케이타가 마주 외쳤다.

"둘 더 있어. 별로 나쁘지 않다고."

"이기적인 계집애!"

"냉혹한 '독사'!"

드래곤이 총총 사라지며 웃음소리도 스러졌다. 라그나는 술 취해 벌거벗은 공주님과 남아 버렸다.

그는 그녀 위로 몸을 숙였다.

"케이타……."

케이타의 두 손이 그의 얼굴을 쾅 치는 바람에 말이 끊겼다.

"나 눈멀었어!"

그녀가 손으로 막 더듬으며 소리 질렀다.

"아무것도 안 보여! 어째서 신들은 나를 저주한 거지?"

"조용히 해! 다들 깨겠어."

라그나는 그녀의 두 팔을 내리며 안대를 벗겼다.

"아."

케이타가 몇 번 눈을 깜박이더니 라그나에게 마침내 초점을 맞췄다.

"안녕, 에이브히어."

그는 모욕당한 기분이었다.

"라그나야. 얼간이 같으니."

"내 누이를 어떻게 한 거예요?"

블루 드래곤 왕자가 뒤에서 물었다.

지금 꼴이 어떻게 보일지 알았지만, 라그나는 별로 개의하지 않았다.

"네 누이를 노예시장에 팔면 얼마나 받을까 알아보려던 중. 꽤 예쁘다고 생각하는데."

"생각한다고?"

케이타가 물었다.

"그리고 너. 대체 넌 그동안 어디 갔었어?"

그녀는 동생을 향해 물었다.

에이브히어가 마을을 가리켰다.

"술집에."

"음, 동생 네가 술집 여자들과 네 검을 갈고닦는 사이에 우리 사촌들이 내게 술을 억지로 퍼먹였다고. 몇 시간이나."

"억지로 퍼먹여, 누나? 정말로?"

"그게 무슨 뜻이야?"

"아무것도."

에이브히어가 누나에게 손을 내밀었다.

"제가 누나를 방으로 데려다주죠."

"아니, 너 아냐."

케이타는 라그나를 가리켰다.

"이자가 할 거야."

"내가?"

"그래, 야만족. 당신이 해."

케이타가 두 팔을 뻗었다.

"나를 안아."

"한 다리만 잡고 끌고 가면 안 되나?"

"내 위 속에 들어 있는 거 다 토할 땐 당신 얼굴을 직통으로 겨냥할 거야."

"참 매혹적이군."

라그나는 그녀를 두 팔로 안아 들었다.

"내가 데려가지."

그리고 성 반대편으로 걸어가기 시작했다. 하지만 몇 걸음 걸은 후 발길을 멈추고 돌아보지도 않은 채로 어린 드래곤에게 경고했다.

"날 그렇게 쏘아 보지 마, 꼬마."

"예이!"

케이타는 딱히 누구에게라고 할 것도 없이 고함을 지르더니 완전히 정신을 잃어버렸다.

케이타가 깨어났을 때는 머리 위에 밤하늘이 보였고 오른쪽 옆으로는 흐르는 물소리가 들렸다. 참 근사한 광경이었지만, 그녀는 즐길 수가 없었다. 대신 몸을 뒤집고 가까운 덤불로 재빨리 기어가서 몸속에 남아 있던 망할 와인을 다 토해 버렸다.

손바닥으로 땅을 짚어 몸을 받치고 네다섯 번 게워 냈을 때, 등을 두드려주는 손이 셔츠 사이로 느껴졌고 다른 손은 그녀의 머리카락을 잡아 주었다.

"기분이 좀 좋아졌나?"

낮은 목소리가 물었다.

그녀는 긴장해서 지난 몇 시간을 기억하려고 해 보았다. 딱히 어떤 남자의 상처 입은 에고를 위로해 줄 만한 짓은 한 것 같지 않았다. 다행스럽게도 만취 밀회는 백오십 년 전에 졸업했다. 정신이 들었을 때 이름도 모르는 남자가 부드럽게 미소를 지으며 꽃과 아침 식사를 침대로 가지고 오는 경험은 언제나 싫었다.

"내 코……."

"부러졌어."

케이타는 자기 앞에 내민 손을 잡았고, 라그나가 그녀를 일으켰다. 천천히 둘은 시냇가로 걸어갔다.

케이타는 무릎을 꿇고 잠깐 입을 헹궈 냈다. 그런 후에는 점잖은 왕족이라면 누구나 아는 방법대로 아랫배에 힘을 주고 머리 전체를 얼음처럼 차가운 물속에 집어넣었다. 얼굴이 얼얼해지자, 그녀는 도로 일어나 앉으며 젖은 머리카락을 얼굴에서 휙 떼어 냈다.

"자."

라그나가 앞에 앉아 양손의 두 손가락으로 그녀의 코를 잡아서 재빨리 제자리에 맞췄다.

케이타는 눈을 감고 떨리는 숨을 내뱉었다.

"고마워."

그리고 재빨리 일어섰다가 그만큼 빨리 주저앉았다. 그녀가 엉덩방아를 찧기 전에 라그나의 팔이 잡아 주었다.

"눈 감아 봐."

그가 웅얼거리듯 말했다. 그리고 한 손을 그녀의 이마에 댔다. 손바닥이 그녀의 피부를 누르고 손가락이 부드럽게 두피를 주물렀다. 그녀는 그가 부드럽게 읊는 소리를 들었고, 그의 숨결이 그녀의 입술을 쓰는 느낌을 받았다. 금세 고통이 가라앉았다.

그가 손을 스르르 떼면서 그녀를 찬찬히 살폈다.

"더 나아졌나?"

"훨씬. 고마워."

그녀는 다시 인사했다.

"천만의 말씀."

그가 그녀 옆에 앉았다.

"앤뉠이 당신 사촌 다리를 부러뜨렸을 땐 왜 당신이 안 했어?"

라그나는 살짝 미소를 지었다.

"치유는 여성의 기술이야."

"그건 당신 의견이야, 아니면 여자들 의견이야?"

"내 생각은 아니지만, 나는 굳이 괴로운 고통을 버틸 필요를 모르겠어서. 또, 아버지는 항상 나를 보고 '연약한 놈'이라고 했었지."

"당신 아버지…… 내가 알기론 그렇게 명석한 드래곤은 아니었는데. 거기는 이 주밖에 있지 않았지만, 당신 아버지를 설득해 산 전 구역을 부숴 버리도록 할 수 있었지."

라그나가 얼굴을 약간 찡그리며 그녀를 바라보았다.

"그래서 올게어 산이 그렇게 된 건가?"

"으흠. 나는 박쥐처럼 장식도 없는 동굴에서 살 수는 없다고 했지. 어떻게 내가 행복하게 살겠어?"

"우린 지금 거기 갑옷을 보관해. 어떻게 아버질 설득했지?"

"쉬웠어. 당신 아버지가 듣기 좋은 말을 하고, 바라는 행동을 하고, 아첨하고 꼬시고. 사흘 걸렸지. 그것도 내가 첫날은 흐느끼면서 발톱을 오그리느라 낭비해서 그랬고."

"전혀 무섭지 않았나 보군, 그랬어?"

케이타는 고개를 살짝 흔들었다.

"그들이 내 날개를 바로 잘라 버리지는 않았으니까……."

그리고 미소를 지었다.

"당신 형제와 사촌 들은 그렇게 나쁘진 않던데. 약간 단단해서 그렇지."

케이타는 움찔했다.

"머리가 말이야. 내 말은 어깨 위에 달린 머리가 단단하다고."

"처음에 말할 때 알아들었어."

라그나가 그녀의 손을 부드럽게 잡더니 들어 올리고 한참을 살폈다. 한참 후, 그가 말했다.

"뭐 하나 얘기해도 되나."

"내가 십 분 동안 토하는 걸 봐 주고 부러진 코를 제자리에 맞춰서 숨 쉴 수 있게 해 주었으니, 무슨 얘기를 하든 들어 줄 마음이 있어."

"당신 어머니 말이 맞을지도 몰라. 강철 드래곤…… 내 사촌 스퀴르뵈른에 대해서도. 강철 드래곤이 노스랜드 영토를 지나 사우스랜드로 침공할 계획인 것 같아."

"왜 그러는 거지?"

"서부 산맥을 통해서 오는 건 어리석기 때문이지. 거긴 숨을 데가 없으니까. 공격에 융통성이 있는 더 나은 계획을 고안할 길이 없어. 일단 서부 산맥까지 진격하면 사우스랜더와 전면전이 되겠지. 내 아버지조차도 그런 위험은 무릅쓰지 않을 만한 전투일 거야. 강철 드래곤들이 이전에 한 번 졌던 적 있는 전투고."

"남쪽으로 가서 사막지대를 가로질러 올 수도 있잖아."

"그럼 모래 드래곤을 상대해야 하는데? 그렇게 멍청한 자는 없어."

"그래, 북쪽이군."

라그나가 숨을 들이마셨다.

"그들은 노스랜드와 아이스랜드를 가르는 국경 지대로 올 수 있다는 것을 깨달았어. '내 어머니의 비참한 산맥'을 지나……."

케이타는 잡히지 않은 다른 손을 들어 그의 무릎 위에 올려놓았다.

"미안. 그런데 '내 어머니의 비참한 산맥'이 진짜 이름이야?"

이제까지 본 중에서 가장 부끄러워하며 라그나가 살짝 어깨를 으쓱했다.

"이름 짓기는…… 우리 노스랜더의 강점이라고 할 수 없지."

"이제야 알겠네. 그런데 아이스랜드 드래곤이 그들을 도울 것 같다고?"

"아이스랜드 드래곤이라는 건 없어. 눈 드래곤은 있지. 그들은 노스랜드를 열과 비참함이 가득한 뜨거운 정글이라고 생각해. 어쨌든 그들이 곧 쳐들어오지 않을까 싶어."

"아."

"그리고 또 '영원한 자'들이 있어. 대를 거쳐 영원한 삶을 선택한 불멸의 존재들이지. 몇 안 되지만, 그들은 위험해."

"그들이 독립 구역민을 도울 거라고 생각해?"

"그들은 모두를 싫어해. 내가 듣고 읽은 바에 의하면, 영속적 삶을 얻었지만 그걸로 행복해지진 않았다더군. 하지만 그들이 트라시우스를 돕기로 한다면 확실히 문제일 거야. 그들은 산성 용액을 내뿜거든."

"윽."

너무 불쾌하게 들리는 말이라 케이타는 더 생각하지 않기로 했다.

"그러면 정말로 당신 사촌……."

"스튀르뵈른."

"그래, 스튀르뵈른. 그가 정말로 강철 드래곤을 도울 거라고 생각해?"

"아니, 케이타. 그는 이미 도왔을 거야."

케이타는 그의 대답에 너무 놀라서 잡힌 손을 빼려 했지만, 라그나는 그녀를 놓아줄 마음이 없었다. 그는 이 순간 케이타를 신뢰하고 있었다. 동생과 사촌을 제외하고는, 이전에 누구를 신뢰했던 것 이상으로 그녀를 신뢰했다.

그가 손을 놓지 않자, 그녀가 긴장을 풀고 물었다.

"이미 도왔다는 게 무슨 뜻이야?"

"국경 근처에 있는 내 지휘관들은 스튀르뵈른이 강철 드래곤의 소규모 군대가 영토를 통과하게 도왔다고 믿고 있어. 그들과 함께 드래곤을 하나 데리고 있었고, 그 여자를 빼앗기지 않으려고 상당한 돈이 오갔다더군."

"스뛰르뵈른이 독립 구역을 위해 자기 민족을 배신했다고?"

"아이스랜드에 가까워질수록 돈으로 더 많은 것을 살 수 있다지. 특히 충성심까지도."

케이타가 그의 손가락을 자기 손가락으로 쥐어짰다.

"그 부대는 어디로 이동했지?"

"사우스랜드 국경까지. 그 후는 내 지휘관들도 몰라."

"망할."

그녀가 낮은 목소리로 내뱉었다.

라그나는 시내를 바라보았다.

"당신 어머니와 왕좌를 배신하고 우리에게 올 자들을 기다릴 시간이 없을지도 모른다는 걱정이 되는군."

이렇게 하기는 싫었지만 다른 선택이 없다는 것을 안 그는 시선을 들어 케이타의 눈을 마주 보았다. 그녀의 미소는 다정했다.

"괜찮아, 라그나. 나도 똑같은 생각 하고 있었어. 하지만 모르퓌드와 다투고 난 후 언니의 비판적인 눈초리에서 도망갈 수 만 있다면 이 정도는 극복할 준비가 되어 있지."

"이건 위험한 행동일 수도 있어, 케이타. 다른 이들에게 당신이 에쉴드의 행방을 알면서도 일부러 어머니에게 말하지 않았다는 사실이 알려진다면……. 내 말은, 리아논이 결국에는 옳았다는 거야. 당신은 사우스랜드 법을 깼고, 그건 위험해."

"좋은 게임은 언제나 위험하지."

"이건 더 이상 게임이 아니야. 특히, 당신의 일족이 당신에게 돌아설 위험이 있을 때는."

"내 일족은 절레절레 고개를 저으며 말하겠지. '케이타 저거, 걔는 머릿속에 상식이란 없다니까.' 어머니는 벌써 알고 계시고. 어머니는 나의 가장 큰 위협이니까."

"당신 오빠들은?"

"피어구스와 브리크는 고함을 지르고 으르렁대고 불을 내뿜겠지. 뭐…… 오빠들이야 언제나 그러니까. 그렇지만 내게 해를 끼치는 일은 없어. 그웬바엘도 이 년 동안 에쉴드의 거처를 알고 있었잖아. 게다가 왕좌를 배신할 자들을 꾀어낼 수 있으면…… 그 정도 위험은 감수할 만하지. 가만히 앉아서 뭔가 일어나길 기다리고 있는 건 말할 것도 없고……."

"그래, 지루하지."

"죽도록 지루해. 그리고 혹시 알아? 우리가 때를 잘 맞추면 금방 해결할 수 있을 거야. 일단 잔치가 끝나면, 당신과 당신 일족은 북쪽으로 돌아가고 나는…… 어디든 갈 수 있겠지."

"당신이 집이라고 부를 만한 곳은 없나?"

"세계가 나의 집이야."

"집이 크기도 하네."

"난 공간이 필요해."

케이타가 잡혀 있지 않은 손으로 그의 어깨를 문질렀다.

"좋아. 당신 웃고 있네."

"웃든 안 웃든 이게 끝나기 전까지 나는 당신 곁을 떠나지 않을 거야."

"그럼 나를 도로 데려다주는 편이 좋을 거야. 두 태양이 뜰 때 내 방을 몰래 빠져나가는 모습을 들키려면."

"왜 또다시 그래야만 하지?"

"그러면 우리가 관계를 숨기고 있는 것처럼 더 수상하게 보일 테니까. 내가 절대로 하지 않을 짓이지. 모든 이들이 이번에는 내가 왜 숨기는지 궁금해할 거야. 거기에 에쉴드에 대한 진실까지 더하면, 내 어머니를 몰아내려는 음모처럼 보이겠지."

그 말에 라그나는 걱정이 되었다. 겁이 났다. 자신을 위해서가 아니라 케이타를 위해서.

"이건 위험할 수도 있어."

"아, 걱정하지 마. 당신이 나랑 사랑에 빠지도록 놔두진 않을게. 그게 당신 걱정이라면."

"그런 건 아냐. 진실이 밝혀졌을 때 당신에게 닥칠 위험을 말하는 거지."

"자, 자. 우리 둘 다 당신이 나와 사랑에 빠질까 봐 두려워한다는 걸 알잖아. 그리고 그래야지. 나는 정말 멋진 여자잖아."

그녀가 놀리듯 말했다.

"대단하긴 하지, 그래."

케이타가 그를 똑바로 바라보았다.

"여기서 계약을 맺자."

"무슨 계약? 나를 사랑에 빠뜨리지 않겠다는 계약?"

"아니. 내가 떠나면 당신은 그냥 부서진 심장을 안고 아파해야 할걸. 그리고 나는 떠날 거니까."

"그러면 뭐? 이 일이 끝날 때까지는 서로에게 충실하자는 계약인가."

"서로를 배신하는 속임수는 쓰지 말자는 계약. 우리는 이 일에서 같은 편이야. 난 당신을 믿어. 하지만 내 삶이 걸려 있을 때는……."

"나도 미리 조심할 필요를 이해하고 항상 좋아하기도 하지. 하지만 난 널 절대 배신하지 않아, 케이타."

단어 하나하나가 진심이었다.

"그럼 나한테만 전념하는 게 싫지 않겠네."

"전혀."

하지만 그녀가 손바닥을 입 가까이 올리자 라그나는 재빨리 덧붙였다.

"그래도 당신이 손바닥에 침 뱉고 약속하자고 하면, 난 악수 안 할 거야."

그녀의 손이 툭 떨어졌다.

"까다롭기는."

케이타는 주변의 땅을 잘 살피다 그의 허벅지 위에 몸을 뻗고 그의 여행 가방을 뒤졌다. 그녀에게 입힌 셔츠가 허리까지 올라가서, 그가 이제껏 본 중 가장 사랑스러운 엉덩이가 그를 정면으로 향했다. 실룩거리면서.

"뭐하는 거야?"

그녀가 그의 무릎 위에서 꿈틀거리며 떨어졌다. 그는 이 동작이 좋기도 하고 그만큼 싫기도 했다.

"이게 뭐지?"

그녀가 손바닥을 펴며 물었다.

"룬스톤이야. 주문을 걸거나 미래를 볼 때 쓰곤 하지."

"이건 큰 의미가 있어?"

"내 어머니의 것이야.

"그러면 큰 의미가 있겠군."

그녀는 돌들을 자세히 관찰하더니 한 개를 골랐다. 나머지는 그에게 건네고, 자기가 고른 것 하나만 손바닥 가운데 놓았다. 라그나는 케이타가 고른 돌을 보고 씩 웃을 수밖에 없었다.

"왜?"

"아무것도 아냐."

"저주받거나 한 건 아니겠지?"

"물론 아니지."

"그럼 당신 얼굴에 떠오른 표정은 뭐야?"

"그냥 당신 선택이 재미있어서."

"이게 저주받았기 때문에?"

"아니. 그건 불의 룬스톤이야. 열과 힘을 상징하지."

케이타가 미소를 띠고 돌을 살폈다.

"그리고 섹스도."

그녀의 미소가 곁눈질로 바뀌었다.

"그리고 사랑도."

곁눈질은 다시 조소가 되었다.

"모든 걸 망쳐 버려야겠어?"

그녀가 돌을 던져 버리려 하자, 라그나는 양손으로 그녀의 손을 잡고 돌을 둘 사이에 가두었다.

"레드 드래곤 케이타."

그는 그녀가 알에서 깬 후에 받은 이름을 불렀다.

"이 돌의 힘과 내 조상의 이름으로 당신을 말로든 행동으로든 마음으로든 배반하지 않을 것을 맹세합니다."

그녀의 얼굴 전체가 못마땅하다는 듯 일그러졌다.

"그렇게까지 해야겠어?"

"자, 이제 당신 차례야, 공주."

"라그나……."

"여덟 번째의 라그나."

케이타의 눈이 커졌다.

"진짜야?"

"나는 형제 중 중간이지."

"아! 그거면 충분해. 더 이상은 듣지 않겠어."

그녀가 몸을 부르르 떨었다.

"여덟 번째의 라그나. 나는 이 돌의 힘과 내 조상의 이름으로 당신을 말로든 행동으로든 배신하지 않을 것을 맹세합니다."

"마음으로든을 뺐군."

"난 거기까진 못해."

"마음으로든."

그는 웃지 않으려 하며 밀어붙였다.

"좋아! 알겠다고! 마음으로든 배신하지 않겠습니다."

그녀가 마지막 말을 내뱉자마자 돌에서 힘이 나오더니 그들 손을 타고 온몸을 흐르면서 강한 한 줄기 바람처럼 머리카락을 뒤로 흩날렸다.

케이타가 두리번거리다 그를 쏘아보았다.

"그거 뭐였어?"

"전혀 모르겠는데."

"알아야지. 당신 마법사잖아."

"그래. 하지만 내가 이걸 썼을 때는 한 번도 없던 일이야."

"당신, 내게 저주를 걸었지?"

"대체 저주에 왜 이리 집착해?"

"그건 대답이 아니야."

"아니, 난 당신을 저주하지 않았어."

"안 하는 게 좋을걸."

"했으면?"

"날 믿어, 라그나. 나는 남에게 쾌락을 주는 법만큼 빼앗는 법도 알고 있다고. 자."

케이타가 그의 셔츠를 입고서도 위엄 있는 모습을 보이며 일어섰다.

"당신이 새벽에 내 방을 슬금슬금 빠져나가는 모습을 들키도록 돌아가자."

라그나는 헛기침을 하며 눈썹을 치켰다.

"뭐?"

그는 한층 더 눈썹을 높이 세웠다.

"아, 좋아."

케이타가 룬스톤을 그의 손에 찰싹 내려놓았다.

"당신네 사우스랜더는 대단한 도둑이라니까."

"내가 그걸 갖는 게 싫으면 가방에서 꺼낼 때부터 막든가."

"도둑질은 당신이 해 놓고 나를 탓하는 거야?"

"그래!"

그녀가 쿵쿵 걸어가다가 어깨 너머로 고함쳤다.

"빨리 와! 밤새 그러고 있을 순 없잖아. 그리고 내 엉덩이 좀 그만 봐!"

"너무 커서 안 볼 수가 없잖아."

라그나는 조용히 웅얼거렸다고 생각했으나 화염구가 날아와 그의 머리를 날려 버릴 뻔했다.

케이타는 잠에서 깨면서 누가 자기를 생매장했나 궁금했다. 아마도 그웬바엘이겠지. 나쁜 자식. 그때 자기가 뭔가 숨 쉬는 것 밑에 깔려 있다는 사실을 깨달았다.

번개 드래곤. 그거였다. 그가 간밤에 간호해 주었지. 토하고 코가 부러졌는데도. 망할 고모들과 망할 집에서 만든 술.

기이했다. 그녀는 정말로 라그나를 좋아하기 시작했다. 어머니도 라그나를 좋아하고 언니는 그를 존경하는 것 같다는 사실에도 불구하고.

케이타는 혼자 킥킥 웃었고 그녀 위에 누워 있던 거대한 몸이 떨어져 나오며 기지개를 켰다. 그녀는 모로 누우며 목소리를 낮춰 허스키하게 갸르릉거렸다.

"좋은 아침, 라그나."

그의 미소에는 졸음이 묻어 있었고, 풀어 내린 진한 자주색 머리카락은 야생의 갈기처럼 얼굴에 흩어져 있었다. 다음 순간 그가 완전히 잠에서 깨더니 공포와 충격에 빠진 표정을 지었다.

케이타는 침대에 도로 누우며 헤실헤실 웃었다.

"내가 어떻게 당신 침대에 들어왔지?"

"내가 점잖게 부탁했고, 당신도 동의했잖아."

그가 몸에 두른 모피를 들었다.

"그러면 어째서 내가 벌거벗고 있나?"

"아침부터 질문이 너무 많으시네. 나를 상대할 때 그게 현명한 짓이라고 생각해?"

"좋은 지적이군."

그가 일어나 앉으며 하품을 하고는 물었다.

"기분은 어때?"

"놀라울 정도로 좋아. 상황을 생각하면."

그녀는 한 손으로 그의 어깨를 밀었다.

"간밤에는 고마웠어."

그가 자신에게 닿은 손을 찬찬히 보다가 다시 얼굴을 보았다.

"천만의 말씀."

"맙소사."

그녀는 모피를 몸에서 던져 버렸다.

"이른 아침에는 목소리가 참 멋지네."

"그래?"

"그럼. 내가 주의하지 않으면 온갖 골치 아픈 일에 빠져 버릴 목소리인데."

케이타는 화장대로 가서 전날 저녁에 거기 두었던 작은 단지를 슬쩍 훑었다. 시냇가에서 시간을 보낸 후 들어왔을 때부터 단지의 존재를 눈치챘지만 너무 피곤해서 손댈 수가 없었다.

"이것부터 해치울까? 그럼 당신의 고문은 끝날 거야."

"섹스하자는 제안을 참 재미있게 하는데."

그가 건조하게 말했다.

"온몸이 막 근질거려."

케이타는 침대로 돌아가 라그나의 무릎 위로 기어 올랐다. 그녀의 맨엉덩이와 전쟁 군주의 물건 사이에는 오직 모피뿐이었다.

"당신하고 자겠다는 말이 아냐. 적어도…… 아직은."

그녀는 단지를 들었다.

"해독제야."

"신들에게 감사해야겠군."

그녀는 단검을 들었고, 라그나의 눈이 공포로 휘둥그레지는 것을 즐거이 감상했다.

"이제 가만히 있어."

그가 칼을 든 그녀의 손을 잡았다.

"다른 방법은 없나?"

"비극적이게도 당신의 경우엔 없네."

"그럼 내가 직접 하지."

"아이들처럼 왜 이래. 나도 이런 일은 잘해."

"그러시겠지."

라그나가 그녀에게서 단도를 빼앗았다.

"하지만 그렇다고 경계심을 늦출 순 없지."

그는 칼날을 자기 가슴의 상처에 대고 누르다가 멈추었다. 타는 듯한 푸른 눈이 그녀를 바라보았다.

"그리고 내 물건에 대고 그만 좀 꿈지럭대."

"어머, 내가 그러고 있는지도 몰랐네."

"거짓말쟁이."

케이타는 확실히 거짓말쟁이였다.

그가 재빨리 칼을 휘둘러 오래된 상처를 쨌고 그녀는 연고를 듬뿍 발라 상처 전체를 다 덮은 것은 물론 절개 부위 사이로도 밀어 넣었다.

"다 됐어."

라그나가 고개를 끄덕인 후 주문을 외워 상처를 덮고 연고가 스며들도록 했다.

케이타는 천을 이용해서 소량의 피와 손, 단검을 닦아 주었다.

"이러면 될 거야."

그리고 그의 허리에서 내려와 모든 것을 다시 화장대 위에 갖다 놓았다.

"그랬으면 좋겠군. 지난 이 년 동안 이 망할 상처가 얼마나 나를 괴롭혔는지."

"가여워라."

"그 말에는 일말의 가책도 안 느껴지는데."

케이타는 침대 뒤로 돌아가 다시 한 번 그의 옆에서 몸을 쭉 뻗었다.

"그 말에는 가책이 없기 때문이지."

둘은 한참을 서로 바라보았고, 라그나는 고개를 저은 후 침대 바깥으로 다리를 내렸다.

"가야겠군."

"그래."

라그나는 일어서며 모피를 이용해 자기 앞을 가렸다. 케이타가 손을 뻗어 전쟁 군주의 멋진 엉덩이를 쥐려 할 때, 하인 하나가 아침 목욕을 위해 뜨거운 물을 들고 문을 두드리는 소리가 들렸다. 케이타는 잽싸게 그의 엉덩이 대신 그가 들고 있던 모피를 빼앗아 치웠고, 동시에 하인이 들어오다가 벌거벗은 전쟁 군주를 보고 황급히 도로 나가며 문을 닫았다.

케이타는 험악하게 쏘아보는 —어머나, 얼굴도 붉힌 거야?— 드래곤을 보고 생긋 웃었다.

"자, 이제 시작이야."

앤뷜은 자기가 타고난 아침형 인간이어서 두 개의 태양이 떠오르기 전에 일어나 있었다고 말할 수 있기를 바랐다. 하지만 그녀를 아는 이라면 누구든 그 말이 거짓임을 알 것이었다. 그녀는 다시 그 악몽을 꿨기 때문에 일찍 일어났고, 훈련을 위해 옷을 갈아입었다. 앤뷜이 악몽을 꾸었다는 말을 한 사람은 몇 되지 않았다. 이 꿈이 아이들에 대한 평범한 공포심에서 비롯된 건지, 아니면 갑자기 예지력이 생겨서인지 알 수 없었기 때문이다.

앤뉠은 피어구스에게도 말하지 않았다. 그가 그렇게 많은 일을 겪었는데, 어떻게 이런 얘기까지 하겠는가? 그녀는 아직도 가끔 그가 자기를 쳐다보는 눈길을 느꼈다. 아이가 태어난 후 그녀가 죽어 갈 때 어땠는지 아직도 기억한다는 것을 말해 주는 눈빛이었다. 그리고 그녀가 다시 그렇게 될까 봐 두려워하는 눈빛. 아니, 이제 다시 그에게 그런 일을 겪게 할 수는 없었다. 그가 아무것도 할 수 없는 때도 있다고 알려 주고 싶진 않았다. 그리고 앤뉠은 마음 깊숙이 알고 있었다. 그가 할 수 있는 일은 없었다.

어쨌든 기본적으로 그녀는 잠들 수가 없었다. 그래서 따뜻한 침대를 —더 따뜻한 짝의 곁을— 나와 밖으로 향했다. 그녀는 조심스럽고 조용히 문을 닫고 옆방으로 갔다. 여자 아기가 벌써 깨어 요람 속에 똑바로 서 있는 것을 보고 그녀는 미소를 지었다.

"내 꼬마 리안웬은 오늘 아침 기분이 어떠실까?"

앤뉠은 조카딸에게 물었다. 그리고 요람 안으로 손을 뻗어 아기를 들어 올렸다.

"너도 잠 잘 못 잤구나, 아가? 너희 사촌들과는 달리?"

그녀는 코를 골고 자는 쌍둥이를 몇 번이나 봤나 몰랐다. 마지막에 두 애를 떼 놓으려 했을 때는, 아들은 고개를 수그렸고 딸은 머리에 꽂았던 빨간 십자가를 별만 놔두고 빼서 찌르려 했다. 리안웬에게 독방을 주려 한 적도 있지만 이 아이들 셋이 동시에 깍울어서 결국 리안웬을 돌려놓았다. 그 이후로는 어떤 어른도 그 아이늘을 떼어 놓으려 하지 않았다.

작은 손이 올라와 앤뉠의 뺨을 쓰다듬었다.

"걱정하지 마."

앤뉠은 가장 좋은 날에도 자기 마음을 아프게 하는 걱정스러운 작은 얼굴에 대고 말했다.

"나는 괜찮을 거야. 그렇게 걱정할 필요 없어."

하지만 탈라이스와 브리크의 어린 딸이 걱정한다는 것을 그녀도 알았다. 이 아이에게는 '난 모든 이가 걱정돼요!'라고 말하는 거나 다름없는 부분이 있었다.

"네게 웃는 법을 가르쳐야겠다, 꼬마야. 네 아버지가 그 때문에 점점 참을 수 없이 굴고 있거든."

앤뉠은 아이를 도로 요람에 넣고 이불을 덮어 준 다음, 몸을 숙여 아이의 이마에 키스했다.

"더 자거라."

그리고 자기 아이들을 보았다. 그녀의 아들은 잠잘 때도 헤죽헤죽 웃고 있었다. 피어구스를 무척 닮은 딸은 그녀의 마음을 아프게 했다. 앤뉠은 엄마라면 대체로 아이들이 깨어날 때 그 자리에 있어 줘야 한다는 것을 알고 있었다. 아이들에게 매일 아침을 잘 먹이고 새로운 것들을 배우도록 하는 것이 보통의 엄마들이 하는 일이었다.

하지만 앤뉠은 자는 두 아이의 머리에 키스하고 두 개의 검을 등에 멘 후 몸을 돌렸다. 아이들을 위해서 그런 놀라운 일들을 하기보다 그녀는 근육이 쑤시고 온몸에서 힘이 빠져나갈 때까지 훈련을 했다. 어쩌다 생긴 상처에서 피가 나고 어쩌다 맞은 일격에 머리가 울리도록 훈련했다. 어떤 공포가 아이들에게 닥쳐와도 그 모두를 떠맡을 자신이 생길 때까지 훈련했다. 그녀와 아기들 말고는 아무것도 버틸 수 없을 때까지 싸울 거라는 자신.

죄책감과 싸우면서, 앤뉠은 문을 향했지만 즉시 멈춰 섰다.

"모르퓌드? 여기서 뭐하고 있죠?"

모르퓌드가 하품하며 두 팔을 머리 위로 뻗었다.

"그냥 아이들을 보고 있었어요. 아무것도 아니에요."

"새 보모는요?"

"앤뉠……."

"어디에 있어요?"

"갔어요."

"왜? 무슨 일이 생겼기에?"

"그게 중요해요?"

"우리가 여기에 보모 하나를 제대로 둘 수 없다는 사실은 중요하죠."

"내가 해결할 거예요."

"피어구스는 혈연관계가 아닌 드래곤은 원치 않아요. 다른 이들은 신뢰할 수 없다고."

"오빠는 내가 상대할게요."

모르퓌드가 몸짓으로 문 쪽을 가리켰다.

"가요. 훈련해야죠."

앤뉠은 말싸움해 봤자 소용없음을 알고 밖으로 나가 조용히 문을 닫았다. 그리고 방에서 멀어졌다. 계단에 다다르기 전, 또 다른 침실 문이 열리더니 다그마가 걸어 나왔다. 그녀가 앤뉠의 팔을 잡았다.

"무슨 일이에요?"

"보모가 또 그만뒀지?"

앤뉠은 다그마의 뒤, 방 안 침대에 얼굴을 묻고 쭉 뻗은 벌거벗은 남자를 보았다. 긴 금발이 바닥까지 흘러내렸다.

"저 소음을 어떻게 참아요?"

다그마가 문을 닫았지만 코 고는 소리는 조금만 줄어들었다.

"사랑을 위해 어디까지 참을 수 있는지 참 놀랍죠."

"무엇을 위해서든 저건 못 참을 것 같은데."

"아마도 못 하겠죠. 하지만 제가 부탁하고 싶은 건 보모 문제는 저와 모르퓌드에게 맡기라는 거예요."

"모르퓌드는 어린 사촌 중 하나를 시키고 싶은 듯한데, 피어구스가 절대로……."

"'우리에게 맡겨요.'라는 말이 이해하기 어려워요, 앤뉠?"

"내 앞에서 잘난 척하지 마요, 야만인. 마을 사람 전부를 겁줘서 쫓아 버리는 게 내 작은 악몽이니까."

"걔들은 활기가 넘치고 장난 잘 치는 아이들일 뿐이에요. 아이들을 키워 줄 훌륭하고 심지 굳고 충실한 보모가 필요한 거죠."

"지하에서 보낸 악마들에게 대항할 훌륭하고 심지 굳은 퇴마사가 아니고?"

"굳이 이런 식으로 굴어야겠어요?"

"다른 방식은 모르는데요."

"앤뉠, 그저 나를 믿어요……."

그때, 앤뷜 뒤쪽의 방문이 열렸고 작고 둥근 유리알 뒤 다그마의 눈이 커졌다. 앤뷜은 한 손으로 검을 찾으며 빙그르르 돌아 뒤에 있는 것에 맞섰다. 하지만 그녀는 곧 손을 떨어뜨리며 입을 떡 벌렸다.

자줏빛 머리의 드래곤이 케이타의 방 문간에 서 있었다. 그가 셔츠를 어깨에 걸치고, 한 손으로 문손잡이를 잡은 채 시선을 다그마에게 고정했다.

“라그나 님?”

다그마가 속삭였다. 앤뷜도 그럴 것이라고 생각했으나 그녀는 자줏빛 머리 개자식들을 서로 분간하지 못했다. 그들은 모두 똑같아 보였다. 베어 버려야 할 또 하나의 머리일 뿐이었다.

“아…… 레이디 다그마.”

그 불쌍한 남자는 들켜 버렸다는 표정을 짓고 방으로 도로 뛰어 들어가려 했다. 하지만 케이타가 문을 활짝 열었다. 그녀는 몸에 모피 한 장을 둘렀을 뿐이고, 평소에 매끄럽게 흘러내리던 진한 빨강 머리는 빗지 않아 이리저리 엉망으로 엉켜 있었다.

“이거 잊어버렸네요.”

그녀가 여행 가방을 드래곤의 손에 들려 주고 발꿈치를 들어 그의 뺨에 키스했다.

“나중에 봐요. 가요.”

“케이타…….”

“뭐요?”

라그나가 앤뷜과 다그마를 몸짓으로 가리켰고 케이타가 뒤를 넘겨다보았다. 그녀는 몇 년 전 브라스티아스의 부지휘관인 다넬린이 자신의 방에서 슬금슬금 나오려 하다 딱 걸렸을 때 씩 웃었던 것과는 달리, 이번에는 눈을 크게 떴다. 거의 공포에 질린 표정이었다. 이상했다. 앤닐은 케이타가 뭐든 겁을 내는 것을 본 적이 없었다.

"아…… 앤닐. 다그마. 둘 다 좋은 아침이에요."

그녀는 부서질 듯한 미소를 억지로 띠었다. 그리고 라그나를 팔꿈치로 찔렀고, 그는 마지못해 떠나갔다. 일단 그가 가자 케이타가 속삭였다.

"아무에게도 말 안 할 거죠? 이…… 일에 대해서? 그럴 거죠?"

이제 앤닐은 정말로 혼란스러웠다. 평소에 케이타는 이런 식이었기 때문이었다.

'가서 언니에게 꼬치꼬치 얘기해 줘요. 그림이 필요하면 내게 알려 주고요.'

이 일은 정말로 숨기고 싶어 하는 건가? 그렇다면 왜……?

"우린 말 안 할 거예요."

앤닐은 말했다. 자신도 작은 비밀이 있었으니까.

"고마워요."

케이타는 도로 자기 방으로 슬쩍 들어가 문을 닫았다.

"저 여자에게 안전한 남자는 없어요?"

다그마가 물었다.

앤닐은 대답할 말이 없었기에 어깨만 으쓱했고, 케이타의 방문을 응시하는 다그마를 놔두고 그 자리를 떴다.

대전으로 내려가 보니 벌써 음식이 차려져 있고 다른 노스랜드 드래곤 둘이 식탁에 앉아 먹고 있었다. 그녀는 그들 반대편으로 걸어가 의자에 털썩 주저앉았다. 그리고 아무 말도 없이 자기 접시를 채우고 먹기 시작했다. 그러다 문득 물었다.

"둘 다 간밤에 잘 잤나요?"

그들은 계속 먹으면서 고개만 끄덕였다. 몇 년 전이라면 이런 태도에 모욕을 느꼈을 것이다. 하지만 용맹한 라인홀트와 그의 아들들과 함께 노스랜드에서 전투를 벌인 후에는 노스랜드 전사들이 식사할 때 보통 이런 식임을 깨달았다.

"그리고 다리는 어떤지, 당신……."

"마인하르트입니다, 레이디."

그중 하나가 여전히 음식을 씹으며 말했다. 그들의 이름을 기억하려면 각자 눈에 띄는 점을 찾아내야 했다. 특히 다른 쪽 머리카락도 언젠가는 길어질 테니까.

"앤뉠이라고 불러요."

"분부대로."

"그럼 당신 다리는?"

"나아졌습니다. 밤새 치유되었습니다."

"잘됐네요."

드래곤들은 마녀나 마법사의 도움을 약간 받으면 금방 낫는다는 것이 앤뉠의 마음에 들었다.

"나는 훈련을 좀 하러 가려는 참인데, 당신들 둘 다 나와 함께 훈련할 수 있어요."

그들이 먹다가 말고 고개를 들었다. 물을 마시다가 근처에 다가온 포식자의 냄새를 맡은 두 마리 소처럼.

앤뉠이 무슨 말을 할 수 있을까? 그들이 그렇게 멀리 있지 않은데.

"별로 좋은 생각 같진 않습니다, 앤뉠 여왕 전하."

짧은 머리가 대답했고 앤뉠은 웃음을 터뜨릴 수밖에 없었다. 그녀는 그 멍청한 호칭을 쓰는 이들을 혐오했지만, 상대가 오로지 단순한 이유 한 가지에서 그러는 줄 알고 있었다. 이미 자기 머리를 베어 가려고 했던 여왕과 싸우는 것은 별로 영리한 결정이 아님을 지적하려는 것.

평소라면 그의 말이 맞겠지만, 그들은 에이브히어의 보호하에 있고 그들의 형제는 케이타와 잠을 자는 사이—비밀이긴 하지만—가 아닌가. 그러니 앤뉠이 다른 정보를 받지 않는 한 굳이 그들을 죽일 이유는 없었다.

"이 건물 모퉁이를 돌면 바로 나오는 훈련장을 쓸 거예요. 그리고 그 훈련장에서는 당신들이나 당신의 형제 그리고 당신네 민족에게 대항하는 일은 일어나지 않을 거라고 약속하죠."

"어째서 우리죠?"

다른 황소가 물었다. 그는 이마 선에서부터 눈 아래까지 흉터가 있었다. 시간이 지나면 희미해지겠지만 '눈 흉터'가 마인하르트라는 걸 기억할 수 있을 만큼은 선명했다. 그렇다면 다른 쪽은, 음…… 젠장. 저 자식 이름이 뭐더라?

그에게 묻는 대신 —머리를 잘라 버리려 했으니 굳이 이름까지는 기억하지 않기로 했다— 앤뉠은 인정했다.

“요새 다들 나랑은 훈련하려고 하지 않아서요. 심지어 사우스랜드 드래곤들도요. 물론 노스랜드 드래곤들도 나를 너무 무서워한 나머지 위험을 무릅쓰고 싶지 않다면…….”

마인하르트가 음식에서 고개를 돌리며 코웃음 쳤고, 다른 자는 자주색 눈썹이 위로 올라갔다.

이런 거래에서 종지부를 찍는 법을 잘 알고 있는 앤뉠은 덧붙였다.

“게다가 당신 머리카락에 대한 복수를 할 기회를 갖고 싶지 않나요?”

그들의 송곳니를 보았을 때, 앤뉠은 둘 다 넘어갔다는 것을 알았다.

케이타는 대전으로 향하는 계단을 폴짝폴짝 내려가다 마지막 계단을 훽 뛰어내렸다. 그웬바엘, 다그마, 모르뛰드, 탈라이스만이 아침 식사를 하러 내려와 있었다. 케이타는 무척 행복하고 환한 미소를 지으려고 애쓰며 두 팔을 활짝 벌려 환호에 가깝게 말했다.

“좋은 아침, 사랑스러운 가족들.”

“너 ‘교활한 자’ 라그나와 잤어?”

그웬바엘이 버럭 소리를 질렀다.

케이타는 두 팔을 옆으로 내리고 다그마를 쏘아보았다. 배신감을 표현하는 제대로 된 표정이기를 바라면서.

"말하지 않기로 약속했잖아요."

그웬바엘이 짝을 보고 다시 험악한 표정을 지었다.

"당신도 알았어?"

"나야 많은 걸 알고 있지."

"알았다고?"

"나한테 소리 지르지 마, '오염자'."

케이타는 전쟁 군주의 딸이 아무 말도 하지 않았다는 사실에 조금 놀랐다. 하지만 이건 잘된 일이었다. 소문이 생각보다 빨리 퍼지고 있고, 다그마는 믿을 수 있는 여자란 뜻이었으니까. 훌륭했다.

"그건 마음대로 조절이 안 되니?"

모르퓌드가 의자를 뒤로 밀며 일어서더니 탁자를 돌아갔다.

"다리를 가만히 오므리고 있을 수 없어, 동생?"

"마음대로 조절이 안 되냐고? 그건 아니지. 하지만 왜 그래야 해? 그이는 멋지잖아."

"그자는 번개 드래곤이야."

그웬바엘이 깨우쳐 주었다. 케이타는 약간 충격받았다는 것을 인정할 수밖에 없었다. 이 일에 대해 성낼 만한 이 중에 그웬바엘이 있으리라고는 상상하지 못했기 때문이다. 그녀와 섹스하는 남자는 이 금발의 오빠가 절대 상관하는 부분이 아니었다. 문제가 생긴다면 모를까.

"그래, 번개 드래곤이야. 오빠가 전쟁 통에 섹스해서 '오염자'라는 이름을 얻었던 그 여자들도 번개 드래곤이었지."

"내 이름은 '훼손자'고 나는 내가 한 짓을 숨기려 한 적 없어. 너는 왜 그러지?"

"나 이럴 시간 없어."

케이타는 대전 문으로 향했다. 문이 열려 있어 이른 아침의 자유로운 풍경이 언뜻 내다보였다. 하지만 막 밖으로 발을 내디디려 할 때, 그웬바엘이 그녀의 팔을 잡고 빙그르르 돌렸다.

케이타는 그웬바엘 오빠인 것으로 생각했다. 그는 그녀보다 훨씬 키가 컸으므로, 그녀가 빙그르 돌았을 때 팔을 휘둘러 그를 쳤지만 고작 옆구리를 맞힐 뿐이며 별로 아프지도 않을 것이라고 생각했다.

하지만 안타깝게도 그녀를 붙잡은 이는 그웬바엘이 아니라 모르퓌드였다. 게다가 모르퓌드의 얼굴은 바로 케이타의 손바닥과 나란히 있었다. 찰싹 치는 소리가 궁정 안으로 퍼져 나갔고, 케이타의 손을 정통으로 맞은 모르퓌드의 뺨이 붉게 달아올랐다.

둘 다 너무 놀라 말도 못 하는 순간이 흐른 후, 불쌍한 다그마가 고함을 지르며 달려왔다.

"안 돼요, 안 돼! 안 돼……."

하지만 너무 늦었다. 늦어도 한참 늦었다. 둘은 새된 소리를 지르며 서로의 머리카락을 붙잡고 계단 아래로 굴렀다. 한쪽은 다른 쪽을 발로 차려 하고, 다른 쪽은 머리에서 머리카락을 다 뽑아 버릴 기세였다.

다그마는 필사적으로 그들을 떼어 놓으려 했고, 인간 경비병들은 현명하게도 둘 사이에 끼어들지 않기로 했다. 이 두 드래곤이 어느 순간 마음이 내키면 변신해서 그들 모두를 깔아뭉갤 수도 있었기 때문이다.

"그만두라고요!"

다그마가 소리쳤다. 그리고 자그마한 인간의 손으로 둘을 떼어 놓으려 했다.

"지금 당장 그만둬!"

그웬바엘이 항상 말하는 '자매 전면전'의 와중에 케이타는 보통 자기나 모르퓌드 언니의 고함 소리밖에 듣지 못했지만, 이상하게도 이번만은 들었다. 궁정 뜰 저편에서 익숙한 목소리가 들려왔다.

"기다려!"

그 목소리가 애걸했다.

"그냥 기다릴 수 없어? 제발!"

케이타는 언니에게서 떨어져 나와 무슨 일인지 보려 했으나 모르퓌드가 놔주지 않았다.

하지만 그때 둘 다 어찌할 수 없는 일이 벌어졌다. 뭔가 엄청나게 강력한 힘—또한 엄청나게 열 받게 하는 힘이라고 케이타는 생각했다—이 둘을 단번에 떼어 놓고 반대 방향으로 밀어낸 후 뚜벅뚜벅 걸어가 버렸다.

케이타는 아직도 주먹에 쥔 하얀 머리카락을 내려다보았다. 그리고 입을 떡 벌리며 위를 올려다보니 모르퓌드의 손에도 빨간 머리카락이 한 줌 쥐어져 있었다. 케이타는 화가 벌컥 나서 고함을 질렀다.

"이 손 큰……."

"이지! 제발 기다려!"

이 간청이 그녀의 말을 끊었다. 케이타는 어린 사촌 브란웬이 자기 인간 몸 위로 옷을 필사적으로 끌어 내리며 그들을 휙 지나치는 데도 멍하니 바라보기만 했다.

"세상에 이게 뭐……."

다그마가 입을 열었다.

"저게 이지였어?"

케이타가 말을 맺어 주었다.

"마지막으로 본 지 이 년이 지났잖아."

모르퓌드가 말했다.

"하지만……."

셋은 한동안 서로 얼굴만 바라보았다. 다음 순간 케이타와 모르퓌드는 서로의 머리카락을 내던지고 계단으로 뛰어올랐으며, 다그마 라인홀트는 그들을 지나쳐 먼저 안으로 뛰어 들어갔다.

24

탈라이스는 그 고함과 비명을 다 들었지만, 모르퓌드-케이타 전투 한가운데는 끼어들지 말아야 한다는 것을 일찌감치 배웠다. 심지어 그웬바엘—그는 놀랍게도 화를 내고 있었다. 평소에 별로 화를 내지 않는 데다가 특히 케이타가 무엇을 하든 누구와 자든 개의하지 않는다는 것을 감안하면 놀라운 일이었다—조차도 홀 뒷문으로 걸어 나왔다.

"돕지 않을 거예요?"

그가 지나칠 때 탈라이스가 물었다.

"결국 둘 다 진이 빠지고 말 텐데요."

그웬바엘은 그렇게만 대꾸하고 사라졌다.

어쩌면 그럴지도 몰랐다.

그래도 다그마와 달리 탈라이스는 사실 여부를 알아내기 위해 아침 식사를 포기할 마음이 없었다. 필요하면 형제 싸움은 말리겠지만, 자매 사이에는 끼어들지 않을 것이다. 그녀는 여자들과 함께 자랐고, 무엇보다도 여자들이 얼마나 못되게 굴 수 있는지 똑똑히 알고 있었다.

그때, 탈라이스는 누가 계단을 내려오는 소리를 들었다. 그리고 자기 짝의 모습을 보자 미소를 지었다. 그라면 눈에 멍이 들 위험 없이 자매 싸움에 끼어들어 말릴 수 있을 것이었다. 그런데 그가 내려오다 말고 우뚝 섰다. 시선은 대전 입구에 못 박혔다. 입은 떡 벌어졌고 눈은 커졌으며 충격의 표정이 항상 지루해 보이는 드래곤의 얼굴을 스쳤다.

여동생들이 결국 서로 다치게 했나 보다 걱정이 된 탈라이스는 그의 시선을 따라갔다. 하지만 홀 건너편에서 그녀를 노려보는 성난 연갈색 눈은 드래곤의 것이 아니었다.

"신들이시여……."

탈라이스는 숨을 내쉬며 천천히 몸을 일으켰다.

"이지?"

그녀의 딸. 이세벨. 돌아왔다. 무사하고 건강하게. 긴 이 년을 보낸 후에도 중요한 부위는 여전히 붙어 있었다. 하지만 이지는…… 성숙했다. 엉덩이는 곡선을 이루었고 가슴은 거의 두 배 크기가 되어서 이지도 어머니처럼 늦게 만개하는 타입임을 증명했다.

하지만 탈라이스가 마지막으로 본 이래로 이지에게 일어난 변화는 그것이 전부가 아니었다. 그녀의 딸에게는 일 그램의 지방도 없었지만 말라깽이라고 할 수도 없었다. 대신에 짧은 소매 튜닉과 갈색 바지 아래가 힘 있게 물결치는 단단한 근육으로 덮여 있었다. 또 훨씬 더 키가 자라 이제는 앤닐보다도 클 듯했다. 어깨도 튼튼하고 넓고 강해져서 탈라이스가 왜소하고 약하게 느껴질 정도였다.

이지는 생각보다도 친아버지의 일족을 더 닮은 모양이었다. 이제 그녀는 알산데어의 여전사 같은 체격이었다. 키가 크고 덩치가 크며 무척이나 강인한 여성들.

한층 더 위험하게도, 이지는 무척 아름다워졌다. 아름다운데도 본인은 그 사실을 완전히 인식하지 못하는 듯했다. 이지는 그 점도 아버지에게서 물려받았다. 그도 무척 잘생긴 남자였으나 그 점을 전혀 몰랐고, 죽는 날까지 항상 탈라이스가 자신을 그만큼이나 사랑한다는 사실에 놀라곤 했다. 그는 자신이 그럴 가치가 있다는 것을 몰랐다.

"그러니까 나를 벌써 잊은 거예요?"

이지가 두 손으로 테이블을 탕 내려치고 몸을 기대면서 궁전 벽이 흔들릴 정도로 엄청나게 큰 소리를 질러 댔다.

"다른 애로 내 자리를 대신해서?"

그 고함 소리에 탈라이스는 충격에서 덜컥 깨어났다.

"대체 무슨 말을 하는 거니?"

"내게 말도 안 했잖아! 이 가족한테 나는 그렇게 하찮아요?"

탈라이스는 딸이 어째서 이렇게 화가 났는지를 깨닫고 움츠러들며 짝을 돌아보았다. 하지만 그는 몸을 돌리고 계단으로 도로 올라가고 있었다.

저 자식이 날 버리다니!

"한마디도 안 했어."

이지가 떠들어 대며 방 안을 왔다 갔다 했다. 브란웬은 평소와 다르게 어쩔 줄을 모르고 그저 뒤에 서 있었다.

"모두 공모해서 내게 거짓말을 했다 이거지!"

"이지, 이해 못 하겠지만……."

"내 말 끊지 마요!"

모욕을 받은 —그런데도 이 배은망덕한 아이의 어머니인— 탈라이스는 탁자를 성큼성큼 돌아 딸에게로 다가갔다.

"감히 그따위로 말하지 마! 난 그래도 네 엄마라고!"

"그럴 리가요."

이지가 가슴 위로 팔짱을 끼고 오만하게 물었다.

"내가 돌아오지 않길 바란 거 아니에요? 내가 이 땅에 없는 척하려고? 내가 그렇게 짐이 됐어요?"

이 계집애가 그런 말을 한다는 데 격분한 탈라이스는 폭발하고 말았다.

"어떻게 그런 말을 해!"

"어떻게 나한테 진실을 말 안 할 수 있어요!"

"엄마랑 떨어져 살면 좀 철이 들 줄 알았는데!"

탈라이스가 버럭 소리 질렀다.

"그 엄마에 그 딸인가 보죠!"

이지도 마주 소리를 질렀다.

"이지?"

브리크가 계단 아래에서 불렀다. 그는 리안웬을 두 팔에 안고 있었다.

"우리 모두에게 작별 인사를 하기 전에 동생에게 인사부터 하지 않을래?"

이지가 아버지를 보고 헛기침을 했다.

"아니, 안 할래요."

"정말 구제 불능이야."

탈라이스는 톡 쏘았다.

"내가 구제 불능이라고?"

브리크가 돌아와 이지와 탈라이스 옆에 섰다.

탈라이스가 기억하는 한 처음으로, 그들의 막내딸은 아버지의 품 안에서 만족하지 못하는 것처럼 보였다. 대신 그 애는 이지에게 손을 뻗으며 안기고 싶다고 발버둥을 쳤다.

"이 애가 원하는 건 내가 아닌 것 같다."

브리크가 부드럽게 말했다.

이지는 두 손바닥을 허벅지에 문지르며 한발 뒤로 물러섰다. 언제나처럼 고집스럽게 말없이 —대체 그 성질을 누구에게 물려받았는지 탈라이스는 알 수가 없었다— 동생을 만지기를 거부했다.

아버지의 얼굴에 떠오른 놀라고 상처 입은 표정을 보고도 딸이 제정신이 들지 않는다면, 탈라이스는 대체 어떻게 해야 할지 알 수가 없었다.

"그 이름을 말해 줘."

케이타가 갑자기 끼어들었다.

브리크는 동생을 험악하게 돌아보았다.

"아직도 그거 가지고 집착하냐?"

"세상이 끝날 때까지 집착할 거야. 그 불쌍한 아이를 저주한 거나 다름없잖아. 오빠가 걔 이름을 리안웬이라고 지었대. 믿을 수 있니, 이지? 아기의 영혼을 팔아서 할머니의 자비를 구하려 한 거지."

"그렇게 비슷한 이름도 아니야. 이미 끝난 문제고."

브리크가 반박했다.

"끝난 문제라고?"

케이타는 앞으로 나서더니 리안웬을 오빠의 품 안에서 빼앗아 이지에게 억지로 안겼다. 아이를 떨어뜨리지 않으려면 아무리 고집 센 아가씨라도 여동생을 받아 들 수밖에 없었다.

"오빠가 아무리 멋있게 말한다 해도 내겐 절대로 끝난 문제가 아니야. 그리고 나는 오빠를 계속 알랑쟁이라고 부를 거고. 진짜 그러니까. 전혀 부끄러워하지도 않지."

"나를? 네가 나를 알랑쟁이라고 불러?"

형제들끼리 다투는 동안, 이지는 동생을 몸에서 멀찌감치 떼어서 들고 있었다. 하지만 리안웬은 받아들이지 않았다. 아기는 계속 이지에게 작은 손을 뻗어 필사적으로 붙잡으려 했다.

탈라이스는 숨을 죽이고 두 딸을 바라보았다. 이지가 자신에게 화를 내는 것은 견디며 살 수 있지만, 여동생을 싫어하는 것은 참을 수 없었다. 리안웬은 아주 이상한 상황에서 태어났다는 것 외에는 아무런 잘못이 없었다.

"아빠는 날 사랑해!"

케이타가 오빠에게 소리치고 있었다.

"오빠가 그걸로 질투하는 건 이제 질려."

"질리는 건 너지. 그래도 난 너를 참을 만큼 참아 줬어."

"온 세상이 오빠를 질리게 하겠지. 오빤 자기가 제일 잘난 줄 아니까!"

"내가 제일 잘난 줄은 나도 잘 알아. 네가 못났다는 걸 인정하면 훨씬 더 행복하게 살걸!"

언니에게 손이 닿지 않자 리안웬이 울기 시작했다. 탈라이스가 막 아기를 도로 받아 들려던 참이었다.

"쉬이이."

이지가 아기를 끌어안으며 달랬다.

"괜찮아, 울지 마."

그녀는 동생을 팔에 안고 어르며 방 안을 빙글빙글 돌기 시작했다.

"그리고 두 분."

이지는 아버지와 고모를 향해 말했다.

"그만들 좀 해요. 아기가 불안해하잖아요."

말다툼은 즉시 그쳤고, 형제들은 이지를 쳐다보다가 서로를 돌아보았다. 케이타가 오빠에게 윙크하고 탈라이스를 향해 웃어 보였다.

'고마워요.'

탈라이스는 입 모양으로 드래곤에게 말했다.

울음이 잦아들자 리안웬이 머리를 뒤로 젖히고 다른 모든 이에게 했던 대로 이지에게도 했다. 즉, 고통스러울 정도로 강렬한 눈길로 이지를 바라본 것이다. 이 작은 아기가 그렇게 남을 빤히 바라볼 때는 무엇을 보는 걸까? 탈라이스는 언제나 궁금했다. 걱정도 되었다.

하지만 리안웬이 이번엔 무엇을 보았든 충분하고도 남았다. 이지의 어깨만큼이나 강력한 것이었다. 태어난 후 처음으로 리안웬이 전에 한 적 없는 일을 했기 때문이다.

아기가 웃었다.

얼마나 환하고 행복한 웃음이었던지, 탈라이스는 가슴을 한 대 얻어맞은 기분이었다. 심지어 브리크조차도 한발 물러나서 탈라이스의 얼굴을 살폈다.

이지도 답례로 같이 웃어 주었다. 리안웬이 이 세상에 태어난 이래로 아무도 하지 못했던 일을 자기가 삼십 초 만에 해냈다는 것을 전혀 모르는 채로.

"정말 예쁘다."

이지 뒤에 서 있던 브란웬이 더 자세히 보려고 다가왔다.

"당연하지."

이지의 퉁명스러운 말투는 점점 더 양아버지를 닮아 가고 있었다. 무시무시했다.

"누구 여동생인데."

"아! 이 조그만 인간 꼬마 정말 귀엽다."

브란웬이 이지에게로 손을 뻗었다.

"이제 내가 안아 볼게."

"꺼져."

이지는 그녀가 동생을 건드릴 수 없게 몸을 돌렸다.

"네 손은 더럽잖아."

"네 손보단 안 더러워."

"나는 이동하는 내내 장갑을 꼈다고."

"잠깐만 안아 보자."

브란웬이 애걸복걸하자 탈라이스는 이 어린 드래곤이 가여워졌다. 특히 이지가 다시 소리쳤을 때는.

"더러워!"

"좋아! 그럼 손 씻고 올게."

"목욕을 해야지. 때가 구질구질하다니까."

"은혜도 모르는 계집애가……."

"이렇게 하면 더 쉽지 않을까요?"

다그마가 끼어들었다. 그녀는 집게손가락을 구부려 신호를 보냈다.

"네, 레이디 다그마?"

아직도 하인들을 관장하긴 하지만 이제는 다그마의 개인 비서 역할까지 하게 된 패니가 갑자기 나타났다.

"패니, 이 두 분 해결해 줄 수 있어요? 둘 다 뜨거운 물로 목욕을 시키고 음식도."

"물론입니다, 레이디."

패니가 둘을 보고 미소를 지었다.

"집에 오신 걸 환영합니다, 레이디 이세벨, 레이디 브란웬. 저를 따라오세요."

"자, 라이. 우리랑 함께 가자."

이지가 여동생에게 말했다. 그리고 패니와 브란웬의 뒤를 따르다가 걸음을 멈추고 부모를 노려보았다.

"두 분, 이걸로 빠져나갔다고 생각하지 마세요."

탈라이스는 입을 딱 벌리고 빠져나가지 않았으면 네까짓 게 어떻게 할 거냐고 버릇없는 딸에게 말하려 했지만, 케이타와 다그마와 브리크와 모르퓌드 모두가 두 손으로 그녀의 입을 막았다. 탈라이스는 발을 굴렀지만, 그들은 이지와 브란웬이 계단으로 올라가 복도 너머로 사라질 때까지 놔주지 않았다.

"버릇없는 계집애!"

탈라이스는 풀려나자마자 소리부터 버럭 질렀다.

"마음에 상처를 입었잖아."

브리크가 말했다.

"경고했잖……."

"입 닥쳐."

"보통 저 애가 당신에게 화내는 건 괜찮은데, 그런데 나한테도 화가 났네. 그건 받아들일 수 없지. 내 딸들은 날 사랑해야 하니까. 그걸 당신 때문에 망칠 순 없어."

케이타가 오빠를 올려다보았다.

"오빠 그게 정말 도움이 될 거라고 생각해?"

"도움이라니? 내가 왜 도와야 하는데?"

"잰 고집불통이라니까."

탈라이스는 으르렁대며 왔다 갔다 했다.

"누굴 닮아서 저러는지 모르겠어."

이제 다들 탈라이스를 보고 있었다.

"그런 말을 입 밖에 내다니 용기가 가상한데."

브리크가 한마디 했다.

"대체 그게 무슨 뜻……."

다음 순간, 그들 모두 펄쩍 뛰었다.

젊은 여자들이 비명을 지르는 소리가 들리더니 다음 순간 이지와 브란웬이 계단을 도로 뛰어 올라와 식탁을 넘어 대전 문으로 쏜살같이 나갔다.

"맙소사."

탈라이스가 외쳤다.

"그 애는 어디……."

"리안웬은 괜찮아요."

패니가 멀리서 외쳤다. 몇 초 후, 그녀는 까르르 웃는 리안웬을 품에 안고 계단 위에 나타났다.

"제가 데리고 있어요."

"무슨 일이야?"

"모르겠어요. 창밖을 내다보더니 제게 아기를 던지…… 아니, 건네고 문으로 뛰어나갔어요."

"대체 무슨……?"

그웬바엘이 홀 안으로 뛰어 들어왔다. 무슨 일인지 모르지만 당황해서 말도 못 하고 있었다. 그저 계속 손가락으로 어딘가를 가리키기만 했다.

다그마가 두 손으로 허리를 짚었다.

"대체 무슨 일이 생긴 거야?"

그웬바엘은 숨을 들이마셨다 내뱉었다.

"중앙 훈련장, 밖에, 앤뉠…… 번개 드래곤들."

그리고 두 손가락을 들었다.

"그자들, 앤뉠이 둘을, 데려갔어."

잠깐 동안 어안이 벙벙해서 다들 아무 말 못 하고 서로 시선만 교환했다. 그런 다음 탈라이스와 다그마만 뒤에 남겨 두고 모두 문으로 튀어 갔다.

"잠깐, 잠깐, 잠깐요!"

다그마가 외쳤다.

모두들 발길을 멈추고 그녀를 돌아보았다.

"그들을 막아야 해요."

다그마는 명령했다.

브리크가 맨 먼저 코웃음을 치고 문으로 튀어 나갔고, 나머지도 뒤따랐다.

탈라이스는 리안웬을 확인하러 갔다.

라그나는 나무 아래 앉아 기다란 풀숲 너머를 보고 있었다. 책을 무릎 위에 펴 놓고 있기는 했으나, 앉은 이래로 눈길도 주지 않았다. 이 순간 그의 마음속에는 훨씬 더 큰 일들이 있었다.

다그마와 앤뉠 여왕의 얼굴에 떠오른 표정을 마음에서 내몰 수가 없었다. 그가 케이타와 잤다고 그들이 생각해서가 아니었다. 그것도 결국에는 케이타의 거대한 계획 일부였다.

아니, 라그나가 언짢았던 것은 케이타가 그때 혼자서 자기 일족을 상대해야만 했기 때문이었다. 물론 그 자리를 뜨겠다고 한 것은 그의 선택이 아니었다. 케이타는 모든 일을 그렇게 처리해야만 한다는 뜻을 분명히 했지만, 그렇다고 그도 그게 옳다고 생각했다는 뜻은 아니었다. 케이타를 보호하고자 하는 욕망이 노스랜드 남자 드래곤이라면 모두 가진 본능인 척했지만, 라그나는 그렇게 멍청하지 않았다. 그는 그녀에 대한 감정이 단순한 본능 이상임을 알았다.

케이타가 그보다는 자기 일족을 더 잘 알 테지만 그렇다고 그의 근심이 가라앉지는 않았다.

그때, 다그마가 그에게로 달려오다가 찍 미끄러지며 멈춰 섰다. 숨이 턱까지 찬 것을 보니 여기까지 뛰어온 듯했다. 다그마가? 뛰어?

"라그나……."

그녀가 입을 열었지만 시선은 들판 한가운데 돌아가는 작은 회오리바람에 박혀 있었다.

"세상에나, 저게 뭐래?"

"아, 미안."

라그나가 불러온 바람들을 놓아주자 회오리바람은 스러졌다.

"당신이 저렇게 했어요?"

"별거 아냐. 저러면 생각에 도움이 되니까."

"아니, 그래도……."

"뭐 필요한 게 있어, 다그마?"

그녀가 한 손을 가슴에 대고 안경 너머로 눈을 세게 깜박였다.

"아…… 그래, 그래요."

그녀는 숨을 들이마시고 마음을 진정했다. 다시 입을 열었을 때는 자제력을 다시 되찾았다.

"당신 동생과 사촌이 앤뉠과 함께 훈련장에 있어요."

"뭘 하고 있는데?"

차가운 회색 눈과 수수한 강철 테 안경 위의 눈썹이 위로 오르자, 라그나는 오직 한숨을 지을 수밖에 없었다.

"내가 자기들 뼈에서 비늘을 벗겨 내길 바라는 모양이군."

케이타는 언제나 훌륭한 싸움을 좋아했다. 본인은 싸우지 않았지만 구경은 정말 좋았다. 그리고 이건…… 이건 정말 훌륭한 싸움이었다.

앤뉠은 방패 하나와 검 하나만을 써서 번개 드래곤 둘을 멀리 밀어내는 한편, 여기저기 괜찮은 일격을 몇 번 날렸다. 셋 모두 피를 흘리고 있었지만 크게 베이거나 찢어지거나 없어진 부분은 없었다.

게다가 앤뉠 영토 내 훈련장에는 규칙이 있었다. 훈련만 해야지 살해는 용납되지 않았다.

하지만 케이타는 두 번개 드래곤들이 살살 봐주면서 하는 것이 아님을 알 정도로는 싸움에 대해서 알고 있었다. 처음에는 그랬으리라는 데 황금을 걸 수도 있었다. 여자들과 싸우는 건 노스랜더가 좋아하는 일이 아니었다. 보통은 명예로운 행동으로 보지 않았으니까.

그러나 훈련장에 올라간 후 오 분 만에 아마도 앤뉠이 자신의 전투력을 착각하는 여왕은 아님을 깨달았을 것이다. 그녀는 부하들이 받들어 모시고 싸우는 상징물과 같은 존재로서의 여왕이 아니었다. 아니, 앤뉠은 아니었다. 그녀는 과거에도 전사였고, 앞으로도 전사일 것이다. 부하들을 이끌고 전투와 죽음으로 향하는 전사.

"무슨 일이야?"

케이타가 큰오빠를 올려다보았다.

"훈련하는 것 같은데."

피어구스는 고개를 흔들었다.

"앤뉠은 요새 아무랑이나 싸우는 것 같아."

"게다가 새로운 기술도 익혔지."

브리크가 끼어들었다.

"누가 저런 걸 가르쳤는지 궁금한데?"

그웬바엘이 덧붙이자 케이타가 한 발로 오빠의 발을 밟았다.

"아얏, 왜 그러는데?"

피어구스가 잠깐 동생을 째려보더니 다시 앤뉠에게 집중했다.

"앤뉠은 요새 매일 훈련을 해. 가끔은 하루에 아홉 시간에서 열 시간까지."

모든 훈련이 결실을 보였다. 케이타는 처음 앤뉠을 보았을 때 근육에 감탄했지만, 그녀가 자기보다 더 강하고 큰 두 남자와 싸우는 모습은 정말 장관이었다. 앤뉠은 자신이 남자들보다 강하지 않다는 것을 이해하고 자신의 속도와 작은 체구를 유리하게 이용했다. 그것은 몹시 효과적이었다. 두 명의 거대한 노스랜드 전사들이 한 여자를 당해 내지 못했다. 그들은 당황스럽고 약간 부끄러운 얼굴이었다.

그럴 필요가 없는데.

케이타의 일족조차도 앤뉠은 과거에도 그리고 그녀가 숨이 붙어 있는 한은 항상 위험한 적수일 것임을 받아들였다. 카드왈라드르 일족은 절대로 그녀와 싸우지 않으려 했고 그 결정에 부끄러워하지도 않았다.

그림자 하나가 케이타를 덮었다. 케이타는 어깨 너머로 라그나가 걸어오는 모습을 보았다. 그의 뒤에서는 숨을 헐떡대며 다그마가 뛰어오고 있었다.

저 여자는 라그나를 데리러 노스랜드까지 갔다 오기라도 한 건가?

다그마는 진이 다 빠진 듯했다.

라그나가 케이타와 피어구스 사이로 끼어들었다.

"저들은 내가 하는 말을 듣지 못하나?"

그는 케이타에게 물었다.

"못 들을 것 같은데."

케이타가 대답했다.

"하지만 걱정 마. 훈련장에서는 서로 죽이지 않으니까. 그건 규칙 같은 거야."

"그래도 썩 안심되진 않는데."

"들어가서 말릴 거야?"

"이 길로 따라가기로 한 건 쟤들 결정이니…… 그 끝도 직접 봐야지."

"다른 말로 하면, 굳이 저 안으로 올라가서 머리가 날아갈 위험을 무릅쓰고 싶진 않다는 거지."

피어구스가 자기 짝에게서 시선을 돌리지 않고 말했다.

"그 말에는 좀 자극되긴 합니다만, 저처럼 말하는 편이 훨씬 더 명예롭죠."

훈련장 안에서, 비골프는 자신의 검을 이용해 앤뉠이 손에 든 방패를 갈랐다. 그녀는 뒤로 비틀거리며 물러섰다가 다시 비틀거렸다. 이제 앤뉠은 비골프와 마인하르트 사이에 서 있었다.

다시 두 남자가 동시에 움직였고, 앤뉠은 마지막 순간에 옆으로 피했다. 둘은 무기로 서로를 찌를 뻔하다 간신히 뒤로 뺐다. 앤뉠은 그 순간을 이용해서, 전날 자기가 부러뜨렸던 마인하르트의 다리를 찼다. 드래곤이 고통으로 포효하자 번개가 사방으로 퍼져 나갔다.

케이타는 번개를 맞고 싶지 않았으므로 고개를 숙였지만, 브리크가 재빨리 방어 주문을 쏘아 모두를 보호했다.

마인하르트를 일시적이나마 처리한 후, 앤뉠은 비골프의 다리로 달려들어 그를 땅으로 쓰러뜨렸다. 그리고 재빨리 한 발을 들어 그의 몸을 밟고 두 손으로 검을 들어 그의 배 위로 쳐들었다. 그 칼날이 드래곤을 뚫기 직전—그리고 비골프가 앤뉠을 밟아버리기 위해 드래곤 형태로 변신하기 직전—에 앤뉠이 관중을 돌아보더니 다시 자기 먹이를 보았다가 다시 사람들 너머 누군가를 보았다.

"이지?"

이지가 손을 들어 흔들었다.

"이지!"

앤뉠은 칼을 비골프의 머리 옆 땅에 떨어뜨리고 —불쌍한 드래곤은 경기 들린 아이처럼 비명을 지르지 않으려고 이를 악물어야 했다— 훈련장 건너편으로 뛰어갔다. 그녀가 울타리를 훌쩍 뛰어넘자 다들 뒤로 물러섰다. 앤뉠은 곧장 이지의 품 안으로 뛰어들었다.

"이세벨!"

그리고 조카를 빙빙 돌리며 환호했다.

"다시 보니 정말 좋다!"

그웬바엘이 몸을 숙여 케이타의 귀에 속삭였다.

"거대 여인들의 전투 같은걸."

케이타가 웃기도 전에 브리크가 그웬바엘의 뒤통수를 쳤다.

"아얏!"

앤널은 이지를 내려놓았지만 여전히 두 손은 잡고 있었다. 그녀가 한발 뒤로 물러나며 이지를 훑어보았다.

"정말 좋아 보인다. 어떻게 지냈어?"

"아직도 진형 부대에 있어요."

이지가 우는소리를 했다.

"네가 진급할 준비가 되었다고 지휘관이 생각하기 전까지는 계속 그럴 거야. 넌 너무 많은 걸 너무 빨리 얻길 바라."

"그게 바뀌리라 기대한 건 아니죠?"

이지가 웅얼거리자 앤널이 웃음을 터뜨렸다.

"아니, 그런 기대는 안 했지. 네가 이렇게 일찍 돌아오리라 기대하지 않은 것처럼."

"아, 그건…… 엄마에게 배신에 대해서 따지러 온 거예요."

"이지."

브리크가 경고했다.

"아직도 두 분하곤 이야기하기 싫어요."

이지는 아버지를 돌아보지도 않고 말했다.

"그리고 글레안나 장군님이 이걸 전해 드리랍니다."

그녀는 군화에서 가죽 조각 하나를 꺼내 앤널에게 건넸다. 조각을 받아 살펴보던 앤널의 표정이 즉각 변했다.

"이거 어디서 찾았지?"

그녀는 이제 자애로운 숙모가 아니라 대답을 요구하는 여왕일 뿐이었다.

"서부 산맥 근처 작은 마을에서입니다. 며칠 전 야만족이 이

마을을 공격했습니다. 저희가 도움 요청을 받고 도착했을 땐 너무 늦었습니다."

"생존자는?"

이지는 고개를 저었다.

"없었습니다. 모든 사람이 죽은 것으로 보였습니다. 남자, 여자, 심지어 아이도요. 노예로 잡혀간 이도 있을지 모르지만, 저희로서는 알 수 없었습니다."

앤뉠은 들고 있던 물건을 더 꽉 움켜쥐었다.

"네가 돌아와서 기쁘다, 이지."

그녀가 다시 말했다.

"우리 얘기는 나중에 하자, 알겠지?"

"네."

"좋아, 좋아."

앤뉠은 피어구스에게 몸으로 신호를 보내고 성으로 향했다. 피어구스가 그 뒤를 따랐지만 이지의 뺨에 키스하고 포옹할 겨를은 있었다.

앤뉠이 모퉁이를 돌아 사라지기 전, 멀리서 외쳤다.

"어이, 야만족, 마녀. 당신들도 필요해요."

모르퓌드는 번개 드래곤들에게 살짝 고개를 숙여 보이고 앤뉠 뒤를 따라갔고, 다그마는 한숨을 폭 내쉬면서 그녀 뒤를 절뚝거리며 쫓아갔다.

"내 여자 운동을 좀 시켜야겠어. 저렇게 새끼 고양이처럼 약해서야."

그웬바엘이 웅얼거렸다.

"몸만 그렇지."

케이타가 정정해 주었다.

그웬바엘이 킬킬거리더니, 허리에 손을 얹고 이지 앞으로 나섰다. 그는 조카에게 따졌다.

"뭐냐? 집에 와 놓고 내겐 아무런 관심도 안 보여 줘?"

"삼촌들 누구든 말이라도 섞고 싶을까 몰라요."

이지가 가슴 위로 팔짱을 꼈다.

"내가 받은 편지 어디에도 라이에 대한 말은 없었다고요."

"라이가 누구야?"

"리안웬 말하는 거 아냐?"

케이타가 말했다.

"바보."

그웬바엘은 당혹스러워하다가 다시 조카에게 집중했다.

"그런데 애초에 난 아무 편지도 쓰지 않았거든. 그러니까 나는 거짓말쟁이라는 비난에서 빼 줘."

모두들 그를 빤히 쳐다보기만 했다.

"뭐, 그래야 한단 거지."

비골프는 자기에게 내민 손을 무시하고 가까스로 혼자서 일어났다. 하지만 형이 내민 물 단지는 받았다.

"괜찮아?"

전투 후 그렇게 물어봐 준 이도 라그나뿐이었다. 하지만 이번에는 그의 질문이 부적절하다고 생각하지 않았다. 아니, 이번은 아니었다. 물을 반쯤 비운 후 단지를 도로 건네주며 비골프는 인정했다.

"여자들이 저렇게 싸울 수 있는지 몰랐어. 저 여자 몸속에 악마가 없는 것 확실해?"

"없어."

라그나도 짐작만 할 뿐이었다.

"그냥 그렇게 보이는 거지."

비골프는 고개를 들어 그들에게 다가오는 두 여자를 보았다. 한 명은 무척 어린 드래곤이고, 다른 하나는 레이디 탈라이스처럼 갈색 피부의 인간 여자였다. 또, 레이디 탈라이스처럼 아름다운 것을 보니, 비슷한 혈통인 듯했다.

"정말 대단했어요. 우리한테도 좀 가르쳐 줄 수 있어요?"

인간 여자가 말했다.

"뭘 가르쳐요?"

그는 약간 흥미가 동했다.

여자가 손을 아래로 뻗어 그의 전투 도끼를 주웠다. 비골프는 여왕과 전투할 때 그 도끼를 약간 썼지만, 여왕이 초반에 빼앗아 버렸다. 물론 그의 손에서 쳐 내기만 했을 뿐이다. 여왕이 나중에 주우려 했을 때는 무게 때문에 고생하다가 결국 던져 버리고 마인하르트가 떨어 버린 검으로 덤벼들었다. 그런데도 이 여자는…… 두 손으로 수월히 들어 올렸다.

"전투 도끼 쓰는 법 가르쳐 줘요. 우린 아직 거기까지는 익히지 못했거든요."

"이지는 아직도 창이랑 검을 배워요. 이제 좀 지루하대요."

드래곤이 말했다.

비골프는 이지라 불린 인간 여자가 한 손으로 그가 제일 좋아하는 무기를 짧은 호를 그리며 휘두르는 모습을 구경했다.

"이거 멋지네요?"

이지가 동작을 멈추더니 라그나를 보며 눈을 깜박였다.

"우리 아는 사이예요?"

"어……."

케이타 공주가 뜬금없이 어디에선가 나타났다.

"잠깐만, 우리 실례해요."

그녀는 이지의 옷깃을 붙잡고 몇 걸음 질질 끌고 갔다.

"무슨 일이래?"

비골프가 형에게 물었다.

"아무 일도 아냐."

"나한테 거짓말하는 거야?"

"조금은."

"아아아아아."

이지가 멀리서 움츠리며 그들을 쳐다보았다. 그리고 입 모양만으로 라그나에게 사과했다.

'미안해요.'

"재는 섬세한 구석이 전혀 없네. 그렇지?"

라그나는 고개를 절레절레 저었다.

"딱히, 뭐……."

케이타 공주와 이지가 도로 걸어왔다. 이지는 비골프의 도끼를 그에게 내밀었다. 그가 받아 들었다.

"멋진 무기예요."

이지가 말했다.

"고맙군요."

비골프는 그녀가 도끼를 배우겠다고 좀 더 밀어붙일 줄 알았는데, 그녀는 아무 말 않은 채 그 자리에 서서 두 손을 바지에 문질러 닦았다.

"음……."

공주가 말했다.

"우리 모두……."

머리가 툭 꺾이더니 공주가 갑자기 내뱉었다.

"젠장, 젠장."

그러고는 라그나의 뒤로 황급히 숨었다.

"지금 무슨 짓인지 물어봐도 될까?"

"피하는 거야…… 음, 사람들을."

"남자들을?"

비골프는 형의 목소리에 서린 언짢은 기색을 눈치챘다.

"나한테 그런 어조로 말하지 마, 라그나."

케이타가 라그나의 셔츠를 잡아당겨 그의 몸을 살짝 돌려서 자기 앞을 계속 막았다.

"여기 있어. 움직이지 마. 내가 뛰어갈 테니까."

"어디로 가게?"

하지만 공주는 벌써 치맛자락을 들고 시내 중심을 향해 달려가고 있었다.

"어이, 이방의 드래곤들."

셋 모두가 코웃음을 치며 난간 반대편 너머에 선 인간 병사들을 보았다. 몇몇은 꽃도 들고 있었다.

"아름다운 공주님은 어디로 갔지?"

그들 중 한 명이 물었다.

"방금 막 보았는데."

마인하르트는 다리에 새로이 느껴지는 아픔을 이기려 애쓰며 말했다.

"우리가 다 죽여 버리면 어떨까?"

"오오, 저 전투 도끼를 써요."

어린 드래곤이 제안했다. 이지가 끼어들어 드래곤을 옆으로 밀며 병사들에게 집중했다.

"아니면…… 몸이 온전할 때 도망가도 되지."

"여기 누구도 너한테 말한 적 없어, 근육질."

이지는 고개를 수그리고 눈을 치뜬 후 두 주먹을 쥐었다. 그것만으로도 충분했다.

"알았다, 알았어."

병사가 두 손을 들었다.

"성질부릴 필요는 없잖아."

남자들이 가 버리자, 이지는 다시 번개 드래곤들을 향하며 미소 지었다.

"다들 말로만 저래요. 하지만 문제가 생기면 저한테 알려 줘요. 제가 처리할게요."

비골프는 웃어야 할지 여자애의 자기가 처리한다는 말을 믿어야 할지 갈등했다.

사실 무척 잘 처리하긴 했다.

"난 케이타를 따라가 보는 게 낫겠군."

라그나가 살짝 한숨지으며 마침내 말했다.

"갑자기 공주를 책임지게 되었네, 형?"

"우리한테 할 얘기 없나, 라그나?"

마인하르트가 물었다.

"그래."

"거짓말하는 거냐?"

"약간은."

라그나가 가 버리자 비골프와 마인하르트는 여자애 두 명과 남게 되었다.

"전 브란웬이에요."

어린 드래곤이 말했다.

"이쪽은 이지. 피는 안 섞였지만 우리 친척이에요."

복잡하기도 하지. 이 화염 드래곤들은 지나치게 복잡한 삶을 살고 있었다.

"그럼 잘됐군."

비골프가 전투 도끼를 들어 어깨에 멨다.

"나와 마인하르트는 매일 새벽에 훈련해요."

그는 두 여자에게 말했다.

"가반아일에 있는 동안에는 이 훈련장에 있을 거고. 이 정보를 어떻게 이용할지는 당신들에게 달렸죠."

그들은 성으로 돌아갔다. 연고를 좀 바르면 이 통증도 좀 가라앉으리라.

다그마는 지도와 여러 지역 지휘관들이 보낸 서신으로 덮여 있는 긴 탁자 위에 검은 허리띠에서 찢어 낸 듯 보이는 가죽 조각을 올려놓았다.

"몇 년은 되었을지도 몰라."

피어구스의 시선이 그의 짝에게로 돌아갔다. 앤뷜은 팔짱을 끼고 방을 등진 채로 창가에 서서 밖을 내다보고 있었다.

"비교적 새것처럼 보여요."

다그마가 말했다. 그리고 한숨을 쉬며 방 안에 보관해 둔 작은 트렁크로 향했다.

다그마는 중요한 서신이나 긴요하지만 자주는 쓰지 않는 지도와 물건을 트렁크 안에 보관하고 있었다. 열쇠를 가진 이는 그녀뿐이었다. 드래곤들은 열쇠 없이도 언제든 트렁크를 뜯어서 열 수 있기에 굳이 달라고 하지도 않았다.

다그마는 보디스에 달고 다니는 열쇠 꾸러미를 꺼내서 트렁크를 열고 안에 있는 몇 가지 물건을 꺼냈다. 그리고 그 물건들을 책상 위 가죽 조각 옆에 가지런히 놓았다. 두 개는 가문의 문장을 태워 새긴 가죽 조각이었고, 하나는 목걸이의 한 부분, 다른 하나는 금화였다. 모두 지난 몇 달 동안 아돌가에게서 받은 것들이었다.

피어구스와 모르퓌드가 더 가까이 다가와 들여다보았다. 피어구스가 차가운 검은 눈을 들어 다그마의 눈을 보았다.

"지금에야 이 이야기를 하는 거요?"

"확실할 때까지는 괜히 놀라게 할 까닭이 없었어요. 내 사람들을 보내서 될 수 있는 한 많은 정보를 모아 오게 했고, 글레안나 님과 아돌가 님이 그 문제를 담당하고 있었죠."

"그래서?"

다그마는 책상 반대편 의자에 털썩 주저앉았다.

"확실한 건 아무것도 없어요. 증인도 없고. 공격 전후에 독립 구역민을 본 적도 없죠. 아무것도 없어요."

"하지만 이건요?"

모르퓌드가 다그마가 모아 온 물건을 가리키며 물었다.

"증거일 수도 있지만 정확하지는 않아요."

"웨스트랜드로 군대를 더 보내 찾아오게 할 수도 있소. 만약 독립 구역민 짓이면 그에 따라 행동해야지."

피어구스가 고개를 숙이고 말했다.

"찾아야 하는 건 독립 구역민이 아니에요."

"왜요?"

"한참 소문이 돌았어요."

다그마가 설명했다.

"독립 구역의 인간 군대는 그들을 조종하는 드래곤 주인의 꼭두각시에 불과하다는 소문이죠."

"강철 드래곤들이지."

피어구스가 덧붙였다.

모르퀴드는 고개를 저었다.

"정말로 트라시우스가 감히 우리를 덮칠 거라고 생각하는 건 아니지?"

피어구스가 어깨를 으쓱했다.

"직접? 설마 그럴까는 싶지. 하지만 트라시우스의 인간 전투견, 라우다리쿠스 자문과 독립 구역의 군대를 가지고 우리 부대를 쓸어 버리려 한다? 우리를 바쁘게 만들고 우리 레기온을 쪼개면서 시선을 다른 데로 돌린다? 아마도 우리 코앞에서 일어날 일을 보지 못하도록? 동생아, 내가 예상하는 건 그런 거야."

"이해가 안 되는데."

피어구스는 탁자 위에 놔둔 지도를 가리켰다.

"이렇게 편리하게 놓아둔 증거를 발견하면 우리는 독립 구역민이 결국은 쳐들어올까 두려워한 나머지 인간 부대를 이쪽으로 이동시키고……."

그는 서부 산맥을 가리켰다.

"우리 드래곤 부대는 서부 산맥과 아리시아 산맥 사이의 골짜기 지역으로 배치하겠지."

"맞아요."

다그마가 몸을 앞으로 숙이며 지도의 북쪽 지역을 가리켰다.

"그동안 강철 드래곤은 노스랜드와 아우터플레인을 지나와 우리 군대가 회군하기 전에 이 땅을 깨끗이 쓸어 버리겠죠."

모르퓌드가 지도를 내려다보다 불쑥 말했다.

"어머니는 알고 계셔."

"어째서 그런 말을 하는 거죠?"

"그렇지 않으면 어째서 라그나를 여기 데려왔겠어요? 이 년 후에, 그의 전쟁도 거의 끝난 마당에? 무슨 일을 꾸미시는 거죠."

다그마는 탁자 위에 팔꿈치를 괴고 두 손으로 턱을 받쳤다.

"또다시 전쟁을 일으키면 장로회에서 여왕님의 입장이 더 나아지겠죠. 그렇다고 해서 여왕님이 독립 구역민에 대항해 전쟁이 일어나도록 적극적으로 꾸민다고 볼 순 없어요."

모르퓌드가 방 안을 서성거리기 시작했다.

"독립 구역민들은 노스랜더 같진 않잖아요. 영토도 쪼개져 있고, 옛 원한도 있죠. 드래곤이든 인간이든 개자식 트라시우스 앞에 납작 엎드리죠. 그가 강철 앞발로 다스리고, 장로들이 선전포고를 할 수밖에 없도록 어머니가 게임을 풀어 나가면…… 너무 늦었을지도 몰라요."

"그럼 그렇게 될 때까지 기다려서는 안 되지."

피어구스가 말했다.

"인간과 드래곤 부대가 선공해야 해. 독립 구역이나 어머니의 계획이 실행될 기회를 잡기 전에."

"안 돼."

피어구스는 짝의 부드럽지만 단호한 거절에 눈을 잠깐 감았다 떴다.

"앤닐……."

"안 돼, 피어구스. 그게 바로 그들이 원하는 거야. 우리가 아이들을 놔두고 떠나는 것."

"우리가 아이들을 허허벌판에 내놓고 자기 몸은 알아서 지키라고 버려두고 가는 것도 아니잖아."

앤닐이 몸을 돌려 그들 모두를 마주했다. 다그마는 인간 여왕의 표정을 보고 움찔할 수밖에 없었다. 그녀의 표정은 차갑게 굳어 있었다.

"나는 아이들을 놔두고 갈 수 없어. 이보다 더 단순하게 말할 수 있나."

그들은 걸어 나가는 여왕을 보았다. 그녀 뒤로 문이 쿵 닫혔지만 아무도 펄쩍 뛰지 않았다. 여왕은 문을 쾅쾅 닫기로 악명이 높았으니까.

"내가 이야기해 보지."

피어구스가 말했다.

"오빠가 계속 얘기했잖아. 우리 모두 그랬어. 하지만 우리 말은 듣지 않을 거야."

"앤닐은 꿈을 꿔요."

다그마는 하인들 사이에 돌던 소문을 말했다.

"누가 아이들을 노리고 오는 꿈을 꾼대요."

"그래서? 그 생각이 맞다?"

피어구스가 추궁했다. 다그마와 모르퓌드는 시선을 교환했고, 마침내 다그마가 인정했다.

"네, 그럴지도 모른다고 우리도 생각해요."

"항상 누군가는 우리 아기들을 노릴 거요."

피어구스는 자기 짝이 떠난 자리를 대신 차지했다. 그는 팔짱을 끼고 창가를 내다보았다.

"모두 우리 아이들이 죽길 바라지."

"날 믿어요, 피어구스. 앤뉠이 꾼 꿈이, 내가 받은 사소한 정보가 맞다면, 앤뉠은 걱정할 만해요. 우리 모두 그렇죠."

25

라그나는 옆길로 향하다가 그 술집을 보았다. 관심을 끈 것은 술집 자체가 아니라 그리로 들어가는 남자들이었다. 기실 그들은 헐레벌떡 돌진했다.

그는 한숨지었다. 솔직히, 이렇게까지 해야 하다니 자신이 얼마나 타락했나 싶었다.

라그나는 술집으로 들어갔다. 탁자와 손님, 여급 들을 지나 뒤편의 작은 탁자에 이르렀다. 거기서 바로 그의 공주님이 궁정을 열고 있었다. 인간 남자들에게 둘러싸여서.

"라그나 님!"

그가 탁자 앞에 서서 다른 남자들을 내려다보자 케이타가 환호성을 질렀다.

"신사분들, 이분이 라그나 님이랍니다. 라그나 님, 여기는 저의 신사분들이에요."

그녀는 킥킥 웃었고, 라그나는 그녀의 머리채를 끌고 나갈까 마음속으로 갈등했다. 하지만 그건 너무 그의 아버지나 할 만한 짓 같았다. 그가 똑같은 짓을 할 수는 없었다.

"어쩌다 여기까지 오셨어요, 라그나 님?"

"당신을 찾아다녔어. 나랑 같이 요새로 돌아갈 수 있을 것 같아서."

"하지만 난 이렇게 재미있는데."

케이타가 손에 든 잔을 쳐들었다. 맙소사, 도망간 이래로 대체 에일을 몇 잔이나 마신 거야? 그녀를 찾기까지 그렇게 오래 걸리지도 않았는데.

"하지만 당신의 재미도 이젠 끝날 때인 거 같아."

"끝내고 싶지 않은걸."

그녀가 뾰로통하게 입술을 내밀었다. 젠장맞을, 그럴 때면 얼마나 사랑스러운지.

"그런 건 신경 안 써……."

"그냥 꺼지시지?"

한 남자가 딱딱거렸다.

"그냥 가……."

라그나는 남자의 얼굴 앞에 한 손을 들어 그와 술집 전체를 생각만으로 조용히 시켰다.

"날 더 화나게 하지 마, 레이디. 그냥 따라와."

케이타가 여전히 그의 분위기를 의식하지 못한 척 말했다.

"하지만 난 가고 싶지 않다니까."

그녀는 그를 시험하고 있었고, 라그나는 그 점이 마음에 들지 않았다. 공주를 보호하려고 안달이 난 남자를 흘깃 보면서 그가 명령했다.

"개처럼 짖어."

남자가 명령대로 하자, 케이타는 눈을 둥그렇게 뜨며 입을 떡 벌렸다.

"그만."

그녀가 말했다.

라그나는 왼쪽에 있는 남자를 보았다.

"오리처럼 울어."

"라그나!"

꽥꽥대고 멍멍대는 소리 위로 케이타가 비명을 질렀다.

"그만해!"

라그나는 기묘하다는 느낌으로 물었다.

"내가 이들에게 어떻게 하든 당신이 왜 신경 쓰지?"

"당신이 하는 짓은 잘못되었으니까. 모르겠어?"

알고 있었다. 그저 케이타도 그 점을 알고 있다는 것에 놀랐을 뿐이다.

"당신이 하는 짓이 내가 하는 짓과 뭐가 다르지?"

"농담이겠지."

그때 그는 케이타가 전혀 취하지 않았다는 것을 깨달았다.

"그럴 리가. 이 인간 남자들은 당신 비위를 맞추겠다고 깨진

유리 조각 위도 기어 다닐걸."

"자기 자유의지로 그러는 거잖아. 난 누구에게도 강요한 적 없어. 이제 저 꽥꽥대고 멍멍대는 소리 좀 멈추게 해 줄래?"

"그만."

그들은 명령대로 했고, 케이타는 눈을 가늘게 떴다.

"나한테도 똑같이 할 수 있어?"

라그나는 웃었다.

"드래곤은 그렇게 쉽지 않아, 공주. 하지만 욕정에 가득 찬 남자라면 제일 쉽지."

"그게 내 잘못이라고 하는 거야?"

"당신은 정말 어쩔 수가 없군."

라그나는 한 손을 내밀었다.

"자, 갈 거야, 아니면 저들이 다시 음매음매 울게 할까?"

케이타가 일어서서 탁자를 돌아왔다. 그녀는 그가 내민 손을 잡았지만 움직이려 하지 않았다.

"저들을 풀어 줘, 라그나."

"분부대로."

라그나는 그녀가 시키는 대로 했다. 모든 이들은 하던 일로 단숨에 돌아갔다.

남자들이 케이타가 떠나려는 것을 알고 머무르라고 애원했다.

"미안해요, 다들. 난 가야 해. 하지만 돌아올게요."

그녀는 순순히 라그나를 따라 문밖으로 나왔다.

"이거 너무 비열해!"

케이타가 그의 손을 뿌리치며 말했다.

"그래서 나를 시험한 거로군."

"아니었어."

"아니었다고? 그렇게 많은 남자들을 거느리고 있으면 내가 어떻게 하는지 보려던 거 아닌가?"

"내가 그 남자들을 부른 게 아냐. 정말로 내가 그렇게 시시한 여자라고 생각해?"

"그런데."

케이타는 숨을 헉 들이켜고 불같이 화를 내면서 연약하나마 주먹을 날리려고 했다. 그 순간 그녀의 날카로운 눈길이 진청색 망토를 입고 거리를 재빨리 지나가는 금발에 꽂혔다.

"그 여자다!"

"누구?"

"가자."

"뭐라고?"

"저렇게 놓칠 순 없어!"

케이타는 그의 손을 잡고 질질 끌고 가려 했다. 라그나가 멍하니 쳐다보며 무슨 일인지 말해 주기 전까지는 움직이지 않겠다고 버티자, 그녀는 그의 손을 놓더니 드레스 자락을 움켜쥐고 여자를 따라갔다.

늦잠 자느라 에이브히어가 앤뉠 대 비골프와 마인하르트의 두 번째 전투를 놓치게 될지 누가 알았을까? 이번에는 모두 훈련장에서 일어난 일이었으므로 그들을 말리면서도 그 와중에 머리가 날아가거나 작은 영역 다툼을 걱정할 필요도 없었는데. 하지만 아까 식사를 가지고 온 하인들 말에 따르면 대단한 전투를 놓친 것 같았다. 내가 그렇지, 뭐. 그래도 집에 왔고 에이브히어는 그것만으로도 기뻤다.

그는 계단을 내려가 대전으로 들어갔다. 주위에 아무도 없었다. 심지어 하인들도 다른 일을 하러 다른 데 가 있는 듯했다. 그는 지루했고 간밤에 마신 와인 숙취로 아직도 괴롭다는 사실도 도움이 되지 않았다. 그래도 모처럼 남자 사촌들과 여급 몇몇과 함께 술집에서 보낸 시간은 꽤 즐거웠다. 그는 이제 뭘 해야 할지 갈등하다 시내로 가는 게 좋겠다는 결론을 내렸다. 서점에 들러서 뭐 새롭게 재미있는 책이 나왔나 보고 싶었다. 노스랜더들은 책에는 크게 관심이 없었고 서점이나 도서관에 들를 기회도 별로 없었다. 게다가 신들이여, 맙소사! 그가 서점에 가 보고 싶다고 하면 그들은 멍하니 쳐다보기만 했다. 하지만 정말 완벽한 생각 아닌가? 좋은 책을 한 권 사서, 동네 술집에서 거하게 식사하는 거야.

주머니 속 동전—브리크의 방에서 몇 개 훔쳤다. 형에게 별로 필요한 돈 같진 않길래—의 개수를 확인하고 에이브히어는 길을 나섰다.

하지만 밖으로 나가다 뇌리를 가르는 빛에 움찔했다. 그렇다고 목적지를 향해 가는 그를 막을 순 없었지만, 술이 항상 친구는 아니라는 사실을 새삼 되새겼다. 그는 다른 일족처럼 술이 세지 않았다.

에이브히어는 느긋하게 한 눈만 뜨고 대전 계단을 내려갔다. 그리고 발이 궁정 뜰의 조약돌을 디딘 순간, 옆문을 보고 그리로 나섰다.

"안녕, 에이브히어."

그는 걸음을 멈추고 계단을 돌아보았다. 계단에서 누군가 지나친 것 같긴 한데, 사람들을 밀치지 않고 내려가는 데만 집중해서 누군지는 별로 신경 쓰지 않고 있었다.

그는 눈을 가늘게 뜨고 자세히 보려고 몸을 앞으로 내밀었다. 맙소사, 앞으로는 이런 수준으로 술을 마시지 말아야지.

"음…… 안녕."

"신들이여, 맙소사! 내가 이 년 만에 너무 많이 변해서 당신도 나를 알아보지 못하는 거예요?"

에이브히어는 눈을 크게 떴다. 두 눈 모두. 그는 눈이 부시다는 아픔도 잊고 그녀를 바라보기만 했다.

"이지?"

언제나처럼 미소가 그녀의 얼굴과 그의 세계를 환하게 밝혔다. 그는 그 미소 때문에 그녀가 싫었다. 황량한 노스랜드 영토에서 혼자 오래 순찰을 돌 때에도 그 미소를 머리에서 지울 수가 없었다.

"어떻게…… 어떻게 지냈니?"

"좋아요. 제 부모님과 모든 가족이……."

이지는 다음 말을 성벽에 대고 외쳤다.

"완전히 새빨간 거짓말쟁이인 걸 알았네요."

"그건 벌써 끝난 얘기잖아!"

탈라이스가 어딘가 안쪽에서 마주 고함을 질렀다.

"하지만 그것 말고는……."

이지는 말을 이었다.

"괜찮아요. 에이브히어는 어때요?"

"난 좋아."

"노스랜더들이 다 잘해 줬나 봐요. 더 커졌네요. 전체적으로."

그런 말 하지 마. 하지 말라고!

"열심히 훈련했거든. 군대 생활은 어때?"

에이브히어는 재빨리 화제를 바꾸었다.

"아직도 진형 부대에 있어요."

그녀가 눈을 위로 뜨며 불평했다.

"나도 나무를 옮겨, 많이."

이지가 웃었다.

"걱정 마요. 몇 년만 지나면 우리 둘 다 인정받을 수 있는 병력이 될 테니까."

에이브히어는 이지를 가리켰다.

"뭘 갖고 있는 거야?"

이지가 털 뭉치를 들어 올렸다.

"강아지예요."

"다그마의 우리에서 가져온 건 아니겠지? 그랬다간 네 살가죽을 벗길 텐데."

"돌아다니는 강아지를 주웠다고 둘러대도 안 먹혀요?"

"조금도."

그녀는 강아지를 얼굴에 갖다 대고 촉촉한 코에 자기 코를 비볐다.

"하지만 정말 귀여운데."

"몇 달만 있으면 네 얼굴을 물어뜯을걸."

"그래서 정말 갖고 싶은 거예요."

에이브히어는 쿡쿡 웃었다.

"넌 전혀 변하지 않았구나, 이지."

"누구랑 이야기하느냐에 달렸죠."

그 순간, 여전히 여행으로 더러워진 바지와 민소매 튜닉을 입고 뺨과 목에 먼지가 묻은 채로 강아지를 안은 이지를 보고 있으려니, 그녀를 향한 마음을 극복했다는 생각이 에이브히어의 머리를 스쳤다. 그녀에게 품었던 그 모든 부적절한 감정들—그가 통제할 수 없는 망할 감정들을 얼마나 혐오하는지는 신들만이 알리라—이 다 사라졌다. 여전히 그녀를 조카딸이나 친척으로 볼 수는 없었지만, 여전히 이지였다. 어쨌든 이제 관심이 없는 이지.

그 깨달음에 두통은 멀리 사라지고, 그는 한 발 더 가까이 다가갔다.

"막 시내에 나가 서점에 들르고 뭔가 먹을 걸 구하려던 참이었어. 혹시 너도……."

"어이!"

에이브히어는 궁정 뜰 저편을 바라보고 사촌 켈륀의 모습에 미소를 띠었다. 그와 켈륀은 둘 다 더 어릴 때는 무척 가까운 사이였다. 그게, 켈륀이 이지를 만나기 전까지는. 하지만 그건 이제 중요하지 않았다.

"켈륀?"

이지가 에이브히어의 사촌 드래곤이 마법처럼 나타난 양 쳐다보았다.

"여기서 뭐해?"

켈륀은 궁정 뜰 한가운데에 서서 '왜라고 생각해?'라는 듯 어깨를 으쓱해 보였고, 에이브히어는 자기도 모르게 이를 살짝 갈았다. 아직도 꼬마 이지를 유혹하려는 건 아니겠지? 이 자식도 그건 잘못이고 브리크가 자기를 죽일 것이라는 정도는 알 텐데. 그 정도로 멍청하진 않겠지?

"널 확인하려 온 거 아니겠어?"

그래, 맞았다. 켈륀은 그 정도로 멍청했다.

이지가 강아지를 계단에 내려놓고 일어섰다. 이 인간 여자는 에이브히어가 마지막에 봤을 때보다 몇 뼘은 더 자랐다. 인간 여자에게는 정상적인 것 같지 않았지만, 원래 이지는 정상과 거리가 멀었다. 설상가상으로 꼬마 이지에게서 자란 건 키만이 아니었다. 몸매도 풍만해져 있었다. 전사로 자처하는 자 중에 그런 굴곡을 가질 여자는 없기에 에이브히어는 그녀가 더 싫어졌다.

이지가 켈륀에게 달려가 그 백치의 품으로 뛰어들었다. 더 불쾌한 것은 다리로는 켈륀의 허리를, 팔로는 어깨를 감았다는 것이다. 켈륀은 이지의 순진하고 장난스러운 애정 표현을 그녀의 엉덩이를 더듬을 기회로 이용하고 있었다.

그나저나 대체 이지는 무얼 하고 있지? 그녀는 아무렇지도 않게 에이브히어의 음란한 사촌에게 온갖 잘못된 신호를 보내고 있었다. 그리고 보통 때처럼 그 사실을 까맣게 몰랐다.

"오. 안녕, 사촌."

켈륀이 지금 막 본 것처럼 에이브히어에게 말을 걸었다.

"켈륀."

그가 이지의 엉덩이를 더 꽉 움켜쥔 모양인지, 이지가 비명을 지르며 그의 손을 찰싹 쳤다.

"그만해!"

그녀는 풀쩍 뛰어내렸지만 웃으면서 켈륀의 어깨를 쳤다.

"아얏."

"혼자 왔어?"

이지가 물었다.

"팰도 함께 왔어. 여기 어디 있을걸."

그는 집게손가락으로 이지의 코끝을 톡톡 쳤다.

"하지만 난 널 찾으러 왔지. 너 괜찮아?"

"넌 알았어? 아기 얘기?"

"내가 알았더라면 너한테 얘기했겠지, 귀여운 이세벨. 너를 위해서라면 어머니가 진노하시는 것쯤이야."

이지가 에이브히어만큼이나 이 거짓말쟁이 개자식을 못 믿겠다는 듯 눈을 굴렸다.

"글쎄, 다는 못 믿겠지만."

"진짜야. 만약 아니라면 나를 원망할 거야?"

"별로. 하지만 네가 와서 좋아."

"나도 그래."

에이브히어는 더는 참을 수 없을 것 같았다. 아니면 먼저 구토부터 해야 할 성싶어 그는 작게 손을 흔들었다.

"난 간다."

"브란웬을 찾아서 뭔가 같이 먹으러 가요."

이지가 제안했다.

"지금 당장은 안 돼. 갈 데가 있어서."

"그것 안됐네."

켈륀이 그 말에 완전히 실망한 척했다. 아, 그렇단 말이지.

하지만 에이브히어는 끼어들 생각이 없었다. 여기, 지금, 사촌과는. 그럴 필요가 없었다. 오늘 밤은 단순히 이지와 이야기를 나눌 생각이었다. 그녀는 여전히 순진한 아이여서 백치 같은 사촌이랑 걷잡을 수 없는 일에 휘말려 들고 있다는 사실을 몰랐다. 하지만 에이브히어는 이에 종지부를 찍을 것이다. 그래야만 하니까. 어쨌든 아직도 그 애의 삼촌 아닌가? 물론 피는 이어지지 않았지만 그 애의 삼촌이었다. 그리고 둘은 삼촌과 조카로 함께 자란 건 아니기에 켈륀과 같은 드래곤에 대해서라면 그런 일들이 어떻게 되는지 설명하기가 한결 쉬울 것이다. 그때까지는 새 책을 사고 요기를 한 후 비극적으로 심해진 망할 두통 치료약을 받으러 동네 치료사를 찾아가기로 했다.

라그나는 케이타가 어디로 갔는지 몰랐지만, 따라가야만 한다고는 생각했다. 자기 없이 그녀가 휘말릴 말썽을 생각하니 너무도 무시무시했다. 그는 자기에게 이 세상 누구보다 케이타가 흥미로운 여자라는 사실에서 벗어날 수가 없었다.

그녀는 거리를 두고 어떤 인간 여자의 뒤를 밟고 있었다. 인간이 발을 멈추고 미행당하나 돌아볼 때마다, 케이타는 건물 그늘이나 사람들 사이로 섞여 들었다. 잠시 후, 라그나는 그녀가 무척 능숙하다는 것을 인정할 수밖에 없었다. 케이타는 매일매일 그가 처음에 생각했던 멍청한 공주님의 이미지에서 점점 더 멀어지고 있었다.

"우리 지금 뭐하는 거지?"

마침내 라그나가 기회를 잡아 물었다.

"저 여자가 뱀푸어를 죽인 계집이야."

케이타는 소곤소곤 대답했다.

"그런데 여기 있잖아. 이건 우연일 리가 없어."

그녀가 조심스레 건물 모퉁이를 돌아보다가 숨을 들이쉬며 라그나를 힐끔 돌아보았다.

"뭐? 뭐야?"

그가 물었다.

"저런 짓을 하다니 믿을 수가 없어!"

"누가?"

보통의 합리적인 드래곤이라면 대답을 했겠지만, 그녀는 쏜살같이 튀어 나갔다. 라그나는 그녀가 무엇을 하는지 영문을 알 수 없었기에 따라갈 수밖에 없었다.

케이타는 오래된 창고같이 보이는 건물 앞에 미끄러지며 멈췄다. 그리고 한 손으로 문을 잡고 잠깐 망설인 후 벌컥 열었다.

"이 매춘부!"

그녀가 욕설을 내뱉었다. 라그나는 그 말이 약간 심하다고 생각했다. 케이타도 실제로는 그 여자의 정체를 모르지 않는가. 하지만 창고 안에 발을 디딘 순간, 그 여자와 함께 서 있는 자를 보고 케이타의 말이 맞다는 것을 알았다. 그녀는 정말 매춘부였다.

'훼손자'가 술집 여자를 잡아 자기 앞으로 방패처럼 질질 끌고 오며 애원했다.

"날 좀 보호해 줘, 다나!"

라그나는 오직 그 말이 농담이기만을 바랐다.

"이 악의 상인과 얘의 얼뜨기 하수인 녀석이 우리를 둘 다 죽이기 전에!"

그는 앞으로 나가면서 얼뜨기 하수인이란 자기를 가리키는 말이겠거니 했다.

"이 매춘부."

케이타가 다시 말했다.

"오빠 짝은 어쩌고? 다그마가 알면 뭐라고 하겠어?"

"그 여자한텐 말하면 안 되지."

그웬바엘이 징징댔다.

"우리 모두 죽일 거야."

"진실을 어떻게 숨겨? 어떻게 내가 여성 동지들을 속일 수 있겠어?"

케이타가 따졌다.

여자가 케이타를 가리켰다.

"저 여자가 나를 창문 밖으로 내던졌어요."

그웬바엘이 여동생을 내려다보더니 울음을 뚝 그쳤다. 오빠와 여동생 둘 다 대단한 연기였으나, 케이타 쪽이 훨씬 뛰어났다.

"네가 이 여자를 창밖으로 내던졌다고?"

그웬바엘이 물었다.

"이 배은망덕한 염소의 목숨을 구해 준 거야. 다음엔 남의 일엔 상관 말아야지. 솔직히, 이 여자가 오빠 매춘부인 줄 알았으면……."

케이타는 확실히 그 말을 지나치게 가볍게 던졌다. 여자가 케이타에게 한발 다가갔다.

"난 매춘부가 아니야. 자기야말로 헤픈 주제에. 기회만 있었으면 널 죽여 버렸을 텐데."

"그랬겠지. 하지만 그 노친네가 흘린 것을 허벅지 안에서 닦아내느라 시간이 없었겠지."

그웬바엘이 코를 쿡 울리더니, 남매가 둘 다 웃음을 터뜨렸다.

"우리 둘 다 무시해, 다나."

그웬바엘은 한 손으로 눈에 고인 눈물을 닦으면서 다른 손으로는 혼란스러워하는 인간에게 동전 주머니를 주었다.

"약속대로."

"고맙습니다, 나리."

여자가 케이타를 차갑게 쳐다보았다. 그녀는 이 공주가 더 위험하다고 여기는지 뒷걸음쳐 옆문으로 빠져나갔다.

"저 여자가 돌아올까 싶은데."

라그나가 말했다.

"저 여자는 나를 위해 일하고, 나는 보수를 두둑이 지불하죠."

다른 목소리가 어둠 속에서 말했다.

"돌아올 거예요."

다그마 라인홀트의 개, 카누트가 밝은 데로 걸어 나왔고 케이타는 라그나에게로 뒷걸음쳤다.

"세상에! 개가 말을 해."

라그나가 잠시 이마를 찌푸린 순간 다그마가 개 뒤에서 걸어 나왔다. 케이타는 숨을 헉 내쉬었다.

"당신이었다니 천만다행이에요. 마음 놓았네. 말하는 개보다 더 이상한 걸 생각할 수 있어요?"

다그마가 자기 앞에 인간 형태로 선 세 드래곤을 찬찬히 살피더니 결국은 고개를 흔들었다.

"아니요, 케이타 공주. 그보다 더 이상한 건 도저히 생각할 수 없네요."

케이타는 생긋 웃었다.

"또 그 비꼬는 말."

"내가요? 비꼬아요? 그럴 리가."

이 여자가 죽었다고 해도 그보다 더 무미건조한 낯빛으로 말할 순 없을 것이다. 창백한 두 손을 맞잡아 드레스 위에 올려놓은 전쟁 군주의 딸은 거의…… 처녀처럼 보였다. 수도원에 들어간 젊은 처녀. 하지만 그녀의 눈은, 그 차갑고 아무것도 안타까워하지 않는 눈은 진짜 정체를 무심코 드러내고 있었다.

이건 결국 모두 '독사' 케이타에게 한 가지를 의미했다. 이제 그녀는 진심으로 오빠가 짝을 잘 골랐다는 생각을 하고 있었다. 다그마 라인홀트는 뻔뻔할 만큼 무모하고 심술궂었지만 그 점을 오히려 대놓고 드러냈다. 그래서 케이타가 그 회색빛 옷 속의 본 모습을 보게 된 순간…… 솔직히, 이 인간 여자를 어떻게 사랑하지 않을 수 있을까?

"여기 왜 온 거죠, 케이타?"

다그마가 물었다.

"난 여기 살아요."

케이타가 설명했다.

"여긴 내 백성의 땅이잖아요."

"그건 우리가 앞으로 할 게임인가요?"

"난 게임을 좋아하죠."

"케이타."

오빠가 나무랐다.

"아, 좋아. 난 그 여자가 누군지, 누구 밑에서 일하는지 알아내고 싶었어요. 그게 바로 당신 둘이라는 사실을 알았을 때 내가 얼마나 놀랐을지 상상해 봐요."

케이타는 더욱 활짝 웃으며, 전쟁 군주의 딸과 그웬바엘을 번갈아 바라보았다.

"둘이 이런 유의 게임을 즐기는 줄은 몰랐네요. 아주 좋은 선택이야, 오빠."

"다그마가 거친 건 아니고? 이 여자가 개들을 훈련시킬 때 어떤지 봐야 할 텐데."

"그만둬요, 둘 다."

케이타는 다그마의 팔에 한 손을 얹었다.

"자기 욕망을 충족하기 위해 매춘부를 샀다고 부끄러워할 건 없어요, 레이디 다그마. 어느 쪽을 선호하는지 결정할 순 없을 땐 저라도 똑같이 할 거예요. 남자인지, 여자인지……."

"케이타도 나도 둘 다 다나가 매춘부가 아닌 거 알잖아요."

"어쩌면 살인녀가 더 맞는 호칭일까요?"

"그러면 당신은 뭐가 되는데?"

라그나가 물었다.

"내 국민들에게 충성스러운 거지. 그러니까 입 다물어."

"그날 아침 뱀푸어 경의 방으로 간 게 충성 때문이었나요?"

다그마가 물었다.

"그저 불쌍한 뱀푸어 경의 건강이 걱정되었을 뿐이에요. 저녁 식사 때 몸이 좋지 않아 보여서."

다그마의 입술이 미소라고 할 수 있을 정도로 실룩거렸다.

"동생분은 당신보다 훨씬 뛰어난 거짓말쟁이네, '오염자'."

미리 연습한 대로 숨을 헉 들이켜며 케이타는 두 손을 자기 가슴에 댔다.

"내가 거짓말을 한다는 뜻인가요, 레이디 다그마?"

"케이타는 본인을 기리는 사원을 세워 주겠다고 약속한다면 거리낌 없이 진실을 이용한다는 뜻이죠."

케이타는 한 손가락을 흔들었다.

"내 생각은 좀 다른데요."

그리고 라그나를 보며 어깨를 으쓱했다.

"난 항상 사원을 원했거든."

"온 세상 남자들이 와서 널 숭배할 수 있는 곳 말이지!"

그웬바엘이 거들었다.

"그래! 게다가 나는 신이 될 거니까 남자들이 선물을 가져올 거야."

케이타는 한숨을 지었다.

"난 선물이 좋아."

다그마가 그녀의 어깨 너머로 라그나를 보았다.

"지난 며칠 동안 이걸 다 참아 준 거예요?"

"그래."

라그나는 얼굴을 찡그렸다.

"게다가…… 좀 즐기기도 했어. 그건 좋은 일이 아니지?"

"걱정 마요."

다그마가 말했다.

"처음에만 약간 괴로울 뿐이니까."

'선택된 왕조'의 렌은 드래곤 퀸의 개인실로 들어갔다. 여왕이 이를 훤히 드러내며 미소를 띠더니, 앞발을 흔들어 이리로 오라고 신호를 보냈다.

"안녕, 내 친구."

렌은 뒷다리로 일어서서 한 무릎을 꿇고 고개를 수그렸다.

"여왕 전하."

"아, 세상에나! 렌, 그게 뭐하자는 연기야?"

렌은 주저앉으며 눈 위로 흘러내린 털을 넘겼다.

"예의범절이란 면에서 저는 즐겨 실수를 하곤 하죠, 리아논."

여왕이 웃으면서 앞발을 다시 흔들었다. 이번에는 그녀가 끼고 있던 목걸이와 그에 이어져 벽에 연결된 사슬이 풀렸다. 이건 여왕과 그녀의 짝이 즐기는 놀이였다. 렌이 절대로 물어본 적 없는 게임이기도 했다. 대체로는 자기가 상관할 바가 아니기 때문이기도 했지만, 그들 사이에 일어나는 일이 순수하고 뜨거웠기 때문이다. 그것은 또한 렌의 부류에게 서쪽의 사우스랜드 드래곤들이 왜 이렇게나 다른지에 대한 설명이 되어 주었다. 리아논과 베르세락의 것 같은 사랑만이 이 땅의 드래곤들이 아는 모든 것을 변화시킬 수 있었다.

"저를 부르셨습니까?"

"불렀지."

여왕이 평평한 바위 위에 앉은 후 자기 옆자리를 톡톡 두드렸다. 물론 그곳은 여왕의 공식 왕좌가 아니었다. 장로들이 다 들어갈 만큼 충분한 공간이 있는 또 다른 동굴이었다. 그렇다고 여왕의 침소도 아니었다. 단순히 여왕의 방이고, 세계를 바꿔 놓을 결정이 종종 이곳에서 이루어졌을 뿐이다.

렌이 자리에 앉자, 여왕이 말했다.

"케이타를 지켜봐 줘서 고맙구나. 제 몫의 일을 잘하다 보니 목표물이 되기 쉬운 애라, 네가 그 애를 지탱해 준다는 사실을 알기만 해도 마음이 한결 놓인단다."

"제 대담한 말을 용서해 주시기 바랍니다만, 따님이 했던 일에 여왕님이 눈곱만큼이라도 신경 쓰셨다는 생각은 들지 않는군요. 그것이 육십팔 년 전에 그 애에게 여왕님이 직접 하신 말씀 아니던가요?"

"내 딸과 나의 관계를 누구에게든 설명하진 않겠다. 너라고 할지라도."

"그 애라고 할지라도요."

"아무에게도 하지 않아. 내가 하는 일과 그러는 이유는 나만 알고 이해하면 되는 것이지."

"알겠습니다. 그럼 제게 분부하고 싶으신 일을 말씀하시죠."

"네가 서쪽으로 가 줬으면 좋겠다. 그리고……."

"싫습니다."

렌은 고개를 저었다.

"제가 떠나면 케이타를 저 노스랜더의 뜻에 맡기실 테니 그럴 순 없죠."

"그자 때문에 걱정스러운 게로구나."

"이제까지 제가 알던 어떤 남자가 했던 것보다도 케이타를 더 크게 상처 입힐 수 있는 자입니다."

"그게 무슨 뜻이지?"

"케이타가 그에게는 약하다는 뜻이죠. 마음에 들지 않습니다."

"마음에 들고 들지 않고는 네가 결정할 일이 아니다. 네 말대로, 케이타는 그에게 약할지도 모르지. 하지만 그 때문에 그자가 그 애에게 접근하긴 더 어려우리라는 것을 난 절대 의심하지 않는다. 어쨌든 둘을 갈라놓는 건 여기서 나의 목표가 아냐."

"그럼 여왕님의 목표는 무엇이죠? 저만이 도울 수 있다는 게 뭡니까?"

"나를 위해 뭔가 봐 주기를 바란다."

"뭔가요?"

여왕이 어떤 물건을 던지자 렌은 앞발로 받았다. 그리고 찬찬히 살폈다. '금으로 된 퀸틸리안 동전'이었다.

"독립 구역 동전이군요. 차이가 있습니다."

렌은 알고 있었다. 퀸틸리안 동전은 어디서나 발견이 되고 전 나라에 걸쳐 쓰였다. 독립 구역 동전은 순금으로 만들어졌으므로 보통 훨씬 더 가격이 나가고 오로지 퀸틸리안 왕국에서만, 그것도 보통은 귀족들 사이에서만 쓰였다.

"우리가 야만족이라고 믿는 자들이 파괴한 또 다른 마을의 잔해 밑에 묻혀 있었던 것이다."

"하지만 이제는 야만족 소행이 아니라고 생각하시잖습니까?"

"이 짓을 한 자들이 누구든 모든 이를 다 죽였고 노예도 데려가지 않았다. 서부 산맥의 야만족은 항상 노예를 데려가지. 그들이 돈을 버는 방법이야."

"정말로 독립 구역 작자들의 소행으로 보십니까?"

"본다기보다 아는 거지. 하지만 확실한 증거가 필요해. 내가 번개 드래곤과 동맹을 맺었다고 불쾌해하는 장로들을 위해서뿐 아니라, 내 자손들을 위해서. 그들은 내가 오직 전쟁을 원한다고 생각하지."

"아닙니까?"

앞발을 위로 쳐든 여왕은 딸과 비슷한 구석이 있었다.

"그래. 하지만 난 무찌를 수 있다는 걸 아는 자들하고만 전쟁을 해. 그런데 강철 드래곤은 아니지, 친구."

"케이타가 왕좌의 수호자라고요?"

다그마는 케이타의 인정에 고개를 끄덕이고 그웬바엘에게로 몸을 가까이 기울였다.

"그게 정확히 뭐지?"

자기 짝이 모르는 것이 뭐 하나라도 있는 일은 몹시 드물었기에, 그웬바엘은 그 순간의 감각을 만끽했다. 그녀가 재촉할 때까지는.

"으응?"

"그건 마치…… 왕좌를 위한 특별 요원 같은 거야."

다그마는 그의 여동생에게 집중했다.

"스파이 같은 거? 케이타가? 케이타가 스파이?"

"수호자 쪽이 좋아요. 스파이는 약간 어감이 초라하잖아요?"

"케이타가?"

다그마가 다시 되뇌자 그웬바엘은 엉덩이로 그녀를 찰싹 칠 수밖에 없었다. 이제까지 케이타는 다그마를 좋아하는 듯했다. 그는 계속 그런 관계를 유지하게 하고 싶었다. 이전에 여러 번 케이타의 성질을 잘못 돋우는 바람에 사흘 동안 동생이 뭔가 탄 음식이나 술을 마시고 토하기만 한 적도 있었으므로, 자신의 사랑스러운 짝이 그런 운명을 겪지 않기를 바랐다.

"그냥…… 케이타는 약간 흐리멍덩해 보여서."

그웬바엘은 움찔했으나, 케이타는 웃어넘겼다.

"내가 좀 그렇죠. 그리고 대부분은 그래요. 왕좌에 대한 문제만 제외하고는. 필요하다면 숨이 넘어가는 날까지 지킬 거예요."

"가급적 그런 일은 없어야지."

번개 드래곤이 끼어들자 그웬바엘은 그 자식을 보고 코웃음 칠 수밖에 없었다.

"당신이 무슨 관련이 있다고?"

번개 드래곤이 아무 대답도 하지 않자, 그웬바엘은 여동생을 보았다.

"케이타, 너희 둘 사이에 뭐가 있는 거냐?"

"난 이이를 섹스 파트너로만 이용하는 거야."

"물론 그러시겠지. 하지만 그렇다면 네가 일이 끝났는데도 저자를 달고 다니는 건 설명이 안 돼."

"너무 잘해서?"

다그마가 손등으로 가슴을 밀며 케이타와 라그나를 보았다.

"이건 독립 구역민과 관련이 있나요?"

다그마의 질문에 둘의 표정이 완전히 백지처럼 변하자, 그웬바엘은 자기 짝이 정곡을 찔렀다는 것을 알았다.

케이타는 오빠가 짝을 지은 인간을 살폈다.

"이 여자를 얼마나 신뢰할 수 있어?"

그녀가 오빠에게 물었다.

"나는 벌써 이 여자를 내 목숨과 이 가족 모두의 목숨을 걸고 신뢰해. 충성은 의문의 여지가 없지. 심지어 아버지조차 이 여자를 믿어."

케이타가 놀라 한 눈썹을 치켰다.

"정말로?"

그러고는 곧 고개를 끄덕였다.

"그럼 얘기를 빨리 끝내겠네. 내가 한 말은 이 벽 밖을 나가지 않겠지."

모두들 동의하자, 케이타는 말을 이었다.

"트라시우스 대군주가 나를 왕좌에 올리려고 하는 움직임이 있어. 어머니 생각으로는 벌써 궁정에 조력자도 확보한 것 같다고 해. 그들이 내게 곧 접근할 거라는데, 그 과정에 좀 더 속력을 붙이기 위해 내가…… 에실드 이모의 거처를 이제까지 알고 있었다는 소문을 퍼뜨리려고."

오빠가 고개를 저었다.

"너 정신이 나갔어? 가족들이 알면……."

"그런 위험은 무릅써야지. 그리고 다그마가 나를 좀 도와줬으면 좋겠어요."

"나보고 공주와 에설드 이모님에 대한 소문을 퍼뜨리라고요?"

"이 일을 더 잘할 사람 알고 있어요?"

다그마가 해죽 웃었다.

"사실 별로 없죠."

"난 별로 마음에 안 든다, 케이타."

그웬바엘이 말했다.

"오빠가 마음에 안 들어 하는 건 알아. 하지만 반역자들이 좀 더 빨리 모습을 드러내게 할 필요가 있어. 나는 시간이 없을까 봐 두려워."

그웬바엘은 반박하려 했으나, 그의 짝이 말을 잘랐다.

"그 말이 맞아요."

다그마가 숨을 내쉬었다.

"독립 구역의 인간 군대가 서부 산맥의 작은 도시와 마을을 습격하고 있다는 첩보가 점점 확실해지고 있어요. 우린 지원을 보내기 위해 앤뉠의 부대를 나누고 더 많은 드래곤 부대를 모으고 싶어 하죠."

"거기에 반역자 스튀르뵈른이 트라시우스를 돕고 있는 것 같으니까."

라그나가 덧붙였다.

"모든 게 제자리를 찾아가고 있어. 나도 이게 싫기는 매한가지지만, 어쨌든 밀어붙여야 해."

"그럼 내 여동생의 안전은 어쩌고?"

그웬바엘이 노스랜더를 쏘아보며 따졌지만, 케이타는 몇 분 전보다 훨씬 더 특별한 감동을 받았다.

"내 목숨을 다해 당신 여동생을 보호할 거야. 규약과 내 일족의 이름에 대고 맹세하지."

"그게 내게 무슨 의미가 있다고?"

그웬바엘은 계속 답을 요구했다.

"엄청난 의미가 있지. 모든 의미가 있어."

다그마가 자기 짝에게 말했다.

"케이타, 넌 뭐라고 할래?"

그웬바엘은 동생에게 물었다.

"난 오빠를 신뢰하듯이 '교활한 자' 라그나를 신뢰해. 실제로는 렌과 비슷한 정도로 신뢰한다고 해야겠지."

그웬바엘이 입을 내밀었다.

"너 렌을 나보다 더 신뢰하는 거냐?"

"적어도 그는 믿을 만하잖아."

"그걸로 나를 비난하다니 진심이냐, 동생아? 딱 한 번 늦은 거 가지고!"

"오빠가 그러는 바람에 이 예쁜 머리가 날아갈 수도 있었으니까. 렌이 아니었더라면 내 완벽한 모습은 오래전에 사라졌을 거야. 어떻게 그런 일이 있고도 오빠가 멀쩡히 살아갈 수 있는지 아직도 모르겠다니까."

"완벽한 모습은 아직도 그대로이니까! 그거면 됐지, 뭘!"

그들은 결국 둘씩 나눠서 창고를 떠났다. 성으로 돌아가는 동안, 그웬바엘은 짝의 손을 잡았다.

"왜?"

그가 물었다.

"당신이 내게 말을 안 했다니 믿을 수가 없어서."

"내가 말할 수 있는 정보가 아니잖아. 걔는 내 여동생이고."

"세상에! 케이타는 누가 봐도 당신 동생이지, 그웬바엘."

"그게 무슨 뜻이야?"

"라그나가 무슨 일에 휘말리게 될지 스스로 잘 알고 있어야 할텐데."

"그 자식 벌써 그 애랑 섹스했어. 뭘 더 휘말려?"

"안 했어."

"뭘 안 했다는 거야?"

"당신이 그렇게 거침없이 말한 대로 공주랑 섹스하지 않았다는 거지."

그웬바엘이 발을 멈추고 짝을 끌어당겨 멈춰 세웠다.

"당신이 어떻게 알아?"

"본능이지. 보디랭귀지를 읽어도 그렇고. 당신 여동생은 무척 영리해. 라그나, 적국의 천출 드래곤과 비밀 관계를 맺으면 어머니의 왕좌를 갖고 싶어서 안달 난 심심한 왕족으로 보이기 더 쉽겠지. 당신 어머니가 아무리 여러 번 동맹 관계를 맺었다 해도 당신 일족과 다른 귀족 드래곤들은 여전히 노스랜드 드래곤을 적으로 여기니까. 자기가 조종당하기 쉽다는 걸 보여 주려고 멍청한

척 연기하는 거야. 안타깝게도 둘은 그렇게 생각하지 않겠지만, 당신 여동생은 어머니를 무척 닮았어."

"그런 얘기 케이타 듣는 데선 큰 소리로 하지 마. 당신 목줄기를 따 버릴 애니까."

"명심하지."

다그마가 그의 손을 잡아끌었고 그들은 다시 걷기 시작했다.

"하지만 곧 하게 될 거야."

그웬바엘은 다년간의 경험으로 자기 짝이 이 대화에서 저 대화로 건너뛰는 경향이 있다는 것을 배웠다. 영리한 자들은 그러는 법이었다. 대부분은 일관성 있는 생각을 한 번에 한두 개도 하지 못하지만 다그마는 수백 가지를 생각할 수 있는 것 같았다.

"곧 뭘 한다는 거야?"

"섹스."

그웬바엘이 다시 우뚝 멈춰 섰다.

"방금까지는 안 했다며."

"안 했다니까. 하지만 당신이 그걸 왜 이리 신경 쓰는지 모르겠네."

"그 자식이 내가 당신을 차지해 버려서 열 받은 나머지 내 여동생을 갖고 노는 거라면?"

"어떤 남자든 당신 여동생을 갖고 논다면 살아서 그 기쁨을 누리긴 무척 어려울걸. 어쨌든 상관없어. 그건 라그나의 방식이 아니니까."

그웬바엘이 툴툴거리는 소리밖에 내지 못하자, 다그마는 다른 손으로 그의 턱을 쓰다듬었다.

"난 당신 곁에 있잖아, 그 곁이 아니고. 그도 그 정도는 알아."

"알아 두는 게 신상에 좋겠지."

"게다가 일단 당신 여동생과 자고 나면 나 같은 건 전혀 생각하지도 않을걸."

"어떻게 그렇게 자신만만하게 같이 잘 거라고 말할 수 있어?"

"당신에게도 내 안경이 필요해졌나 봐, '오염자'."

그녀는 다시 그를 끌고 갔다.

"둘 다 하고 싶어서 숨넘어갈 지경인걸."

케이타는 라그나와 함께 시내를 빠져나가다 그를 보았다. 그는 대장간 매대 옆에 서서 아주 예쁘고 어린 여자애와 이야기하고 있었다. 그가 여자애의 손을 잡고 가까이 몸을 숙였다. 케이타는 걸음을 멈추고 빤히 쳐다보았다. 분노가 혈관을 타고 흐르며 노래했다.

"케이타?"

라그나가 한 손으로 그녀의 등을 훑었다.

"뭐야?"

분노가 커서 제대로 대답도 못 하고 케이타는 길을 뚜벅뚜벅 건너 둘 앞에 섰다. 그리고 두 손을 들어 남자 인간을 쿵 내려치며 옆으로 밀어 버렸다. 케이타는 못마땅했지만, 깊은 인상을 받았다는 건 인정해야 했다. 오빠들을 그렇게 때리면 그저 부아를 지르는 정도지만 인간 남자는 뼈가 몇 대 부러지게 마련이었다.

하지만 이 남자는 그녀를 그냥 쳐다보기만 했다.

"케이타?"

그가 충격을 받은 어투로 물었다. 케이타는 개자식을 향해 으르렁거렸다.

"이런 짓을 하고도 빠져나갈 수 있을 거라고 생각했어? 내가 그냥 놔둘 것 같아?"

앤뉠 군대의 장군이자 언니의 쓸모없는 인간 배우자가 당황한 표정으로 얼굴을 찡그렸다. 다음 순간 그의 눈이 커졌다.

"아, 오해했나 본데……."

이자의 몸에 불을 붙이지 않고서는 얼굴도 보기 싫어서, 케이타는 여자애에게로 돌아섰다.

"너, 매춘부. 내 눈앞에서 꺼져. 아니면 모든 신에게 맹세코 네가 사랑하는 모든 것을 부숴 버릴 테니!"

당연하게도 여자애는 겁을 잔뜩 집어먹고 눈물을 흘리며 도망가 버렸다. 케이타는 그제야 뒤에 있는 남자에게 집중할 여유가 생겼다. 그녀는 그를 보고 손가락질했다.

"당신 시체에서 살을 다 뜯어 버리겠어. 어디 그 천한……."

"그 애는 내 사촌입니다."

그가 말을 끊었다.

"그래, 좋아. 그럴싸해. 내가 그런 켄타우루스 똥 같은 변명을 못 들어 봤을 줄 알고."

"그 애에게 새 보모가 되어 달라고 부탁하려던 참이었죠."

……진실성이 느껴지는 말이지 않나?

"새 보모?"

"보모 하나가 또 그만둬서 내 사촌이 그 자리를 맡아 줄 수 있는지 알아봐 달라고 모르퓌드가 부탁했습니다. 방금 공주님이 겁을 주고 쫓아 버려서 비명을 지르고 울면서 간 애. 이제 내 이모는 다시 그 애 얼굴을 못 보게 하겠군요."

케이타는 그의 말이 진실임을 알고 비난하던 손가락을 슬그머니 내렸다.

"아."

"그러고 싶으면 모르퓌드에게 물어보시죠. 공주님 언니는 제 가족을 다 아니까. 모두 그녀를 사랑합니다."

"브라스티아스, 난 그게…… 무척……."

"아니, 괜찮습니다. 열네 살짜리 사촌이 길거리에서 매춘부라는 욕을 듣고, 깊이 사랑하는 짝을 배신했다는 비난을 받는 건 항상 기분이 좋은 일이지요. 게다가 대장간 앞에서."

케이타가 돌아보니 대장장이가 기분 좋게 손을 흔들었다.

"정말로 미안해요. 난 그저……."

"공주님과 모르퓌드는 개와 고양이처럼 앙숙지간이지만…… 하지만 왠지 선불리 판단해서는 안 된다는 느낌이 있긴 했죠."

브라스티아스는 케이타를 지나쳐 갔다.

"이제 내 생각이 맞았다는 걸 알았습니다만."

성을 향해 거리를 걸어가던 그가 어깨 너머로 돌아보았다.

"카드왈라드르 일족 중 몇 명은 오늘 밤 함께 식사를 한다더군요. 이지가 돌아왔으니 무도회도 있겠죠. 공주님께도 알려 드려야 할 것 같아서."

케이타는 두 손으로 얼굴을 가렸다. 창피했다. 정말로 창피했다. 그래서 라그나가 한 팔로 그녀의 어깨를 감싸고 시내 바깥으로 끌고 갔을 때도, 어디로 가는지조차 묻지 않았다. 사실 상관도 없었다.

라그나는 그녀를 숲 속 깊은 곳까지 끌고 들어가 커다란 바위 뒤 작은 연못으로 갔다. 외딴 곳, 조용한 연못으로 이 년 전 여기 왔다가 우연히 찾은 곳이었다. 여기서 일 리그 남짓 떨어진 곳에서 케이타가 꼬리로 그를 찔렀다. 케이타는 그렇게 자주 격분하지 않지만, 그럴 때면…… 언제나 많은 피해자가 나왔다.

그는 작은 바위의 먼지를 털고 케이타를 그리로 데려갔다.

"앉아."

케이타가 팔꿈치를 무릎에 대고 얼굴을 두 손에 묻었다.

"괜찮아?"

그녀가 대답을 했지만, 손으로 막고 있어서 알아들을 수 없었다. 라그나는 그녀 앞에 웅크리고 손을 떼어 냈다.

"뭐라고?"

"창피하다고 했어."

"당신에게 뭐 새로운 경험이라도 되나?"

"그렇지, 뭐."

라그나는 그녀의 얼굴에 떨어진 머리카락을 쓸었다.

"좋아. 어린아이를 매춘부라고 부르고 당신 언니의 짝에게 불륜을 저질렀다고 비난하고…… 그만하길 다행이지, 뭐."

"뭐하는 거야?"

"당신 위로하는 것 아니겠어?"

"별로 잘하지 못하는데."

"알아. 미안해."

"사과하지 마."

케이타가 살짝 웃었다.

"무척 다정한걸."

"마을의 머리 나쁜 소년이 예쁜 옆집 소녀에게 꽃을 가져다주듯이?"

"비슷하네. 하지만 당신 덕분에 기분 나아졌어."

케이타는 일어나 앉으며 자기 앞에 웅크린 드래곤을 찬찬히 보았다.

"왜? 왜 그렇게 봐?"

그가 물었다.

"당신도 알지…… 당신 얼굴이 아름답다는 것."

"고마운데."

케이타가 두 손을 뻗어 그의 얼굴을 감쌌다.

"당신에게 그런 얘기 해 준 이는 없었어?"

"물론 있지. 내 동생이 요전 날 내게 새 드레스와 귀걸이를 사주면서 그런 말을 하더군."

"당신네 노스랜더는 비꼬는 말을 왜 이리도 좋아하는지."

"그걸로 하루를 버티는 거지."

"이걸로는 하루를 버티기 힘들까?"

그러면서 케이타가 그에게 키스했다. 입술을 그의 입술에 누르고 두 손으로는 턱을 쓸었다.

케이타는 놀랐다. 첫 키스와는 달리 라그나는 아무런 반응을 보이지 않았다. 앉아 있는 바위에 키스하는 거나 다름이 없었다. 약간 바보가 된 기분을 느끼면서 케이타는 뒤로 물러났다. 그 기이한 푸른 눈동자가 그녀를 바라보고 있었다.

"내가 너무 들이댔어, 라그나?"

"아니. 하지만 난 사우스랜더가 아냐."

"그게 정확히 무슨 뜻이야?"

"당신에겐 나를 끌어당기는 점이 있어, 케이타. 그렇지만 당신이 나랑 잔 후에 귀찮은 파리처럼 나를 쫓아 버릴 순 없어. 당신네 화염 드래곤과는 그런 게임을 할 수 있겠지. 하지만 나한텐 안 통해."

"그러면 이제 내 날개를 곱게 바쳐야 해? 아니면 당신이 먼저 올 때까지 기다려?"

그녀는 아직도 두 손을 그의 얼굴에 대고 있었다. 그 손을 잡아 도로 그녀의 무릎에 내려놓는 라그나의 얼굴은 약간 슬퍼 보였다.

"당신이 나를 그 정도로밖에 생각하지 않는다면 다른 상대를 찾아보는 게 좋을 거야. 날개를 꺾어 버리는 번개 드래곤 자식보다는 여왕님의 시선을 돌릴 더 안전한 이가 있겠지."

그가 일어서서 힘과 근육을 드러내며 그녀를 내려다보았다. 드래곤으로서 케이타는 경계심을 느껴야만 했다. 이렇게 불편한 기분을 느끼게 하는 노스랜더가 아주 작은 움직임이라도 보일라치면 싸우거나 도망갈 준비를 해야만 했다.

"괜찮아. 세상의 다른 이들에겐 탐욕스러운 연인처럼 보이도록 행동할 거니까."

라그나가 그렇게 말하고 한발 물러나자 케이타는 손을 뻗어 그의 허벅지 안쪽을 잡았다. 거기서 손을 떼지 않은 채로 일어섰다. 케이타는 고작 그의 어깨 높이밖에 되지 않는 키였지만, 그것으로 족했다.

"거래하면 어때?"

그녀는 제안했다.

"무슨 거래?"

"당신을…… 뭐라고, 귀찮은 파리? 그렇게 쫓아 버리지 않겠다고 약속할게. 하지만 당신도 내게 '권리 주장 서약'을 강요하지 않겠다고 약속해 줘."

그녀는 한 손으로 그의 허벅지를 세게 눌렀다.

"나를 유혹해 줘, 괜찮다면. 나를 매혹시켜 봐, 할 수 있다면. 하지만 그 이상은 안 돼. 이 거래를 받아들일 수 있다면."

라그나가 가까이 다가섰다. 그녀의 손이 자동적으로 위로 올라와 그가 바지 안에 숨기고 있는 큼지막한 남성을 눌렀다. 그는 커다란 두 손으로 그녀의 머리카락을 훑으며 손가락으로 두피를 문지르더니 마침내 그녀의 머리를 뒤로 젖혔다.

“그런 거래라면 동의할 수 있지.”

그가 속삭이며 그녀의 얼굴을 눈으로 훑었다.

“그러면 내게 키스해, 라그나. 우리 둘 다 기다릴 만큼 기다렸으니까.”

라그나는 그녀의 입을 취한 순간 자신이 위험한 결정을 내렸다는 것을 알았다. 그 무엇도 이보다 달콤했던 적이 없으며, 그 무엇도 이처럼 완벽하게 느껴진 적이 없었다. 대체 어떤 거래에 동의를 해 버린 것인가? 그 순간에는 지키는 게 불가능할 것 같은 거래였다. 그에게는 케이타를 어깨에 얹고 노스랜드 고향으로 데려가고 싶다는 생각뿐이었다. 하지만 자기 약속을 깬다면 케이타를 영원히 잃고 말리라는 것도 알았다. 남자들이 자기 여자들에게 일상적으로 하는 그런 약속—'식당에서 황소 시체 치우겠다고 약속한 건 알지만 너무 바빠서.'—이 아니었다.

이 거래는 특별했다. 이건 시험이었고 둘 다 그 사실을 알았다. 케이타가 무엇보다도 원하는 것은 자신의 자유였다. 어디든 가고 싶은 데를 같이 가고 싶은 상대와 갈 수 있는 자유. 그 자유가 그녀에게는 모든 것이었다. 지난 며칠간 서로 수많은 헌신의 약속을 했고 그중 몇 개는 삶과 죽음과 영토의 미래가 걸려 있기도 했지만, 이 약속만은 케이타를 그의 것으로 만들 수도 있고 그녀를 영원히 밀어낼 수도 있었다.

그 이유 하나만으로도 라그나는 여기서 그만두어야 했다. 독립 구역민과 얽힐 수도 있고 아닐 수도 있는 이 상황에서 빠져나가야 했다. 그런 후, 때가 오면 이 고귀한 혈통의 드래곤에게로 돌아와 제대로 구애해야 했다.

그것이 그가 해야 할 행동이었다.

하지만 그녀의 보디스를 찢고 가슴에 닿은 순간 그가 원하는 게 아니라 해야 할 일을 할 수 있는 희망은 끝나 버렸다. 그는 그녀의 젖꼭지를 입에 넣고 빨았고 그녀는 신음하며 두 손을 그의 머리카락 속에 파묻었다. 그녀의 작은 손가락이 그의 땋은 머리카락을 재빨리 풀어 어깨까지 흘러내리게 했다. 그는 둘 다 멈추고 이성적으로 생각할 수 있는 지점을 넘어섰다는 것을 알았다.

이성적이라고? 뒤로 누우며 케이타를 받아들이느라 바쁘지 않았다면 웃음을 터뜨렸을지도 몰랐다. 이성적인 생각은, 관심은 있지만 피를 뜨겁게 하지 못하는 상대에게 구애할 때나 필요한 것이었다. 안전하고 예쁘지만 별로 도전적이지 않은 상대. 케이타는 언젠가 밟았던 얼음 구렁이의 둥지보다도 더 위험하고 아찔하며 도전적이었다. 너무나 거대하고 길게 자라 라그나 정도 크기가 되는 드래곤을 예닐곱 번 감고 온몸의 뼈를 일 분도 안 되는 동안 다 으스러뜨릴 뱀이었다. 라그나가 다섯 시간 동안 사투를 벌이면서 비골프와 마인하르트의 도움을 받아서야 간신히 무찌를 수 있었던 그 뱀조차도 케이타에게는 댈 것이 아니었다.

그리고 그 무엇도 비교할 수 없을 것이었다. 라그나는 그 사실을 이제 깨달았다.

제일 아끼는 드레스의 보디스를 그가 찢어 버렸지만, 케이타는 개의하지 않았다. 그는 그녀를 천천히 유혹적으로 풀어 주기보다 호숫가 흙 속으로 곧장 끌어 내렸지만 그녀는 개의하지 않았다. 그가 강철 같은 손으로 그녀를 꼭 붙잡고 움직이지 못하게 하면서 뜨거운 입으로 양쪽 젖꼭지를 차례로 빨며 살짝 깨물었다. 두 손이 그녀의 엉덩이를 파고들었다. 그녀는 그 모든 것이 좋았다.

'교활한 자' 라그나처럼 꼼꼼한 남자가 그처럼 열정적으로 변하리라고는 기대도 하지 못했다. 그렇지만 미리 깨달았어야 했는지도 모른다. 그가 바라보는, 쳐다보는 눈길만으로도.

그가 한 팔을 둘의 몸 사이로 집어넣어 자기 바지를 잡았다. 케이타는 이 첫 번째에는 아무런 전희도, 부드러운 애무도 없으리라는 것을 알았다. 그를 단단하게 하려 빨아 줄 필요도, 그녀를 촉촉하게 하려 핥아 줄 필요도 없이 한 번에 끝까지 가리라는 것을 깨달았다.

그리고 처음으로, 그런 건 전혀 중요치 않았다. 그가 키스하자마자 그녀는 거의 필사적일 정도로 젖어 버렸다. 오랫동안 어떤 남자에게도 느끼지 못했던 필사적인 갈망이었다. 아무리 잘생기고 아무리 힘센 남자라고 할지라도. 이 순간 케이타는 어떤 것도 더 필요하지 않았다. 그녀는 라그나의 손아귀에서 떨어져 나와 자신의 인간 손톱으로 그의 바지를 찢어 버리고 그의 물건을 자유롭게 풀어 주었다. 그리고 그것을 잡은 채로 무릎을 꿇고 일어나 앉으며 그 위로 올라탔다. 그녀는 다리를 벌리고 숨을 깊이 들이마신 후 몸을 아래로 떨어뜨렸다. 그녀의 은밀한 곳이 남성의 단단한 부위를 단번에 감쌌고, 그들은 몸을 뒤틀며 신음했다. 그가 그녀를 채우며 몸 안에서 더 커져 갔다.

라그나가 그녀의 엉덩이를 잡고 더 꽉 조이며 위로 치고 올라왔다. 케이타의 머리가 뒤로 젖혀졌다. 그녀는 웃으면서 신음을 뱉었다.

신들이시여, 이렇게 느낌이 좋을 수가.

이유는 설명할 수 없었고, 하고 싶지도 않았다. 그저 자기가 이것을 좋아한다는 것만 알았다. 자기 몸속으로 밀고 들어오는 그의 물건 전체를. 이보다 더 기분 좋은 건 이제까지 없었다.

그의 두 손이 그녀의 옆구리를 타고 올라와 그녀를 더 가까이 끌어 내렸다. 라그나는 그녀의 가슴에 손이 닿을 수 있도록 살짝 일어났다. 그의 입이 가슴을 감쌌고, 그때 그녀는 느꼈다. 작은 번개가 가슴으로 내려쳤다. 온몸이 조이고 눈이 놀라 커질 만한 작은 번개가.

그녀는 헐떡이며 그의 위에서 더 세게 몸을 뒤틀었다. 그녀의 두 손은 그의 어깨를 밀었다. 밀어내려는 뜻이 아니라 ―이 순간, 앞으로도 절대 밀어 버리고 싶지 않으리라는 확신이 들었다 ― 더는 자기 몸을 통제할 수가 없었기 때문이다. 남자에 관한 한 절대로 잃지 않는다고 자랑스러워했던 통제력인데도. 그는 그녀의 다른 가슴으로 옮겨 가서 작은 충격을 그녀의 살갗으로 내보냈다. 케이타는 첫 번째 오르가슴이 몸속을 뚫고 지나가자 비명을 질렀다. 곧이어 두 번째가 찾아왔다.

그녀는 땀에 젖은 몸을 부르르 떨며, 그가 계속 밀고 들어오는 동안 그에게 꼭 매달렸다. 그는 입과 혀를 사용해서 다시금 그녀의 젖꼭지를 공략했다. 그가 작은 전기 충격을 몸 안으로 흘려 보내자 케이타는 다시 비명을 질렀고 온몸이 조여드는 것을 느꼈다. 하지만 이번에는 그의 신음도 함께했다. 그가 얼마나 꽉 쥐어짰는지, 그녀는 갈빗대가 으스러지는 게 아닐까 생각했다. 그는 그녀의 몸 안에서 사정했고, 그가 엉덩이를 앞뒤로 흔들 때마다 뜨거운 정액이 그녀의 몸 안으로 세차게 쏟아져 들어왔다.

마침내 그의 팔이 그녀의 허리를 감싸고 그녀가 그의 가슴으로 머리를 툭 떨어뜨렸을 때, 케이타는 이 드래곤과 한 거래는 이제까지 자신이 한 행동 중 가장 멍청한 짓이었다는 절대적인 확신이 들었다.

라그나는 숨을 몰아쉬었다. 머리가 천천히 맑아지며 케이타를 품 안에 안고 있다는 것을 깨달았다. 그리고 아주 짧은 시간 동안 어떻게 그녀를 그 안에 머무르게 할 수 있을지를 궁리했다.

하지만 그 첫 번째 단계는 그녀에게 그런 의도를 알리지 않는 것이었다. 그들의 관계를 영원히 하고 싶다는 기미라도 보였다간, 그녀는 화들짝 놀란 토끼처럼 도망가 버리고 말 것이었다.

그래서 그는 영리하게 입을 다물고 케이타를 안은 채로 호숫가 흙 속에 누웠다. 그리고 둘 다 숨을 고를 때까지 기다렸다가 물었다.

"오늘 서녘 부도회는 피할 길이 없나?"

그녀의 웃음소리에서 그는 안도감을 느낄 수 있었다. 그녀가 막 일어난 일에 대한 찬사와 언제까지나 함께하자는 약속을 기대하고 있다는 것을 알았다. 하지만 그렇게 분명히 나설 마음은 없었다. 게다가 그는 섹스가 끝난 후에 모든 동작, 호흡, 떨림을 일일이 분석하는 수다스러운 이들을 이해할 수가 없었다.

“별로 없어. 하지만 일족을 희생하면 당신만큼은 탈출할 수 있겠지.”

“그들이 나를 죽도록 미워할 텐데.”

그는 어깨를 으쓱했다.

“하지만 해 볼 가치가 있겠군.”

그녀가 몸을 일으키며 한 팔꿈치를 그의 가슴 위에 얹고 턱을 괴었다.

“당신은 춤 못 춰?”

“기술은 배웠지만, 그렇다고 춤을 즐긴다는 뜻은 아니지.”

“적어도 한 번은 나랑 춤을 춰야 해.”

“그래야 한다면.”

입을 꼭 다물고 그녀가 그의 팔을 때렸다.

“나랑 춤출 기회를 한 번만이라도 잡을 수 있다면 죽을 수도 있다는 남자가 줄을 서 있지만, 당신에게만 그 특권을 주는 거야. 그러니까 영광스러워해야지.”

“아, 영광스러워.”

그는 몸을 뒤집어 그녀의 몸 위로 올라갔다. 그의 남성이 즉시 다시 살아 움직였다.

“돌아가기 전에 호수에서 목욕부터 해야겠군.”

그는 그녀의 몸에서 남은 드레스를 쓸어 버렸다.

"여기서 하는 게 좋겠어."

"당신이 내 드레스를 망쳤네."

그녀가 지적했다.

"흠."

라그나는 보디스의 남은 부분을 잡고 드레스를 반으로 찢어 내려 그녀의 몸에 완전히 접근할 길을 열었다.

"나한테 다른 거 하나 사 줘야 해."

"당신도 내 바지를 망쳤잖아."

그는 응수하며 두 손을 길게 뻗어 머리 위로 셔츠를 벗어 풀 위로 내던졌다.

"이러면 동점이 되려나."

"망할."

그녀가 두 손을 그의 가슴에 대고 살을 쓰다듬었다. 라그나의 눈이 감기고 머리가 앞으로 쏠리며 그의 물건이 다시 시작할 준비를 갖췄다.

"새 드레스를 얻겠다는 내 사악한 계획이 엉망이 되었네."

그녀가 손가락으로 자신의 꼬리가 찔렀던 자리를 긁자 라그나는 몸을 부르르 떨었다.

"그날 내가 당신을 아프게 했지."

"내게 독을 주었잖아."

"당신은 당할 만했어. 하지만 다 치유되지 않았어?"

"그래, 마침내."

그녀가 몸을 약간 일으켜 그 흉터를 핥았다.

"내가 지나치게 너그러운 게 다행인 줄 알아, 라그나."

그는 그녀의 어깨를 잡고 자기 생각보다도 더 세게 도로 땅으로 내려놓았다. 케이타는 미소만 지을 뿐이었다.

"목욕하고 성으로 돌아가자면서."

그녀가 그가 한 말을 상기시켰다.

"나중에."

그의 눈이 그녀의 눈과 마주쳤다. 그는 그녀의 두 손을 땅에 못 박고 하던 일을 마저 끝내기 위해 단단해진 물건을 그녀에게 찔러 넣었다.

케이타가 생긋 웃으며 머리를 뒤로 젖히고 눈을 감았다. 그가 들어올 때마다 그녀의 몸이 나와서 맞았다.

"나중이라는 말 나도 좋은데. 한참 나중이면 더 좋고."

27

이지는 드레스를 떨어뜨리며 브란웬을 보았고, 둘 다 웃음을 터뜨렸다. 아직도 우리에 돌려놓지 않은 강아지가 기분 좋게 짖어 댔다.

"내가 너무 컸나 봐."

이지가 말했다.

"신들이여, 맙소사."

브란웬은 이지 옆에 웅크리고 앉아 드레스 자락을 잡아당겼다. 이지의 정강이에도 오지 않았다.

"적어도 이거 입고 춤을 출 순 있잖니."

둘은 더 크게 웃었다.

이지는 어머니에게 절대로 인정하지 않을 테지만 —적어도 제대로 정당하게 화를 다 낼 때까지는— 집에 돌아온 것이 기뻤다. 여기는 집이었다. 이지의 집. 언제나 환영받을 수 있는 곳.

"내가 케이타에게 말할게."

브란웬이 일어서며 제안했다.

"그러면 뭐 도움이 돼? 케이타는 나에 비하면 나무 요정인데."

"그렇긴 해. 하지만 취향이 좋잖아. 네가 몇 초 만에 끝내주게 보일 드레스를 찾아 줄 수 있을 거야."

브란웬은 뛰어가서 문을 열다가 소리를 꺅 질렀다.

"나 몰래 따라다니지 좀 마!"

"그런 적 없어."

브란웬이 나가고, 이지의 '삼촌'이 들어왔다.

이지는 거울로 돌아섰지만, 웃음을 억누르느라 고개를 약간 수그렸다. 이지는 그가 돌아올 줄 알고 있었다. 아까 궁정 뜰에서 그녀를 쳐다보던 눈길을 보고 알았다.

"어떻게 생각해요?"

이지가 묻자 에이브히어는 눈을 깜박였다.

"음…… 약간 짧은데."

그리고 가슴을 보고는 험악한 표정을 지었다.

"약간 꽉 끼고."

이지도 내려다보았다. 젖가슴이 보디스 바깥으로 불룩 튀어나와 있었다.

"마지막으로 이 옷을 입은 후에 몸이 자랐나 봐요."

"내 옷장도 별로 다를 바가 없더군."

그가 등 뒤로 문을 닫았다.

"이지?"

"흠?"

"얘기 좀 해야 할 것 같아."

바로 이거였다! 바로 이것! 그는 마침내 얼마나 그녀를 그리워했는지 인정하려는 것이다. 이지에게 필요한 것은 그뿐이었다. 이 순간은.

그는 그녀를 사랑하고 영원히 원한다고 말할지도 몰랐다. 내일, 아니면 이번 주 후반쯤. 하지만 지금은 간단한 '보고 싶었어.', 더 좋기로는 '보고 싶었어. 너 없이는 살 수 없어. 너는 내가 아는 가장 아름다운 여자야.' 정도면 충분했다.

"괜찮아요. 얘기해요."

에이브히어가 그녀에게 걸어와 두 손을 잡았다. 피와 불이여, 그의 손은 또 얼마나 큰지.

"이지?"

"응?"

그가 숨을 내쉬었다.

"너 조심해야 해."

조심해? 뭘 조심하라고? 그의 걷잡을 수 없는 사랑과 숭배를?

"뭘 조심해야 한다는 거죠?"

"켈륀."

"켈륀? 켈륀이 어쨌기에?"

"넌 이해 못 하는 것 같은데, 그 애가 그냥 친근하게 굴거나 좋은 친척이라고만 생각하는 것 같아. 하지만 그 녀석 너에게 그보다 더 많은 걸 바라는 게 보여."

이지는 믿을 수 없었다. 그는 여전히 조카를 보호하는 삼촌 연기를 하고 있었다. 하지만 보호해 주는 삼촌은 벌써 있고, 거기 더해 보호해 주는 할아버지, 보호해 주는 종조부, 보호해 주는 고모와 종고모, 보호해 주는 많은 친척들이 있었다. 그녀에게 필요하지 않은 것, 그녀에게 앞으로 절대 필요하지 않은 것이 그 망할 보호였다!

이지는 두 손을 뺐다.

"바보 같으니."

에이브히어가 뒷걸음쳤다.

"뭐?"

"당신 바보라고 말했어요."

"너를 지키려고 한 거야."

"당신이 날 지켜 줄 필요는 없어요. 이 년이나 나를 지켜 주지 않아 놓고 이제 와서."

이지는 두 팔을 뺐었다.

"난 아직 여기 있어요. 온전하게. 하지만 이건 말해 두죠."

그녀가 한 손가락으로 그의 가슴을 찔렀다.

"켈린은 전투에서 내 뒤를 지켜 줬어요."

이지는 다시 손가락을 찔렀다.

"켈린은 내가 머리카락의 피를 씻어 내는 걸 도와줬다고요."

한 번 더.

"켈린은 내가 혼자 야간 순찰을 돌 때 재미로 내게 덤벼든 남자의 팔을 잘라 버리기도 했죠."

다시 한 번 찌르자 에이브히어는 문간으로 물러섰다.

"그러니까 당신만 괜찮으면 나는 켈린과 계속 친구 할 거예요. 당신이 내 옆에 없을 때도 그는 내 옆에 있었으니까!"

"난 그저 경고해 주려 한 것뿐이야!"

"당신 경고 따윈 쓰레기통에 갖다 버려요!"

이지는 그를 옆으로 밀며 문을 활짝 열었다.

"이제 내 방에서 꺼져요."

에이브히어는 그대로 복도로 걸어 나갔지만 몸을 돌려 그녀를 보았다.

"이지."

이지는 그의 면전에서 문을 닫아 버리고, 멍청하고 너무 작은 드레스를 찢어서 벗은 다음 바닥에 패대기쳤다. 그는 이지가 이제까지 만난 중에 가장 짜증 나는 드래곤이었다. 그를 영원히 사랑하는 덫에 갇힐 뻔하다니 화가 치밀었다.

"처형식이라도 있는 건가?"

사우스랜더들이 탁자를 치워서 바닥을 비우는 것을 보며 비골프가 물었다.

"만찬 중에 그런 걸 할 리가 없잖아."

마인하르트가 단정 짓더니 덧붙였다.

"어쨌든 인간들은 안 해."

"하지만 벌써 다 먹었잖아."

비골프는 검에서 손을 떼지 않았다.

"이제 일어날까?"

라그나는 될 수 있는 한 오래 비밀을 감추고 싶었지만, 이제는 진실을 말할 수밖에 다른 선택이 없었다.

"우린 갈 수 없어."

"왜 안 돼?"

"초대를 받았으니까. 우리가 지금 자리를 뜨면 꼴이 좋지 않을 거야."

"초대? 뭐에?"

라그나는 숨을 들이마시고 모든 일을 일족에게 설명하려 했으나, 연주가들이 음악을 시작하고 '훼손자'가 무릎을 꿇은 채로 쓱 미끄러지며 홀 앞에 나타났다. 참 괴상한 드래곤이었다.

"동생!"

그가 소리쳤다.

"오빠!"

케이타가 맨발로 오빠 앞으로 뛰어갔다. 연파랑 드레스를 입은 자태는 눈부셨고 진한 붉은색 머리는 땋아 내려 연하늘색 꽃을 달았다.

"나랑 춤춰."

그웬바엘이 명령했다.

"내 짝은 싫다고 거절하더라."

케이타가 숨을 헉 들이쉬었다

"다그마는 미친 거야? 자기가 누굴 거절했는지 알고는 있대?"

그녀는 한 손을 오빠 손 위에 얹었다.

"오빠처럼 잘생기고 근사한 상대와 춤을 출 기회가 언제 또 있다고?"

"나도 계속 그렇게 말했지."

그웬바엘이 일어서더니 동생을 빙그르르 돌려 댄스 플로어 한가운데로 데리고 갔다.

"하지만 들은 척도 안 하더라고."

"나쁜 자식!"

비골프가 이를 악물고 형을 향해 으르렁댔다.

"나 간다."

마인하르트가 말했다.

"둘 다 아무 데도 못 가."

솔직히, 라그나는 혼자 있고 싶지 않았다.

"내가 여기서 버티는 이상 둘 다 마찬가지야."

"우린 그럴 필요가 없어."

비골프가 형을 쏘아보았다.

"우린 왕족이랑 섹스하는 남자가 아니잖아."

동생과 사촌도 케이타가 뿌린 소문을 들은 모양이었다. 오늘 일찍 이 얘기를 꺼냈더라면, 라그나도 그건 거짓말이라고 솔직하게 말했을 것이다. 이들은 믿을 수 있으니까. 하지만 이제는 그렇게 말할 수 없게 되지 않았는가?

"둘 다 아직도 내 지휘하에 있어. 그러니까 여기 있든지, 아니면……."

세 남자에게 두 여자가 다가오자 말다툼이 뚝 끊겼다. 어린 여자 둘. 그들에게는 사실상 너무 어렸다.

"레이디 이세벨."

라그나가 말했다.

여자는 미소 지었다.

"그냥 이지라고 부르세요."

"저는 그냥 브란웬이고요."

"뭔가 도와 드릴까요?"

"혹시 저희랑 같이 춤추실 수 있는가 해서……."

"아니요."

"아닙니다."

"아니!"

세 번개 드래곤이 입을 모아 대답했다.

"그렇다고 모두 소리치실 필요까진 없잖아요."

에이브히어가 그들에게로 걸어오다가 이지를 보고 얼굴을 찌푸렸다. 이지는 그를 보지도 않았다. 다크플레인에서 그 덩치 녀석의 품 안으로 뛰어들고 싶은 욕망이 없는 여자는 이지뿐인 듯했다.

"얘기 좀 하자."

에이브히어가 말했다.

"또? 오늘 저녁에 벌써 충분히 고문하지 않았어요?"

"내 말을 오해한 것 같은데. 저녁 식사 때 내 머리에 음식을 던진 것부터가 네가 그렇게 성숙하지 않았다는 증거 아니야?"

"아, 꺼져요."

비골프는 웃음이 목에 걸려 켁켁거렸고, 마인하르트는 술을 들이켰다.

"아니, 난 안 꺼질 거야. 넌 대체 날 뭘로 보고 그렇게 말하는 거야?"

"내 대답을 정말 듣고 싶어요?"

이지는 되묻더니 걸어가 버렸다. 에이브히어가 바로 그 뒤를 따랐다.

브란웬이 잠시 그 자리에 서 있다가 어깨를 으쓱했다.

"전 여러분에게 할 말이 없네요."

그러고는 그녀 또한 댄스 플로어로 모여드는 이들 틈으로 사라져 버렸다.

비골프가 고개를 끄덕였다.

"저 여자애 솔직해서 좋은데."

마인하르트가 잔을 쿵 내려놓았다.

"이쪽 술은 오줌 맛이 나."

"물 탄 오줌 맛에 더 가깝지."

"그렇게 앉아 불평만 늘어놓을 거면……."

라그나가 입을 열었지만 그의 말은 다시 끊겼다. 이번에는 케이타였다. 동생과 사촌은 그녀를 보자마자 등을 더 똑바로 펴고 서며 미소를 띠었다.

"레이디 케이타."

"케이타 공주."

둘이 동시에 말했다. 라그나가 케이타를 덮쳤다고 해도 별로 화가 나지 않은 것 같았다. '권리 주장 서약'을 하지는 않았기에 노스랜드 기준으로는 아직도 공정한 게임의 대상이었다. 냉정한 자식들.

"다들 별로 술을 좋아하지 않으시나 봐요."

"아니, 아닙니다. 괜찮아요."

마인하르트가 다시 잔을 들고 억지로 한 모금 더 마셨다.

"술이…… 부드럽군요."

케이타는 웃었다. 하얀 이가 반짝였고, 고개를 뒤로 젖히자 매끄러운 인간 목덜미가 늘어났다. 신들이며, 맙소사! 라그나는 그녀를 너무도 원했다. 숨을 쉴 수가 없을 정도였다.

"억지로 마셔 주다니 고맙네요, 마인하르트."

케이타가 말했다.

"하지만 걱정 마요. 도움 될 만한 게 있으니까."

그녀는 한 팔을 들어 손가락을 딱 튀겼다. 쟁반을 든 하인 한 명이 옆으로 뛰어왔다.

"제 아버지가 직접 빚으신 거예요."

케이타가 하나씩 잔을 돌렸다.

"아버지는 어머니와 함께 여기 어디 계실 텐데. 될 수 있으면 피하세요. 이 술은 아버지의 일족과 다그마에게는 꽤 인기가 있었지만, 오빠들은 칼을 목에 들이대도 손도 안 댈걸요."

라그나는 자기 잔을 들여다보았다.

"여기 독 안 탄 것 맞아?"

놀리고 싶은 마음을 누를 수가 없었다.

"당신 것에만 탔지."

그녀가 속삭였다.

"이제 당신하고는 거의 끝났으니까."

케이타의 말이 진심인지 아닌지 마음속으로 갈등하는 동안, 그의 동생과 사촌은 술을 시음해 보았다. 둘 다 깊게 음미한 후에 인정의 의미로 고개를 끄덕였다.

"좋은데요."

"정말 좋은데."

라그나도 어깨를 으쓱하며 자기 술을 맛보았다. 타는 듯한 술이 목구멍을 타고 내려가자 이 사악한 여자가 정말로 자기를 독살하려 한 게 아닌가 하는 생각이 들었다. 그는 고통을 숨기지 못하고 허리를 굽혀 기침했다.

"형은 신경 쓰지 마시죠. 원래 술이 약해서."

비골프가 그의 등을 찰싹 때렸다. 현재 상황에는 도움이 되지 않는 행동이었다.

"나도 알겠네요. 뭐, 걱정 마요."

케이타는 라그나에게서 잔을 받아 들었다. 그가 눈물 고인 눈으로 바라보는 가운데, 그녀는 독한 술을 단번에 다 마셔 버렸다. 그러고는 잔을 뒤에 있는 탁자 위에 쿵 내려놓고 손등으로 입을 닦았다.

"아, 아빠 술 빚는 솜씨가 몇 년 동안 훨씬 좋아졌네."

"어이, 공주님!"

그녀의 오빠 중 하나가 댄스 플로어에서 소리쳤다.

"나올 거야, 어쩔 거야?"

"내 가족이 부르네요."

케이타가 웃으며 말했다.

"세 분도 남아서 즐겁게 보내길 바라요."

그녀는 다시 미소를 지으며 발길을 돌려 춤추는 이들 틈으로 끼어들었다.

라그나는 케이타가 내려놓은 머그를 재빨리 집어 들었다. 셋 모두 안을 들여다보았다.

"이 독한 걸 한 방울도 남기지 않고 다 마셨어!"

셋은 일제히 고개를 들어 은발의 오빠 브리크와 함께 춤을 추는 케이타를 보았다. 그녀는 술을 전혀 마시지 않은 듯 한결같이 움직였다. 라그나는 대체 전날 밤 사촌과 고모하고는 정확히 얼마나 마신 걸까 궁금해졌다.

마인하르트가 모두의 마음속에 있던 생각을 입 밖에 냈다.

"저 여자는 정말 완벽하군."

피어구스는 딸을 잡아채서, 엄마가 두 손으로 아이 목을 조르기 전에 빼냈다.

"이 조그만 독사."

"앤뉠."

"가만히 있어!"

앤뉠이 얼굴에서 피를 닦아 냈다.

"얘가 어떻게 했는지 봐."

"분명 사고겠지."

물론 피어구스는 거짓말을 하고 있었다. 그도 딸이 식사용 칼을 집더니 아버지가 수십 년 걸려 익힌 솜씨로 던지는 것을 보았으니까. 두 살밖에 되지 않았는데 아이의 기술은 아버지와 어머니, 심지어 베르세락의 기술에 맞먹었다.

가장 심각한 문제는 탈윈이 화가 나서 단검을 던진 게 아니라 그저 호기심에 던졌다는 것이었다. 목표물을 맞히는 것만이 유일한 관심사였다. 남을 공격하는 기술은 또래를 훨씬 앞섰지만 칼이나 검은 물론 접시나 컵, 의자까지도 던지면 어떤 결과가 일어나는지는 전혀 이해하지 못했다.

"애한테 너무 심하게 하지 마."

그는 짝에게 말했다.

"우린 보모가 필요해."

앤뉠이 하인이 건넨 천을 받아 상처를 누르며 말했다.

"알아보고 있어."

"더 빨리 알아봐."

피어구스가 딸을 엄마 앞으로 들었다.

"엄마에게 미안하다고 해라, 탈윈."

"뭐하는 거야?"

앤뉠이 그에게 물었다.

"애가 그런 말 못 할 게 뻔한데."

"못 하는 거랑 안 하는 건 다른 거야. 자기 쌍둥이에겐 잘만 말

하던걸."

"계략을 소곤댔겠지, 무슨 말을 했다고. 그저 계략을 꾸미는 것뿐이야."

"이전에도 말했지만 다시 말하지. 당신은 너무 엄…… 아! 이 배은망덕한 악마 자식이!"

피어구스가 자기 발을 무는 꼬마 짐승을 발로 차기 전에, 앤뉠은 작은 악마를 팔에 안고 가슴에 꼭 껴안았다.

"어떻게 그럴 수가 있어, 나쁜 자식."

"애가 먼저 시작한 거야."

"당신 왜 이래? 애는 당신 아들이야."

"당신 아들이겠지. 아, 씨!"

그는 딸을 끌어당겼다.

"얘가 내 거고."

"실컷 가져."

"좋아!"

"나도 좋다고!"

"그만하면 됐다."

리아논이 다가와 손자를 앤뉠에게서 데려갔고, 베르세락은 피어구스에게서 탈윈을 받아 들었다.

"내 왕좌의 후계자가 자기 짝이랑 검술 시합이나 벌이는 꼴을 노스랜더들이 보기 전에 가서 춤을 추든지 해라."

"두 분은 언제 오셨어요?"

피어구스가 물었다.

"우리 일족과 예쁜 손주들을 보러 오는데 굳이 허락이라도 받아야 하니?"

여왕은 악마 자식을 보고 미소 지었고, 남자애는 피어구스를 보고 얄밉게 웃었다.

"꼬마 녀석."

피어구스는 웅얼거리다 아버지에게서 뒤통수를 철썩 얻어맞고 말았다.

"왜 그러세요?"

"심술부리지 말고 가. 춤이나 춰. 섹스나 하든지. 뭐든 해."

피어구스는 앤뉠의 손을 잡았다. 그녀는 아들의 머리에 입을 맞추고 딸에게 얼굴을 찌푸려 보인 후 리아논과 베르세락에게는 차례로 미소를 보냈다. 그녀가 댄스 플로어로 걸어가는데, 피어구스가 뒤에서 홱 잡아당겼다.

"그거 뭐야?"

그가 따져 물었다.

"뭐가 뭐야?"

"당신. 미소 지은 거. 내 아버지에게."

"그럼 당신 아버지에게 침이라도 뱉어?"

"사실, 그편이 낫지."

여전히 피어구스의 손을 잡은 채로, 앤뉠은 다른 손으로 허리를 짚었다.

"'파괴자' 피어구스, 나랑 춤을 추든지 섹스를 하든지 해. 어느 쪽이든 하라고."

피어구스가 대답하기도 전에 그웬바엘이 앤널 옆으로 뛰어와서 말했다.

"형이 둘 다 끌리지 않는다면, 나라도……."

"꺼져!"

"꺼져라!"

둘 다 동시에 외쳤다.

"둘 다 요새 변덕이 너무 심해."

그웬바엘이 입을 삐죽이며 멀어져 갔다.

다시 둘만 남자, 그들은 서로를 바라보며 미소를 지었다.

"당신 여동생이 가능성 있었던 마지막 보모를 겁줘서 쫓아 버렸다는데."

탈라이스는 브리크의 무릎에 말도 없이 털썩 주저앉으며 불평했다.

"어쩌다 그랬대?"

"확실히는 모르겠어. 브라스티아스가 약간 얼버무리더라고. 우리가 다시 찾아봐야 할 것 같아. 멸망이 올 거라는 앤널의 예언에 더 가까워졌어."

"보모가 없다고? 그럼 내 완벽한 딸을……."

"그 애를 한 번만 더 그렇게 불러만 봐."

"혼자 아무런 보호책도 없이 놔두었다고?"

"아니야, 당신 어머니와 아버지가 아이들을 돌보고 계셔. 두 분이 오신 건 아이들을 보고 싶으셔서 그런 게 아닌가 싶은데. 게

다가 솔직히 말해 보자고, 내 사랑. 우리 딸과 쌍둥이가 보호책이 없을 리가 없지. 물론 멍청한 당신 일족 중에서 누가 탈윈에게 연습용 목검을 줬는지 내가 알아내기만 하면……."

"그 멍청이는 그 애의 할아버지 같은데."

"아."

"아?"

브리크가 말꼬리를 잡았다.

"베르세락에게는 고작 '아'로 끝나면서. 나나 피어구스, 재수 없게도 그웬바엘이었다면 우리 머리를 베어 버리고 목을 따 버리려고 했어?"

"그래, 그 말이 진실이야."

"어떻게 그게 공정해?"

"베르세락이니까. 다정하고, 배려 있고, 근사한 베르세락. 손주들을 무척 아끼는 할아버지고…… 아야!"

브리크가 경고도 없이 벌떡 일어나 버리는 바람에 탈라이스는 비명을 지르며 엉덩방아를 찧고 말았다.

하지만 그런 말을 해 놓고 뭘 어떻게 해 주길 바라?

다정하고 배려 있어? 베르세락이?

모르퓌드가 어떤 디저트를 먹을까 갈등하고 있을 때, 여동생이 물었다.

"언니 정도 하체에 그 정도는 먹어도 될까? 뒤태 보면 엄마랑 점점 닮아 가는데."

분개한 모르퓌드는 빙그르르 돌아 거대한 화염구를 내뿜을 준비를 했지만, 브라스티아스가 가로막으며 넓은 등으로 케이타의 상처 하나 없는 완벽한 얼굴을 가렸다.

"케이타, 노스랜더 손님들이 무서워하는 것 같은데요. 그들이 비명을 지르며 건물을 뛰쳐나가기 전에 확인하는 게 좋지 않겠습니까?"

"솔직히…… 그저 춤일 뿐인데요."

케이타가 말했다. 그래도 그녀는 노스랜더들을, 적어도 지금은 같이 자는 남자—어리석게도—라도 구하러 갔다.

브라스티아스는 천천히 모르퓌드를 보았다.

"아무리 아름다운 드래곤이라도 몸싸움은 하루에 한 번이면 족하지 않아?"

"재가 먼저 시비 걸었어."

"시비 건다고 넘어갔잖아. 왜지? 동생이 일부러 그런다는 걸 알면서?"

"재는 흠씬 두들겨 맞아도 싸니까."

브라스티아스가 몸을 숙여 그녀의 이마에 키스했지만, 모르퓌드는 그가 단지 웃음을 참으려고 그랬다는 느낌을 받았다. 그렇다고 그를 탓하는 건 아니었다. 모르퓌드와 케이타는 이런 유의 일을 벌이기엔 너무 나이가 들었지만, 여동생에게는 그녀의 화를 돋우는 무언가가 있었다.

"오늘 아름다운데."

브라스티아스가 그녀의 피부에 대고 웅얼거렸다. 그의 키스는 필요 이상으로 머물렀다. 그것이 거슬린다는 건 아니었다. 거슬리지 않았다. 사실 무척 좋았다.

"고마워."

"여기 오래 있어야 할까?"

"아니."

그녀는 목에 걸린 덩어리를 꿀꺽 삼키며 눈을 살짝 감았다.

"이건 잔치도 뭣도 아니야. 그저 식후 모임이지."

"그렇다면……."

그가 그녀의 뺨에 키스했다.

"우리 방으로 올라가서……."

턱과 목에도.

"저녁은 이제 그만 끝내는 게 어떨까?"

"그거 즐거운……."

모르퓌드는 그의 모습을 너무 늦게 보고 놓칠 뻔했다. 누이 커플을 지나며 훔쳐보고 있던 그웬바엘이 브라스티아스의 등 뒤에서 실눈을 뜨고 둘이 껴안는 모습을 노려보았다. 신들이시여, 맙소사. 저 아이는 이 모든 일을 겪었으면서도 아직도 아기 같다니까. 그웬바엘이 갑자기 멈추었고, 모르퓌드는 동생이 브라스티아스에게 화염을 내뿜으려 공기를 들이마시는 것을 보았다.

동생이 자기 짝에게 바보 같은 복수를 하는 데 지친 모르퓌드는 두 팔로 브라스티아스의 어깨를 감싸 자기 몸 쪽으로 끌어당기며 그의 어깨에 턱을 얹었다. 그리고 원래 케이타에게 쓰려던 화염을 발사했다. 동생이 방 반대편으로 날아가자, 그녀는 말을 맺었다.

"……생각이야. 즐거운 생각 같아. 가자."

라그나와 비골프는 옆으로 한발 비켜나며, 금빛 사우스랜더가 불꽃에 휩싸여 날아가는 모습을 구경했다. 그리고 일단 그웬바엘이 벽에 부딪치자, 그들은 함께 움직이며 군중에게로 시선을 돌렸다.

"또 무슨 소리를 들었어?"

"서부 산맥 위나 근처에 있는 작은 마을과 도시를 공격했다고 얘기가 많던데. 야만족의 습격인 척했지만, 부대는 독립 구역민이라는 증거를 찾아냈다고."

라그나는 숨을 내쉬며 고개를 끄덕였다.

"좋아. 잘했다."

"그냥 전서에 뭐가 써 있는지 읽어 보면 안 돼?"

"될지도 모르지. 하지만 난 확실히 하고 싶어."

"이게 형의 공주님이랑 상관없는 거 맞아? 그 여자 근처에 더 어정거릴 구실이라든가."

"이 모든 게 그 여자랑 다 깊은 관련이 있지. 하지만 그렇다고 강철 드래곤이 오면 노스랜드를 거쳐 올 거라는 사실이 변하는 건 아니야."

"스튀르뵈른이 그렇게나 멍청하다고 생각해?"

"그래."

"그러면 뭐 더 다른 이야기가 있나 알아볼게."

"좋아. 고맙다, 동생."

비골프가 고개를 끄덕였다.

"하나 더 있어. 별거 아닐 수도 있는데, 하지만……."

별게 아니라면 이야기를 굳이 꺼내지도 않았을 것이다.

"하지만 뭔데?"

비골프는 더 가까이 몸을 숙이더니 목소리를 한층 낮추었다.

"인간 여왕이 꿈을 꾼다는 소문이 있어. 무엇인가가 불의 눈을 한 말들을 타고 뿔 달린 거대한 개를 옆에 달고서 얼음산을 넘어 오는 꿈이라고……."

라그나는 바닥을 내려다보았다. 심장이 덜커덕덜커덕 뛰었다.

"확실해?"

"내가 들은 얘긴 그래. 하지만 소문이 이제 막 퍼지기 시작한 거라서."

비골프는 어깨를 으쓱했다.

"모두들 어쨌든 여왕이 미쳤다고 생각하던데. 그래서 이 꿈을 진지하게 받아들이는 이는 몇 안 된대."

그야 그들은 모르니까.

"여왕이 꾸는 꿈이 그들에 대한 것이라면 말이지, 형……."

비골프가 입을 열었다.

"겁내지 마."

라그나는 고개를 들고 두리번거렸다.

"나도 찾아보도록 할게. 나중에 얘기하자."

"그래."

라그나가 방 저편의 마인하르트 쪽을 가리켰다. 그는 몇몇 여자들과 이야기하는 중이었다.

"형은 혼자서 그럭저럭 잘하는 것 같은데."

"머리카락이 제대로 붙어 있잖아."

비골프가 꿍얼거리자 라그나는 동생의 머리를 한 대 쳐 주고 싶은 기분이 들었다.

"어쩌면 너도 이 왕족들 같은 머리카락을 좋아하게 될지도 모르지. 엉덩이까지 길게 기르면, 특히 다른 남자들에게 매혹적으로 보일걸."

"머리카락이 그대로 붙어 있는 걸 고맙게 알아."

"비골프 님!"

케이타가 춤추는 무리에서 벗어나며 소리 질렀다.

"여기 계셨네요."

동생이 한자리에서 움직이지 않았다는 걸 감안하면, 라그나는 비골프를 찾는 게 뭐 그리 어려운 일인지 알 수 없었다.

케이타가 다른 드래곤의 어깨에 한 손을 얹으며 말했다.

"비골프 님, 여긴 제 사촌 아에다마이르예요."

"안녕하십니까, 레이디."

"대위예요."

갈색 드래곤이 퉁명스레 바로잡아 주었다.

"춤추고 싶으세요?"

"네, 그게……."

"잘됐네요."

갈색 드래곤은 비골프의 겉옷을 잡고 불쌍한 자식을 댄스 플로어로 끌고 나갔다. 케이타가 두 손으로 뒤편 탁자를 짚으며 등을 기댔다.

"대체 저게 무슨 일이야?"

라그나가 물었다.

"우울해 보이잖아. 아에다마이르가 그를 도와줄 거야."

"말해 봐, 공주. 외부인을 기쁘게 하기 위해 친척들을 다 팔아넘길 작정이야?"

"오직 내게 '저기 있는 자주색 수말이랑 자고 싶어. 이름이 뭐야?'라고 물어보는 사촌만."

"사촌은 자주색 수말이랑 질문도 하지 않고 자는데 당신은 왜 못 하지?"

"아에다마이르는 천출이지만, 나는 왕족이니까. 나는 돌아다니면서 아무나랑 잘 순 없어."

그녀는 입술을 잠깐 앙다물었다가 인정했다.

"물론 그러고 있지만, 그래서는 안 된다는 뜻이지."

라그나가 웃음을 터뜨리며 그녀를 내려다보았다.

"오늘 밤 무척 멋진데."

그녀의 미소가 환해졌다.

"알아. 당신을 위해 이 모든 노력을 기울였다는 걸 알아주길 바라. 갚는 게 좋을 거야."

"내가 처리할 수 있을 것 같군."

그웬바엘이 마침내 두 발로 일어서서 탁자로 비틀비틀 걸어가며 그래도 온전한 옷에서 먼지와 불꽃 재를 털어 냈다. 불꽃을 쏜 자가 누구든 그를 멀리 쫓아 버리고 싶었을 뿐 다치게 할 마음은 없었다는 것이 확실했다.

"이게 무슨 황당한 짓이야!"

골드 드래곤이 홀 건너 누군가에게 소리쳤다.

"당신 오빠가 소리치는 상대가 누군지는 모르겠지만, 황당한 짓이라고 생각해?"

"아니, 전혀."

케이타가 두 팔을 약간 더 멀리 뻗어, 손가락으로 그의 손가락을 쓸었다. 라그나는 동생이 댄스 플로어의 군중을 가르고 입구로 향하려 하는 모습을 보았다. 갈색 드래곤이 그의 뒤를 바짝 쫓았다.

"우리는 언제 여기서 나가지?"

라그나가 목소리를 낮추고 물었다.

"당신 몸 안으로 다시 돌아가고 싶은 욕구가 커지고 있는데."

"내 사촌들이 자기 짝이랑 그러듯이 뻔뻔하게 나를 어깨에 둘러메고 걸어 나갈 수도 있어. 그랬다간 우리가 궁정에 닿기도 전에 내 오빠들이 당신을 순식간에 죽일 게 확실하지만."

"그건 피하고 싶군."

"나도 그래. 당신이 죽어 버리면 내 마음대로 당신과 할 수 없으니까."

"그것 정말 맞는 말이야."

비골프가 다른 쪽으로 도로 튀어 왔다. 그는 화염 드래곤들을 밀치며 탈출구를 찾으려 했다.

"내 꼬마 동생이 인간 귀족의 딸과 몇 분 전에 한 것처럼 우리도 몰래 빠져나갈 수 있어."

"동생이 몰래 빠져나가는 걸 누나가 봤다면 잘 빠져나간 것도 아닌데."

케이타는 코웃음을 쳤다.

"그 애송이는 그 모습을 보이고 싶었던 거거든. 걔는 뭘 하든 정말 속이 훤히 보인다니까."

"당신이 무슨 말 하는지 모르겠어."

"아무것도 아냐. 동생이 아직 어리다고. 그래도 여자에 대해서 곧 배우겠지."

"당신 동생은 천 살이 되어도 여전히 여자에 대해선 모를 것 같은데."

비골프가 갑자기 그들 앞에 나타나 소곤거렸다.

"나, 좀, 도와줘."

"어디 갔었어요?"

드래곤 대위가 나타나 비골프를 꽉 잡더니 다시 댄스 플로어로 질질 끌고 갔다.

"내가 당신 동생 나이 땐……."

라그나가 말을 이었다.

"삼촌의 번개 드래곤에 맞서서 전투를 벌이고 있었고, 선하지도 악하지도 않다고 자처하는 마법사 무리와 함께 아이스랜드에서 십 년이나 수련을 했으며, 수도원 전체를 파괴하기도 했지."

"신들이여, 맙소사."

케이타는 떨리는 숨소리로 말했다.

"바로 여기서 나랑 섹스하고 싶은 것처럼 말하네."

브리크가 댄스 플로어에서 눈을 떼지 않으며 그들에게로 걸어왔다.

"대체 저거 뭐야?"

그가 비골프를 가리켰다. 비골프는 갈색 드래곤이 몸을 밀착해 오자 떨어져 나가려고 필사적으로 애를 쓰고 있었다.

"불쌍한 비골프가 없어진 머리카락을 잊을 수 있도록 아에다마이르가 위로하고 있는 거야."

브리크가 케이타를 향해 고개를 저으며 미소 지었다.

"너라는 여잔 정말 무정하구나."

모욕을 느끼는 대신 케이타는 웃으며 대답했다.

"나도 알지."

"그건 그렇고."

그녀의 오빠가 말하는 소리를 들으며 라그나는 어떻게 이 드래곤은 항상 지루해하는 목소리를 낼 수 있을까 의아해졌다.

"렌이 금방 돌아온다고 전해 달란다."

"잠깐, 뭐라고?"

케이타가 몸을 꼿꼿이 세웠다.

"렌이 떠났어? 언제?"

"오늘 오후쯤인가."

"어디로 갔어?"

"모르는데."

"물어볼 생각도 안 했어?"

"내가 무슨 상관이라고?"

브리크는 그렇게 대꾸하고 가 버렸다.

"뭐, 무례하게 굴 필요는 없잖아!"

케이타가 손목에 낀 황금 팔찌를 만지작거리기 시작했다.

"걱정이 되나 보군."

"그렇게 가 버리다니 렌답지 않아. 항상 내게 언제 간다고 말은 했는데."

"금방 돌아올 생각이기 때문인지도."

"어쩌면."

"집착하고 있군."

"난 집착 같은 거 안 해."

"지금 하고 있잖아."

"안 한다니까."

케이타가 옆으로 비켜나자 비골프가 탁자에 쿵 부딪쳤다.

"젠장맞을, 제발 날 좀 도와줘요."

대위가 그들에게로 다가왔다.

"이 작자 대체 왜 이 모양이래?"

"수줍어서 그래."

케이타가 몸을 숙이고 속삭였다.

"그리고 너보다는 그웬바엘 쪽이 더 끌리나 봐."

"아, 그런 거구나!"

"그런 것 같아."

케이타는 방 건너편을 가리켰다.

"하지만 저기 사촌이 있어. 마인하르트라고."

"마인하르트. 그 이름 마음에 든다."

드래곤은 그 말만 남기고 떠나 버렸다.

"잔인하군, 케이타 공주."

라그나가 나무랐다.

"항상 남에게 도움이 되려는 것뿐이지."

28

에이브히어는 공작의 딸을 따라 숲 속을 지나 그 여자가 잘 안다는 '외딴곳'으로 갔다. 그 여자도 나름대로 예뻤지만 더 중요하게는 친절했다. 그저 도움을 주려고 했을 뿐인데 호된 꾸지람을 듣거나 머리에 음식을 얻어맞고 싶다면 그냥 북부에 머물러 있을 수도 있었으니까. 하지만 못된 계집애 이지를 생각하느라 이 화려하게 거지 같은 밤의 즐거운 마무리를 망칠 수는 없었다.

"이전에 여기 와 본 적 있나요?"

공작의 딸이 물었다.

"아니, 없어요."

물론 거짓말이었다. 형의 동굴과 앤뉠의 성에서 이만큼 가까운 곳이라면 탐험해 보지 않은 데가 별로 없었다. 하지만 공작의 딸이 그에게 뭔가 새로운 것을 보여 준다고 믿고 있는데, 굳이 그

오해를 풀어 줄 까닭이 있을까? 특히 예쁘고 그에게 열심인 여자인데. 그는 열심히 하는 태도를 좋아했다.

여자가 이 영역의 수많은 호수 중 하나가 내려다보이는 바위 위로 그를 이끌었다. 조용한 곳이어서 그는 여자가 장소를 제대로 선택했다고 생각했다 그녀가 걸음을 멈추고 고개를 갸우뚱하며 한 손가락을 입술에 대기 전까지는.

"누구 목소리가 들린 것 같아요."

여자가 속삭였다. 둘은 계속 바위 위로 올라갔으나 소리를 죽였다. 에이브히어는 공작의 딸이 슬금슬금 움직이는 스파이의 자질이 있다는 느낌을 확실히 받았다. 다그마에게 얘기해 줘야지. 형의 짝에게 무척 유용하게 쓰일 재원이었다. 다그마는 슬금슬금 움직이는 사람들을 좋아했다.

꼭대기에 가까이 갔을 때, 그들은 땅으로 떨어졌고 나머지 길은 약간 웃으면서 기어갔다. 하지만 호숫가에서 이지를 보았을 때 에이브히어의 웃음은 목구멍에서 사라졌다.

이지는 켈린과 단둘이 있었다. 브란웬의 모습조차 보이지 않았다. 다그마에게 돌려주라고 두 번이나 말한 강아지만이 있을 뿐이었다. 그녀는 에이브히어가 한 말은 하나도 듣지 않는 걸까? 아무것도 이해 못 하나? 아니면 멍청하게 그의 성질을 긁으려 하는 걸까?

이지는 케이타가 마침내 찾아 준 드레스를 무릎까지 올린 채 두 발을 물속에 대롱대롱 흔들고 있었고, 켈린은 작은 호수의 한 쪽 끝에서 다른 쪽 끝으로 헤엄치고 있었다. 이지가 앉은 자리에 다다르자 켈륀이 헤엄을 멈췄다.

"밤새 이러고 있을 거야?"

그가 물었다.

"그래."

"난 네가 그 때문에 이런 식으로 맘 상하는 이유를 모르겠다."

"난 네가 그 이야기를 자꾸 꺼내는 이유를 모르겠어."

"네가 여기 앉아서도 그렇게 뾰로통해 있으니까."

"그래. 하지만 나 혼자 뾰로통하고 있을 뿐이잖아."

"너 혼자가 아니지."

"강아지는 셈에 넣을 수 없어, 켈륀."

켈륀이 더 가까이 헤엄쳐 왔다.

"그에게 우리 얘기 하지 않았지?"

이지가 두 손을 뒤로 해서 짚자 강아지가 그 손에 기댔다.

"우리 얘기?"

"우리 관계 말이야."

"우린 아무 관계가 없어."

"그럼 그걸 뭐라고 부를 거야?"

"관계는 아니라고."

"왜? 그 때문에?"

"아니, 나 때문에. 나는 가까운 미래에는 그 누구와도 정착할 계획이 없어."

"그럼 그건 어째서 그랬지? 아, 좋아. 넌 언젠가 장군이 될 거고, 내가 앞길을 가로막을 수는 없다는 거군."

"나는 장군이 될 거야."

이지가 어찌나 확고하게 말했던지, 에이브히어는 그 말을 믿었다. 이지가 영리하며 켈륀의 말에 기가 꺾여 자신이 가고자 하는 길을 포기하지 않아서 기뻤다. 하지만 켈륀은 에이브히어의 기대보다는 약간 더 밀어붙이고 있었다. 그런데 무슨 관계라는 거지?

이지가 말을 이었다.

"언젠가 앤눨의 부대를 이끌고 전투에 나갈 거야. 하지만 나를 믿어 줘서 정말 고마워."

그리고 일어서서 떠나려 했지만, 켈륀이 한 손으로 호숫가 땅을 짚고 다른 손을 뻗어 이지의 팔을 붙들었다. 사촌이 그저 밀어붙이는 정도를 넘어 대놓고 강압적으로 굴지도 모른다는 생각에 에이브히어는 주먹을 불끈 쥐었다.

"네 감정을 상하게 했다면 미안해, 이지. 그럴 뜻은 아니었어."

이지는 심호흡을 몇 번 한 후 호수 옆에 주저앉았다.

"난 네게 거짓말을 한 적 없어, 켈륀. 네게 줄 수 없는 걸 약속한 적도 없고."

"줄 수 없는 거야, 주지 않는 거야?"

"둘 다야. 나와 원하는 목표 사이엔 뭐든 끼어들게 놔둘 수 없으니까. 처음부터 말했잖아. 너는 이해한다고 했고."

"이해해. 하지만 그렇다고 그게 좋다고 한 적은 없어."

"그걸 좋아하지 않는 게 네 문제 같은데. 하지만 내 문제는 아니지."

놀림조가 다시 목소리에 돌아왔고, 미소가 또 떠올랐다.

"적어도 나 기분 좋으라고 노력이라도 하면 안 되나."

켈린이 불평했다.

"네가 여기 온 건 나 기분 좋게 해 주려는 것 아니었어?"

"네 말이 맞아. 그래서 여기 온 거지."

켈린이 물속에서 걸어 나왔다. 공작의 딸은 달빛에 비친 그의 벌거벗은 인간 몸을 보자 숨을 들이쉬었다. 하지만 에이브히어의 머릿속엔 켈린이 벌거벗었고 이지가 그와 단둘이 있다는 생각뿐이었다. 이지는 웃으면서 도망을 살짝 시도했지만, 켈린이 그녀를 잡아 두 팔에 끌어당기며 꼭 껴안았다.

"드레스 다 젖겠다. 내 것도 아닌데."

"다른 것 하나 사줄게."

"뭘로? 돈도 없잖아."

"브란웬에게 훔칠 거야."

"그럼 그 애가 네 비늘을 다 뜯어 버릴걸."

"내가 다시 건강해질 때까지 간호해 줄래?"

"아니, 그냥 앓도록 놔둘 거야. 친형제 사이에 돈을 훔치면 나쁘지."

"그러지 말고, 이지."

켈린이 거의 빌다시피 매달리자, 에이브히어는 천천히 일어났다. 이지가 준비도 되지 않았는데 이전에 하지 않았던 짓을 하자고 밀어붙이면 저 억지 센 녀석을 찢어 버리려고…….

"더 이상 기다리게 하지 마. 우리만 있는 게 몇 주 만이잖아."

"며칠밖에 안 됐어. 징징거리긴."

이지가 키득거렸다. 켈륀은 그녀의 목을 자근자근 물었고, 그 동안 강아지는 그들의 사생활을 보호해 주려는 듯 숲 속으로 걸어가 버렸다. 무시무시한 생각이 에이브히어를 스쳤다.

"지난번에도 걸릴 뻔했잖아."

걸려? 정확히 뭘 걸린다는 거지?"

"마지막으로 들은 말이……."

켈륀이 말했다

"어머니가 한 말이었어. '탈라이스와 브리크의 딸, 이세벨, 여기서 벌거벗고 뭐하고 있지?' 그랬더니 네가 재빨리 머리를 돌려 한다는 말이 고작 '어어.'였잖아."

이제 아주 신나게 웃으면서 이지는 두 팔로 켈륀의 목을 감고 발로는 그의 허리를 감았다.

"뭐라고 말해야 할지 모르겠더라고."

"뭐……."

켈륀이 그녀의 입술을 빤히 바라보았다.

"이젠 우리끼리만 있잖아, 이세벨, 탈라이스와 브리크의 딸. 그리고 내 어머니는 몇 리그 떨어져 있고. 그래도 날 기다리게 할 거야?"

"오늘 밤은 아니지. 아니야."

이지가 그에게 키스했다. 어느 모로 보나 필사적으로 처녀성을 지키고자 하는 순진한 여자의 키스는 아니었다.

에이브히어는 일 초도 더 볼 수 없어서 돌아섰다. 여기서 떠나야만 했다. 멀리. 그가 바위를 반쯤 내려왔을 때 공작의 딸이 그를 따라왔다. 그는 그녀의 존재는 까맣게 잊고 있었다. 그녀가 바로 그의 옆에 섰다.

"괜찮아요?"

"아, 미안해요. 돌아가야 해서."

"아."

그녀는 실망한 얼굴이었지만, 지금 당장은 에이브히어도 어떻게 할 수 없었다. 대신 그가 할 수 있는 최선은 그녀를 손님 숙소로 돌려보내서 하인들의 시중에 맡기는 것뿐이었다.

"말해 봐, 라그나."

케이타가 그의 뒤에서 빙글빙글 돌며 낮은 목소리로 말했다.

"사우스랜드 드래곤의 입에 당신의 그것을 넣게 한 적 있어?"

라그나는 무릎을 꼭 모으고 헛기침을 했다.

"아니, 그런 적 없어."

"해 보고 싶어?"

맙소사, 그래.

"마다할 건 없지."

케이타가 킥킥 웃으면서 그에게서 물러났다.

"그럼 내가 당신을 느끼게 해 줄게. 나 때문에 느끼게."

이제 깔깔 웃으면서 그녀는 어느새 줄어든 사람들 사이로 떠났다. 그 뒷모습을 바라보는 라그나 앞에 갑자기 머리가 긴 녀석 셋이 나타나 가로막았다.

"우리 동생이랑 재미 좀 보나, 번개 드래곤?"

피어구스가 물었다.

"무슨 말인지 모르겠는데."

"우리 꼬마 여동생하고 하는 짓을 정말로 숨길 수 있을 거라고 생각했어?"

브리크가 따져 물었다.

"그렇지!"

그웬바엘이 추임새를 넣었다. 하지만 라그나가 한쪽 눈썹을 치키자, 그는 덧붙였다.

"도와주려고 했을 뿐이야."

"우리 모두 알지 않나."

라그나가 설명했다.

"이 순간은 내가 무슨 말을 해도 매를 피할 순 없을 것 같은데. 그래서 대안을 써야만 하겠군."

역시 한때나마 마법의 길을 걸었던 적 있던 브리크가 주먹을 우두둑거렸다. 그는 '피의 여왕'의 홀에서 마법사 전투를 근사하게 벌이기를 바라는 듯했다.

하지만 아쉽게도 라그나에게는 다른 선택지가 있었다.

"탈라이스?"

그가 큰 소리로 불렀다.

"망할 자식."

브리크는 식식댔지만, 그웬바엘은 웃음을 터뜨렸다.

"솜씨 좋은데."

아름다운 인간 마녀가 걸어왔다.

"무슨 일이죠?"

라그나는 몸을 숙이고 속삭였다.

"전 케이타와 밀회하러 가 봐야 하는데, 오빠분들이 길을 막고 놔주질 않네요. 저를 도와주실 수 있겠습니까?"

피어구스가 입을 떡 벌리고 그를 쳐다보았다.

"신들이여, 맙소사. 저런 개자식을 봤나."

"대체 다들 왜 그래요?"

탈라이스가 따졌다.

"이분 좀 가만 두면 안 돼요? 무척 다정한 분인데."

"맙소사, 브리크."

그웬바엘이 끼어들었다.

"탈라이스 술 마셨나 봐."

"별로 그렇지도 않아요."

탈라이스가 반박했다.

"와인 두 잔 마셨을 뿐인데."

하지만 그 말을 하면서 그녀는 손가락 네 개를 폈다. 라그나가 그녀를 도와 새끼손가락과 약손가락을 접어 주었다.

"어머, 다정도 하셔라. 정말 다정하셔……."

그러더니 탈라이스는 길을 막아선 세 화염 드래곤에게로 돌아섰다.

"이분 좀 그냥 놔두라고."

케이타의 오빠들을 처리하는 법을 알려 준 다그마 라인홀트에게 무한히 감사하며, 라그나는 그들을 돌아 케이타가 간 길을 따라갔다. 일단 밖으로 나가자 공기를 들이마시며 그녀의 냄새를 찾았다. 그리고 그녀를 뒤쫓아 개 우리와 마구간을 지났다. 케이타에게 가까워지자, 근사한 향기가 더 강해졌다.

하지만 라그나는 우뚝 멈춰 서서 재빨리 빈 경비 초소의 그늘 속으로 물러서야 했다. 케이타가 인간 몸을 한 나이 든 드래곤 둘을 껴안고 있었다. 둘 다 긴 갈색 망토를 둘렀다. 하나는 블루 드래곤, 다른 하나는 레드 드래곤이었다.

"길리브레이 장로님, 라일로켄 장로님, 이렇게 뵙게 되어서 무척 기뻐요!"

"공주님, 제발 목소리를 낮추시지요."

한 드래곤이 말했다.

"오."

케이타가 한 손으로 재빨리 입을 막았다.

"죄송해요."

그녀는 한발 더 다가갔다.

"무슨 문제라도?"

"문제는 아닙니다. 전혀 아니지요."

다른 하나가 말했다.

"하지만 공주님이 집에 돌아와서 기쁘답니다. 원래 자리로. 백성들 옆으로."

"저도 돌아와서 기뻐요."

케이타는 성을 쏘아보았다.

"그렇지만 어머니 때문에 오래 머물기 힘드네요."

근심 어린 얼굴로, 그녀는 각 장로의 손을 잡고 말했다.

"에안뤄그 장로님의 불행한 사건 얘기 들었어요. 정말 유감이에요."

"다행스럽게도, 저희 둘 다 그 광경을 목격하진 못했지요."

"저도요."

그녀는 고개를 저었다.

"그래도 참 비극적 일이에요. 그분은 항상 우리 일족과 괄크마이 바브 과이어 가문에 충성하셨는데."

라그나가 눈을 찡그렸다. 참, 나! 사우스랜드 왕족 가문은 이름이 저렇게 복잡해야 해?

"저도 충격받았어요. 무슨 일이 있었는지 듣고선 마음이 불편했죠."

케이타가 숨을 깊이 쉬었다.

"이런 말씀 여쭙기가 죄송하지만…… 제 어머니가 그 배후에 있나요?"

"그런 증거는 없습니다, 공주님."

장로 하나가 낮은 목소리로 대답했다.

"증거가 있는지 여쭤 본 게 아니에요, 장로님. 심증이 있으신가요?"

"공주님은 심증이 있으십니까?"

다른 쪽이 밀어붙였다.

케이타는 숨을 내쉬며 잠깐 시선을 피했다.

"두 분 다 저를 잘 아시니까 제가 무슨 생각을 하는지도 아시겠죠. 어머니가 에안뤄그 장로님을 싫어했다는 건 알 만한 이들은 다 아는 사실이잖아요. 그리고 길리브레이 장로님도 아시다시피……."

그녀가 늙은 블루 드래곤 쪽으로 손짓을 했다.

"저는 절대 이해하지 못하겠어요. 그분은 제게 항상 자상하셨거든요. 어찌나 솔직하고 진지하게 대해 주셨는지. 저를 보호해 주려고도 하셨고요."

"공주님께 흐르는 피는 확실히 할머님께 물려받은 것 같군요."

레드 드래곤—라그나는 이쪽이 라일로켄 장로이리라고 짐작했다—이 씩 웃었다.

"그분께서는 공주님을 이루 말할 수 없을 만큼 귀여워하셨을 겁니다."

"할머니를 만난 적이 없어서 가슴이 아파요. 듣자 하니 할머님과 저는 비슷한 면이 많다던데."

"맞습니다."

라일로켄이 가까이 다가섰다.

"앞으로 몇 달 동안은 명심하셔야 할 점이지요. 절대 잊어서는 안 될 일."

"어째서죠?"

케이타가 짐짓 당황스럽다는 듯 눈을 크게 떴다.

두 장로가 서로를 쳐다보았다. 곧, 라일로켄이 길리브레이에게 고개를 끄덕여 보였다.

"공주님, 때가 됐습니다."

길리브레이가 부드럽게 설명했다.

"공주님이 백성들 사이에서 미래를 생각해 볼 때이지요. 게다가 왕좌의 적법한 권리를 주장하셔야 할 때기도 하고."

케이타는 머리를 살짝 수그리며 갈색 눈으로 빈 궁정을 훑어보았다.

"위대하신 장로님들, 할머님과 저 사이에 피로 맺어진 인연은 이제까지 잊어 본 적 없고, 앞으로도 잊지 못할 거예요. 하지만 저는 제 아버지와 형제들의 안전에 대해 심각하게 걱정하고 있답니다. 그건……."

라일로켄이 잡히지 않은 다른 팔을 들어 그 말을 막았다.

"그건 두려워할 필요가 없습니다. 실상, 변화가 더 나은 결과를 불러온다는 것을 어머님이 이해하신다면 모두에게 이로운 방향으로 해결되겠지요."

"하지만 어떻게요?"

"그것도 걱정하지 마시지요. 이 일에 낀 것은 우리뿐이 아닙니다. 우리…… 친구들에게 공주님의 근심과 요구가 뭔지 반드시 제대로 알리도록 하겠습니다."

"하지만 그 친구분들은 누군가요?"

"곧 드러나게 되겠지요. 지금으로써는 진정한 영광과 권력을 누릴 가능성이 공주님에게 달려 있다는 것을 아셔야 합니다. 준비가 되셨습니까?"

케이타는 고개를 끄덕이며 뒤로 물러섰다. 그리고 두리번거리다 무척 간결하게 말했다.

"장로님들 뜻대로 진행하세요. 저는 세상이 무엇을 마련해 두었든 준비가 되었답니다. 그럼 가 보세요. 제 축복을 드립니다."

"감사합니다, 공주님."

두 남자가 공주에게 크게 절하자, 케이타는 가벼운 목례에 불과한 몸짓으로 답했다. 더는 말없이, 그녀는 그 자리를 떠나 인간 여왕의 성채를 둘러싼 들판으로 향했다. 공주가 사라지자 두 장로는 서로를 빤히 바라보다 몸을 돌려 반대 방향으로 떠났다.

케이타는 나무, 그 너머의 나무들만 아득히 바라보며 서 있었다. 앞으로 모은 두 손은 꽉 잡았고, 숨소리는 가빴다. 라그나는 그녀를 찾아냈지만 손대지 않았다.

"케이타?"

"어떻게 그자들은 내 일족에게 이렇게 가까운 곳에서 감히 내게 접근할 수가 있지? 어떻게 감히 여기까지 올 수가 있지? 나를 자기들 쪽으로 부를 거라 생각했는데, 아니만 사자를 보내든가."

"안전하다고 느꼈던 거겠지."

"그래선 안 되지. 안전하다고 느껴서는 안 되는 거잖아."

"케이타."

"내가 기회를 틈타 그들을 쓰러뜨릴 수도 있었어. 피어구스에게 알릴 수도 있었고. 그랬다면 그자들이 날아서 도망갈 틈도 없이 오빠가 갈기갈기 찢어 버릴 수도 있었어."

"그들의 목표가 뭘까?"

케이타는 화를 누르며 눈을 감았다.

"그들은 여기 있는 내게 접근했어, 라그나. 내 일족과 일 리그도 안 떨어진 곳에서."

"좀 진정해야겠다."

그가 차분히 말했다.

"우리가 이 일을 왜 하는지를 기억해. 어째서 우리가 이 위험을 무릅쓰는지."

라그나의 말이 맞았다. 지금 분노를 풀어 놓으면 일을 모두 망치게 될 것이다. 길리브레이와 라일로켄은 이 게임에서 하수인일 뿐이었다. 진짜 전투가 시작되기도 전에 살해당할지도 모르는 꼭두각시. 그들도 전쟁을 원한다는 생각은 들지 않았지만, 리아논 여왕이 왕좌를 포기하기 전에 벌어질 일이었다. 하지만 케이타는 자신이 전쟁을 막을 수 있다는 희망을 여전히 붙들고 있었다. 강철 드래곤들을 막을 수 있다는 희망. 그 모두를 막을 수 있다는 희망.

시간은 좀 걸렸지만, 케이타는 자기 호흡이 정상으로 돌아왔다는 것을 깨달았다. 꽉 쥔 주먹도 풀렸고 몸의 떨림도 사라졌다. 라그나도 이젠 그녀를 안고 있었다. 한 팔은 허리에 감고 뺨은 뒤통수에 댔다. 그는 점점 커져 가던 그녀의 분노를 오직 그렇게 가라앉혔다.

"어머니에게 말해야 해."

라그나가 지적했다.

"아직은 아니야."

"케이타, 약속했잖아."

"알아. 하지만 그때는 거짓말이었어."

"어머니의 인내심을 시험할 생각이군."

"내 어머니에게 인내심이란 없어. 하지만 내겐 있지. 우리는 어머니에게 말할 때까지 기다릴 거야. 아직 게임은 다 진행되지 않았어, 라그나. 아직은 아냐."

그녀는 미소를 띠며 그의 기억을 되살려 주었다.

"오늘 밤에 뭔가 해 주겠다고 당신에게 약속도 했고."

"그럼 기다려도 되겠군."

시간이 얼마 남지 않았다는 것을 깊이 실감하면서, 케이타는 자신에게 의미가 있다면 그 무엇도 기다리게 둘 수 없다고 생각했다.

케이타가 그의 팔 안에서 몸을 돌렸다. 그들은 지나치게 가까워졌다. 라그나가 여기서 몸집이 더 큰 드래곤이 될 거라면 너무 가까웠다.

"무척 다정하네."

그녀가 말했다.

"난 다정한 걸로 유명하거든."

"아니면서."

"그럴 순 있지."

그녀가 킥킥 웃었다.

"아니, 당신은 그럴 수 없을 거야. 그래도 당신이 좋아."

"고맙군. 기분 좋은데."

그녀의 두 손이 그의 허리로 스르르 미끄러졌고, 다리 하나가 그의 종아리를 감았다.

"나한테서 떨어지려고 하고 있네."

"그래."

"왜?"

"당신은 나를 받아들이지 않겠다는 뜻을 명확히 했는데, 왜 나는 당신에게 모든 것을 줘야 하지? 난 당신네 번개 드래곤들이 이해가 안 돼. 가장 처음 만나는 여자와 정착해서 새끼를 낳고 산다니."

그녀가 고개를 저었다.

"아니, 케이타."

라그나는 두 손을 들어 그녀의 얼굴을 받쳤다.

"그렇게 쉽지 않아. 당신이 내가 만난 첫 여자일 리가 없지. 내가 같이 잔 첫 여자는 절대 아니고. 하지만 진정으로 내 관심을 끈 첫 번째 여자야. 진정으로 나를 매혹한 첫 여자."

"그건 오래가지 않아. 모든 남자는 질리기 마련이지."

"번개 드래곤들에게 삶은 지루하기에 너무 가혹해. 오로지 바보만이 자기가 선택한 여자를 두고 질리기 마련이고. 일단 질리면 경계심을 내려놓게 되는데, 다음 날 아침에 깨어 보면 머리가 깨질 듯 아프고 뒷발이 없어지는 일이 일어나곤 하지."

"참 아름다운 이야기네."

"비극적이게도 내 사촌에게는…… 사실이야."

케이타가 킁 코웃음을 치고 그의 머리를 가슴에 묻었다.

"재미있는 사실일진 모르겠는데, 난 당신을 떠올렸어."

"그래?"

그녀는 그의 어깨를 토닥이고 가까운 나무로 걸어갔다.

"난 그런 짓은 할 수 없어. 알겠지만."

"뭘 안 해?"

"포로로 잡히고, 내 의지와 반대로 사슬로 묶이고, 거짓말로 가득 찬 삶을 억지로 살아가는 것."

"우리 모두는 그걸 '권리 주장 서약'이라고 불러. 인간들은 결혼이라고 하지."

"그래, 난 그걸 할 수 없다고."

"당신이 할 수 있는 건 뭐야?"

"아름답게 사는 것 말고?"

"당신은 그 이상이지, 케이타."

그녀가 헤실 웃음을 지었다.

"당신이 그런 말도 할 줄 아는지 몰랐네, 라그나."

"어떻게 안 할 수 있겠어?"

라그나가 한 발 다가서자, 그녀는 한 발 뒤로 물러섰다.

케이타는 누군가 신체에 해를 입히겠다고 위협할 때와 마찬가지로 자신의 아름다움이나 새로 산 옷을 칭찬할 때도 물러서지 않았다. 하지만 그의 말 몇 마디에 뒤의 어두운 숲 속으로 도망가고 싶어졌다.

"매일 당신은 일족과 당신 어머니의 적, 어머니의 궁정과 위험한 게임을 벌이고 있지. 매일 당신 백성의 왕좌를 수호하고 당신 형제를 수호하기 위해 최선을 다하고."

그녀는 살며시 웃었지만 그에게서 한 발 더 멀어졌다.

"그리고 매일 당신은 주변에 있는 이들을 돌보고 있어. 나를 괜스레 화나게 하는 그 꼴사나운 연약한 모습 따위 없이도."

"에이브히어는 연약하지 않아."

"이젠 무리에서 가장 약한 자까지도 보살피는군."

"우린 무리가 없어. 그리고 에이브히어는 가장 연약한 애도 아냐. 내 말은 그렇게 약하지 않다는 거지."

등이 뒤의 나무에 쿵 닿았고, 그녀가 한 발을 굴렀다.

"솔직히! 당신은 그 애에게 너무 심술궂어."

"내가 왜 친절하게 굴어야 하는지 설득해 봐."

"협박은 드래곤에게 어울리지 않는데."

"협박이 아닌데. 강압에 가깝지. 그리고 우리 노스랜더는 필요하다면 얼마든지 남을 괴롭히는 건달이 될 수 있다는 데 자부심을 품고 있어."

라그나는 두 손으로 케이타 뒤의 나무를 짚어 그 안에 그녀를 가두고 몸을 숙여 키스했다. 참으로 부드러운 입과 참으로 재능 있는 혀. 그녀가 두 손을 위로 올려 그의 턱을 잡았다. 그는 더 이상 저항할 수 없다는 것을 알았다.

케이타는 이 드래곤을 어떻게 해야 할지 몰랐다. 라그나는 상대적으로 논리적인 요구 외에는 아무것도 하지 않았다. 그는 그녀에게 아무것도 약속하지 않았고 아무것도 주지 않았지만, 그 자신을 주었다.

그건 공평하지 않았다. 어떻게 이런 제안에 저항할 수 있을까? 그가 이제까지 아무도 보아 주지 않은 방식으로 바라보고 있는데 어떻게 자신에게 솔직하지 않을 수 있을까?

라그나는 키스를 멈추고 떨어져서 천천히 그녀 앞에 무릎을 꿇었다. 그녀가 전혀 공정하다고 여길 수 없는 동작이었다. 그는 그녀의 드레스를 허리까지 끌어 올렸다.

"당신은 항상 옷 아래가 알몸이로군."

"그러면 안 돼?"

그녀가 되묻자, 그는 싱긋 웃으며 입을 그녀의 배와 엉덩이, 둔덕, 허벅지 안쪽에 댔다. 그리고 그녀가 몸을 뒤틀게 한 후에, 입을 그녀의 그곳에 대고 혀를 안으로 밀어 넣었다.

케이타의 신음은 길었고 생각보다도 더 컸다. 그래도 개의하지 않았다. 느낌이 너무나 좋았다. 그는 혀를 넣었다 빼면서 그녀를 젖게 했고 아주 오래전의 처녀처럼 떨게 했다. 그리고 혀를 끌면서 빼내 위로 핥으며 클리토리스 주위에서 혀를 돌렸다.

케이타는 무릎에서 힘이 빠지는 것을 느끼자 라그나의 머리 뒤를 잡고 그를 밀어 떼어 냈다. 절박한 느낌으로 숨을 헐떡이며 그를 땅으로 넘어뜨리고 그 위에 올라타 그의 입을 자신의 그곳으로 덮었다. 동시에 그녀는 바지에서 그의 물건을 꺼내 입으로 감쌌다. 자신의 피부에 닿은 그의 신음을 느끼고, 그의 손이 자신의 엉덩이를 잡는 감각을 즐겼다. 그는 그녀를 꽉 잡고 입술 사이로 클리토리스를 핥으며 혀로 내리쳤다.

그때 케이타가 아주 약한 열기를 불러 모아 그의 성기를 따뜻하게 데웠다. 그의 손가락이 피부에 더 깊게 파고드는 게 느껴졌다. 그녀는 입에 굵직한 것을 문 채로 미소를 지으며, 그가 가진 걸 그녀에게 모두 쏟아붓도록 밀어붙였다.

라그나는 이 게임에 익숙했다. 누가 먼저 상대를 넘어뜨리는가 하는 게임. 그녀에게는 자존심의 문제가 아닌가? 그도 이 게임에 쉽게 승복할 생각이 없다는 것을 그녀는 아직 눈치채지 못했을까?

그는 그녀의 클리토리스를 빨며 거침없이 잡아당겼다. 그녀가 신음하는 소리가 들렸다. 그다음, 그는 한쪽 손을 놓고 엉덩이를 찰싹 때렸다.

케이타의 머리가 뒤로 젖혀지자, 그의 물건이 아쉽게도 그녀의 입에서 빠져나왔다. 그녀가 비명을 질렀고 그의 몸 위에서 그녀의 몸이 경련을 일으켰다. 그는 두 손가락을 그녀의 그곳 안에 밀어 넣고 입술로는 끊임없이 클리토리스를 공략하여 오르가슴을 이끌어 냈다.

순간이나마 그녀의 모든 쾌락이 다 말라 버릴 때까지 끌어냈음을 알자, 그는 그녀를 들어 몸에서 내려놓고 무릎을 꿇었다. 그녀가 헐떡이며 올려다보았다.

라그나는 그녀의 드레스를 잡아 머리 위로 벗겨 내고 그녀의 어깨 너머로 던져 버렸다. 고운 실크 드레스가 흙 속에 떨어졌지만 그녀가 알아차리지도 못하자 그는 웃지 않으려고 무던히 애를 썼다. 그는 바지를 거의 찢다시피 잡아당겨 될 수 있는 한 빨리 벗어 버렸다. 그리고 그녀의 몸을 돌려 둘 다 여전히 무릎을 꿇은 상태에서 뒤에서부터 그녀의 몸속으로 가라앉았다.

그녀의 머리가 뒤로 젖혀져 가슴에 닿자, 그는 키스하며 자신의 입술과 혀에 남은 그녀의 흔적을 직접 맛볼 수 있게 했다. 그녀 몸속에 들어간 자신의 물건을 흔들고 뺄 때마다 그녀가 근육을 조이는 느낌에 눈을 지그시 감았다.

그가 다시 밀고 들어가자 그녀는 미소를 짓고 신음을 지르며 그의 모든 것을 가져가려 했다. 그가 자기 허리에 댄 손을 잡고 아래로 내려 그의 손가락을 자신의 그곳으로 이끌었다. 그의 집게손가락이 그녀의 클리토리스를 간질였다. 라그나는 그녀가 스스로 원하는 것을 보여 주고 필요한 것을 취하는 방식이 몹시도 좋았다.

그는 점점 더 거세게 찔러 들어가며 이로 그녀의 목덜미를 자근자근 물었다. 그리고 들어가는 동작의 템포를 클리토리스를 애무하는 손가락의 움직임과 맞추었다. 그녀가 두 손으로 그의 손을 잡자, 손톱이 그의 피부를 파고들었다. 그는 그녀가 원하는 것을 주었다. 모든 것을 주며 쿵쿵 밀고 들어갔다.

마침내 그녀가 그의 이름을 소리쳐 불렀고, 그는 그녀의 이름을 속삭였다. 그는 씨앗을 그녀의 몸 안에 비워 냈고, 이전에 산을 옮겼을 때조차도 느끼지 못한 황홀한 감각을 느꼈다. 둘은 무릎을 꿇은 채로 헐떡이고 땀을 흘리며 서로에게 매달려 있었다. 아무 말도 하지 않았다.

할 말이 없었다.

하지만 그녀가 그의 뺨에 이제껏 맛보지 못한 가장 달콤한 키스를 해 주었을 때, 라그나는 케이타 공주를 영원히 가질 길을 찾을 때까지 멈추지 못하리라는 것을 알았다.

"그 여자는 빈 경비 초소 근처에서 그들을 만났습니다."

"무슨 말 하는지 들었나?"

"아니요. 그 노스랜더가 근처에서 어정거리고 있었고, 저흰 들키고 싶지 않았습니다."

"그자가 공주를 따라온 건가?"

그녀의 부관이 빈정거렸다.

"저라면 걱정하지 않겠습니다. 공주는 어머니를 배신한 후, 그 번개 드래곤과 질펀하게 놀더군요. 돈을 두둑이 받은 술집 여자처럼 말입니다."

"그 둘은 별로 차이가 없어."

"오늘 밤 길리브레이와 라일로켄을 체포할까요?"

그녀는 드래곤 주위를 걸었다.

"아니, 먼저 공주부터 처리해야지. 그자들은 그다음이다."

"확신하십니까?"

부관이 물었다.

"그 여자의 어머니가 여왕입니다."

"어쨌든 반역자지. 개와 에쉴드에 대한 소문이 시내에 마른 장작에 붙은 불처럼 확 퍼지고 있어. 너무 늦기 전에 개로 본보기를 보여야지. 다른 건 중요하지 않아."

부관은 고개를 주억거렸지만, 자리를 뜨기 전에 한마디 했다.
"그런데…… 안대가 멋지십니다."
이 개자식의 눈을 둘 다 뽑아 버릴까 하는 생각이 엘레스트렌의 마음에 스쳐 갔지만, 모든 분노를 케이타에게 풀어 놓을 때까지는 기다려야만 했다.
반역자 케이타, 이 우스꽝스러운 안대를 그녀에게 준 여자.

라그나가 깨었을 땐 옆에서 킁킁대는 소리가 났다. 그는 미소 지었다.

"좋은 아침."

암말이 코를 그의 머리에 대고 비비며 그에게 축복을 전한 후 근처의 풀로 나른히 옮겨 갔다. 이전에도 이렇게 암말들과 새끼들에 둘러싸여 깨어난 적이 있었지만, 옆에 드래곤이 있는데 이처럼 깨어난 적은 없었다. 이번엔 달랐다. 이 드래곤은 케이타였고, 그녀에게도 수행단이 있었다. 모두가 수말이었고, 라그나를 빤히 바라보고 있었다.

마침내 케이타도 부스스 잠에서 깨어났다. 그녀가 갈색 눈을 천천히 뜨고 두 팔을 넓게 뻗었다.

"당신도 좋은 아침."

그는 그녀의 이마에 키스하며 그녀의 손이 뺨을 쓰다듬는 감촉을 느꼈다.

"기분이 나아졌어?"

"응. 내 분노가 차가운 결심으로 바뀌었어."

"그럼 세계가 두려워 벌벌 떨겠군."

"이렇게 이른 아침부터 비꼬기야?"

라그나는 그녀의 얼굴에 떨어진 머리카락을 빗어 넘겼다.

"비꼬는 거 아냐. 정직한 거지. 처음에 내가 당신을 오해했다는 것 인정할게, 케이타. 그렇지만 그런 실수 다시는 하지 않도록 하지."

그녀의 손이 그의 목 뒤로 스륵 돌아갔다.

"난 이때쯤이면 당신에게 진력이 날 거라고 생각했었는데."

"그 점에서는 당신을 실망시킬 수 있었다니 기쁜데."

"나도 그래."

그녀가 속삭이며 몸을 일으켰다. 그녀의 입술이 그의 입술에서 고작 아슬아슬하게 떨어져 있었다. 라그나는 눈을 감으며 키스를 기다렸다. 하지만 키스가 오지 않자 그는 눈을 떴고 그녀가 저 멀리 말들을 보고 있는 것을 알아차렸다.

"뭐가 잘못됐어?"

"이전에 저걸 생각 못 했다니."

그녀가 그를 보며 눈을 깜박였다.

"난 정말 바보였어."

"뭐?"

"우리 모두 바보였어!"

케이타가 그에게서 떨어져 재빨리 드레스를 집어 들고 머리 위로 뒤집어썼다.

"잠깐. 어디 가는 거야?"

"나중에 따라갈게!"

그녀는 외치며 성을 향해 뛰어가고 있었다. 수말들이 그녀의 뒷모습을 바라보았고, 암말들은 새끼들을 길에서 밀어냈다.

그도 일어섰다. 그의 남성은 벌써 단단하게 일어서 있었다.

"이런 식으로 나를 놔두고 가다니!"

"손을 쓰도록 해!"

그녀는 벌써 작은 언덕 위로 사라지고 없었다.

"대체 우리를 어디로 데려가는 거야?"

"아, 입 닥쳐."

케이타는 언니에게 명령했다. 망할 질문을 하고 또 하는 것이 피곤했다. 침대에서 자는 여자들을 깨워서 그들의 짝으로부터 떼어 내는 것만도 나름 일이었는데 —다그마는 예외였다. 벌써 일어나서 그웬바엘의 표현대로라면 '계략'을 꾸미고 있었으니까. 케이타와 에쉴드에 관한 소문이 벌써 퍼지기 시작한 걸 보면 사실인 듯했다— 그들을 몰아세워 동쪽 들판 반대편 숲까지 몇 리그씩이나 따라오게 하느라 온갖 달래기 기술을 다 써야만 했다.

케이타는 누가 자신의 머리카락을 쓰다듬는 듯한 기척에 휙 돌아보았다. 두 손을 펼쳐 언니를 내리치려는 찰나, 앤닐이 그들 사이에 끼어들어 갈라놓았다.

"그만들 좀 해요!"

그녀가 호통쳤다.

"둘 다 쌍둥이만도 못해."

케이타는 드레스를 도로 잡아 뺐다.

"이거 오래 안 걸릴 거야. 약속해."

그런 후에 약간 으르렁대는 소리로 덧붙였다.

"도와주려고 하는 거야."

"그럼 도움을 줘요."

탈라이스가 말했다.

"우리가 바로 뒤에 있을 테니까."

이 일을 얼른 끝내 버리고 싶었던 나머지 케이타는 그녀의 말을 무시하고 계속 나아갔다. 그리고 깊은 골짜기를 내려다보는 높은 바위에 도달했을 때 멈추었다.

"뭐가 보이는데요?"

탈라이스가 물었다.

협곡을 둘러싼 낮은 평원 위에 줄지어 선 나무들 사이에서 야생마들이 앞으로 뛰어왔다. 그들은 모두 아름답고 자유로웠다. 들판을 거침없이 가르면서 무엇에도 얽매이지 않았다. 인간을 위한 짐말도, 드래곤의 저녁거리도 되지 않겠다는 듯이.

"말?"

앤뉠이 머리를 긁적거렸다.

"난 벌써 말이 있는데요."

"잠깐."

모르퓌드가 케이타 옆으로 다가섰다.

"이건 소용없을 거야."

"시도는 해 봤고, 의심쟁이 공주님?"

"오로지 어머니만이 그들을 불러 모을 수 있어. 그리고 어머니는 하지 않겠다고 말씀하셨지."

"승낙보다는 용서를 구하기가 더 쉽다는 건 경험으로 배우지 않았어?"

"그렇게 너와 그웬바엘은 살아남았지. 난 그렇게 살 수 없어. 게다가 케이타 네가 그들을 불러 모아서 열 받게 한다면 인간들을 갈가리 찢어 버릴걸."

"그런 거라면……."

다그마가 가려고 돌아서자 케이타는 그녀의 팔을 잡았다.

"내게 맡겨 줘요."

그러고는 다그마를 놓고 바위 맨 꼭대기까지 올라갔다. 그녀는 이 일을 하도록 모르퓌드를 설득하고 싶었다. 어머니의 왕좌는 아니지만 마법의 상속자로서 모르퓌드가 가장 쉽게 해낼 수 있을 것 같았다. 하지만 케이타는 오래전에 아무도 기다리지 않아야 한다는 진실을 배웠다. 특히 쉽게 겁먹는 언니는 기다릴 수 없었다.

공기를 잔뜩 들이마시며 케이타는 머리를 뒤로 젖혔다가 입을 벌렸다. 한 줄기 화염이 발사되어 나무 몇 그루의 우듬지를 그슬리고 그 위의 하늘을 불로 채웠다. 자기 뜻을 제대로 보였다고 느낀 케이타는 불꽃을 끊고 다시 시선을 말들에게로 돌렸다. 반짝반짝 움직이는 말들 한가운데서 그들이 같이 뛰던 무리를 가르고 나타나 다섯 여자들에게로 돌진했다.

"이런……."

앤뉠이 입을 열었다.

"……망할."

탈라이스가 말을 맺었다.

"내가 얘기할게요."

케이타는 그들 모두를 바위에서 밀어내며 더 구체적인 지시가 필요하다는 결론을 내렸다.

"사실, 탈라이스는 그들과 마녀로서 연결을 해 줬으면 좋겠어요. 모르퓌드는 돕지 않으려면 적어도 불평이라도 하지 마. 다그마는 돕고 싶다면 그렇게 해요. 앤뉠은…… 그냥 아무 말도 하지 마요."

"내가 어떻게 아무……."

"말도 하지 마요."

"하지만 난……."

"절대로 아무 말도 하지 마요."

케이타가 으르렁댔다. 앤뉠은 입을 삐죽 내밀었지만 더 이상 반박하진 않았다. 케이타는 그들에게로 달려오는 자들을 마주 바라보았다. 켄타우루스. 드래곤들이 존경만을 보일 뿐 절대로 먹이나 오락으로 사냥할 꿈도 꾸지 않는 몇 안 되는 존재들 중 하나였다. 그들이 바위로 달려오더니 몇십 걸음 앞에서 급하게 멈추었다.

케이타는 가볍게 고개를 숙여 보였다.

"존경하는 켄타우루스님들."

"당신은 드래곤이지만 여왕은 아니잖아."

한 남자가 말했다.

"감히 우리를 불러 모아?"

"내 이럴 줄 알았지."

모르퓌드가 속삭였다.

"우리가 그렇게 쉽게 속아 넘어가지 않는다는 경고를 못 받은 모양인데, 도마뱀."

켄타우루스가 말했다.

케이타는 모욕을 무시하고 입을 열었다.

"존경하옵는 나리, 부디 잠깐만 설명할 틈을 주신다면……."

"케이타?"

작은 무리에서 더 나이 든 여자가 걸어 나와 이쪽으로 다가왔다. 말굽이 가볍게 토닥토닥 땅에 부딪쳤다.

"신들이여, 맙소사……. 너였구나."

"브리기드?"

케이타는 밀려드는 안도감이 생긋 웃었다.

"오, 브리기드!"

여자가 두 팔을 벌리고 약간 몸을 숙여 케이타를 안아 주었다.

"믿을 수가 없다."

브리기드는 케이타의 머리카락을 쓰다듬으며 그녀의 이마에 키스했다.

“정말 많이 컸구나.”

“마지막 소식을 들었을 땐 알산데어 경계로 옮겨 갔다는 말만 들었어요.”

“나쁜 켄타우루스에게 마음을 주는 바람에. 그래서 다시 돌아왔단다.”

그녀는 케이타를 뒤로 밀며 두 손으로 얼굴을 잡았다.

“세상에, 케이타. 훨씬 예뻐졌구나. 어떻게 그럴 수가 있니?”

“혈통이 좋아서요.”

브리기드가 웃었다.

“역시 그래야 내 케이타지.”

그녀는 무리를 다시 보았다.

“모르퓌드?”

“안녕하셨어요, 브리기드?”

브리기드가 한 손을 모르퓌드에게 내밀었고, 케이타의 언니는 그 손을 잡았다. 둘이 포옹한 후에 브리기드가 말했다.

“내 아가씨들. 둘 다 정말 예쁘구나.”

그녀는 둘의 정수리에 입을 맞춰 주었다.

“둘에 대해서 멋진 얘기 들었는데. 무척 자랑스럽다.”

케이타는 그렇게 하면 언니의 부아를 돋우리라는 것을 알고 헤죽 웃음으로써 브리기드의 말을 강조했다. 모르퓌드가 이를 드러내자 브리기드가 즉시 긴장했다.

“아직도 싸우니?”

그녀의 목소리에는 경고가 어려 있었다. 언제나 그렇듯이.

“아닙니다.”

“아니에요.”

둘 다 즉시 대답했다.

“잘됐군, 그럼.”

브리기드는 뒤로 물러나며 둘 다 자세히 살폈다.

“너희는 네 어머니가 아니잖아. 왕좌를 대신 이어받지도 않았고. 그런데 어째서 나의 심기를 거슬리고, 내 무리의 심기를 거슬릴 짓을 한 거지?”

브리기드가 심기가 거슬린다고 할 때는 분노했다고 할 때보다 더 위험했으므로 케이타는 재빨리 설명했다.

“제가 필사적으로 브리기드의 도움을 필요로 하는 상황이 아니라면 제 아름다운 가죽을 다칠 위험을 무릅쓰지 않았으리라는 건 잘 아시잖아요.”

브리기드의 시선이 앤뉠에게로 가 박혔다. 여왕의 손은 즉시 검으로 향했지만, 다그마가 앤뉠의 손을 찰싹 쳤다. 이 용감하고 치명적인 여왕은 징징 우는소리로 ‘아얏!’ 외쳤다.

“이쪽은 피어구스의 짝이에요.”

“쌍둥이를 낳은 여자로군. 존재하지 않았어야 할 쌍둥이.”

브리기드가 말했다.

“하지만 존재하고 있어요. 그들의 육체는 인간이지만, 영혼만은 드래곤이죠.”

브리기드는 코웃음을 쳤다.

"인간들은 그 아이들을 다룰 수가 없을 텐데?"

"유모들이 도망가긴 했죠."

"어머니는 아이들을 돌보지 못해서?"

모욕을 받으면 쉽사리 발끈하는 앤뷜이 앞으로 나섰지만, 다그마가 펄쩍 뛰어 가로막았다.

"물론 여왕님은 하실 수 있는 걸 하시죠. 하지만 다스려야 할 왕국도 있으니까요. 안전하게 지켜야 할 왕국 말이에요. 말씀대로 당신과 당신의 무리는 마음대로 이 땅을 뛰어다니실 수 있습니다. 앤뷜은 여왕이지만, 당신들을 노예로 삼고자 하는 욕망이 없으니까요. 하지만 다른 이가 앤뷜 대신에 지배자가 된다면, 그 자가 이처럼…… 열린 마음이 아니면 어떨까요? 한때 앤뷜의 아버지가 다스리던 시절에는 당신들 부족을 사냥하는 게 무척 인기 있는 유흥거리였다고 들었습니다."

브리기드가 눈을 가늘게 뜨며 케이타와 모르퓌드를 옆으로 제치더니, 발굽을 또각또각 울리면서 다그마와 앤뷜 앞에 섰다. 그녀는 몸을 숙이면서 얼굴을 다그마에게 가까이 대고 물었다.

"내가 누군지 아느냐, 인간?"

케이타는 오빠의 짝을 자세히 바라보았다. 그렇게 작은 체구에도 그녀는 두려움을 보이지 않았다. 대신에 다그마는 약간 몸을 빼면서 말했다.

"당신 몸에 붙은 거대한 말 엉덩이로 보아……."

그녀가 뒤로 물러서며 브리기드와 눈을 맞추었다.

"켄타우루스겠죠."

브리기드는 몸을 꼿꼿이 펴며 맨가슴 위로 팔짱을 꼈다.

"넌 누구지?"

지금으로부터 몇 년 전이라면 어째서 그렇게 했는지 알 수 없었겠지만, 다그마가 뭐라 대답하기도 전에 그녀 곁의 작은 무리가 입을 한데 모아 읊었다.

"다그마 라인홀트, 라인홀트 가문의 열세 번째 자식이자 외동딸, 다크플레인의 총사령관, 앤뉠 여왕의 책사, 사우스랜드 드래곤 장로들의 인간 교섭자, '미남자' 그웬바엘의 짝이죠."

"또 '야수'라는 이름으로도 알려져 있어요."

탈라이스가 추가로 끼어들자, 바로 그 '야수'가 그녀에게로 돌아섰다.

"그 말까지 꼭 해야 했어요?"

그저 스치기는 했지만, 케이타는 브리기드의 얼굴에서 짧은 미소를 보았다. 켄타우루스는 재빨리 미소를 숨기고 말했다.

"삼천여덟 번의 겨울이 지났으니 나는 이제 뛰어 돌아다니긴 너무 나이가 들었지. 인간 아이들 같은 건 쫓아다니기 힘들어."

케이타는 브리기드가 얼마나 굳게 고집을 부릴 수 있는지 똑똑히 기억했다. 특히 일단 마음을 먹은 후에는. 발굽을 한번 디디면 돌아갈 길이 없었다. 케이타는 필사적이 되어 언니를 돌아보았고, 모르퀴드가 말했다.

"물론, 브리기드야 편안히 쉬실 만한 자격이 있죠."

언니는 도대체 어디까지 멍청하게 굴 작정일까 생각하며 케이타는 두 손을 들고 입 모양으로 말했다.

'뭐하는 거야?'

모르퓌드도 입 모양으로 대꾸했다.

'입 닥쳐!'

그녀는 한 손을 브리기드의 엉덩이, 인간 상체가 말 하체와 만나는 부분에 댔다.

"하지만 대신 추천해 주실 분이 있을지도 모르겠네요. 피어구스가 브리기드를 신뢰하는 것만큼 신뢰할 만한 분을요. 혹시 그런 분이……."

"제가 하죠."

한 젊은 여자가 무리에서 떨어져 나오자 브리기드의 몸이 굳어졌다.

"제가 할게요."

"케이타, 모르퓌드, 앤뉠 여왕…… 이쪽은 내 딸 에아드부르가야. 우리는 줄여서 에바라고 부르지. 내 다섯 번째 자식이……."

"제가 할게요."

"무리를 떠나고 싶어 안달이 난 모양이구나."

브리기드가 몸을 숙이면서 딸의 귀에 낮게 속삭였다.

"제대로 된 이유로 떠나고 싶다는 말이길 바란다만."

"이유는 있어요."

브리기드는 몸을 쭉 폈다.

"네가 이 의무를 진다면, 남아서 아이들이 자랄 때까지 키워야 한다. 인간에게는 그게 적어도 열여덟 번째 겨울이 되겠지. 드래곤 퀸에 대한 나의 의무는 그보다 더 길었어. 하지만 나는 그걸

굳게 지켰지. 이에 동의하고 똑같이 맹세해라. 네가 야반도주해서 우리 무리에 수치를 안겨 주는 꼴은 볼 수 없으니."

"도망갈 데도 없는걸요."

에바의 꼬리가 뒤에서 초조하게 흔들렸다.

"제가 할게요, 어머니. 우리 둘 다 제가 준비되었다는 걸 잘 알잖아요."

"어쩌면 그럴지도 모르겠구나."

브리기드는 딸의 이마에 키스하고 턱을 비볐다. 그리고 물러서더니 헛기침을 했다.

"이제 여왕을 만나 보지."

케이타는 다그마에게 비키라고 손짓했지만, 다그마는 고개를 저었다. 까다로운 인간 같으니! 케이타가 손을 뻗어 다그마를 끌어당겼다. 브리기드는 구부린 손가락을 까닥여서 앤뉠에게 신호를 보냈고, 여왕이 다가섰다. 브리기드는 몇 초 동안 앤뉠을 뜯어보았다. 더 오래 바라보면 볼수록 표정이 점점 더 어두워졌다.

"뭐 잘못됐나요?"

케이타가 물었다.

브리기드는 앤뉠을 빤히 바라보며 물었다.

"우리 아는 사이인가?"

다그마가 케이타의 귀에 대고 속삭였다.

"혹여나 앤뉠이 저들 중 하나를 죽인 건 아니겠죠?"

라그나는 대전으로 들어갔다. 왕족들 누구도 아직 일어나 있지 않았지만, 동생과 사촌은 벌써 식탁에 앉아 먹고 있었다.

"어디 갔었어?"

라그나가 자리에 앉아 빵에 손을 뻗자 비골프가 물었다.

"밖에."

"무슨 일 있었어, 형? 공주님이 간밤에 형을 외롭게 놔두고 떠나 버렸나?"

대답 대신 라그나는 비골프의 뒤통수를 잡고 식탁에 내려쳤다. 욕설이 뒤따랐으나, 라그나는 그들을 무시하고 하인이 앞에 갖다 놓은 뜨거운 죽 그릇만 파기로 했다.

"네가 알고 싶을 것 같은데."

마인하르트가 말했다.

"뭘?"

"그 카드왈라드르들이 오늘 아침 일찍 바깥에서 말하는 걸 들었거든. 케이타와 에쉴드 얘기를 알더라. 그들이 무슨 얘기를 하나 싶었는데 한 여자가 나를 구석에 몰아넣고 우리가 아우터플레인을 지나올 때 어땠냐고 묻더라고."

"그래서?"

"그래서 다 말해 줬지. 대부분은. 네가 그걸 원하는 거 같아서. 하지만 우리에게 미리 경고를 해 줬어야지."

"형 생각이 맞아."

라그나는 인정했다.

"미안."

마인하르트가 한참 사촌을 바라보자 라그나가 결국 물었다.

"뭐?"
"언제 그 여자에게 말할 거냐?"
"누구한테 뭘 말해?"
"케이타, 그 여자가 네 거라고."
"내가 정말 그 여자를 내 것으로 하고 싶으면?"
라그나는 한숨을 지었다.
"그럴 리가."

브리기드가 손가락으로 앤뉠의 머리 왼쪽의 머리카락을 빗어 내리자, 케이타는 지금 변신해야 한다고 느꼈다. 인간 여왕을 움켜쥐고 필사적으로 도망쳐야 한다고.
"내가 너를 만났을 땐…… 여기가 아니었지."
브리기드가 말했다. 앤뉠은 으쓱하며 브리기드의 팔 너머 먼 곳에 시선을 맞췄다.
"그 전날 내 오빠가 여길 밀어 버렸었죠."
"그래."
브리기드는 앤뉠의 머리카락을 놓아주었지만, 대신 턱을 잡고 얼굴을 들었다.
"그게 너였어."
"아주 오래전 일이죠."
브리기드가 미소를 지었다. 보통 드래곤 퀸의 자식들을 위해서만 남겨 두었던 따뜻하고 너그러운 미소였다.
"그러니까 더더욱 의미가 있지. 별로 오랜…… 그땐 몇 살이었지? 열한 살?"

"열둘이었어요."

"좋아, 열두 살. 낯선 자를 아버지의 지하 감옥에서 풀어 주면서 그 진노를 감당할 수 있는 열두 살짜리는 별로 많지 않지. 네 아버지는 본인이 잡은 게 켄타우루스인지 알았지만 넌 몰랐어, 그랬지? 네가 나를 보았을 땐 난 두 다리밖에 없었고, 그래서 넌 내가 인간이라고 생각했어. 어째서 넌 아버지의 지하 감옥에 있는 낯선 여인을 위해 그런 위험을 무릅쓴 거지?"

"지하 감옥에 벌거벗은 채로 혼자 있었으니까요. 거기 내버려 둘 순 없다는 것을 알았으니까."

브리기드가 고개를 끄덕였다.

"이 여자가 나를 풀어 주지 않았더라면……."

그녀는 다른 이들에게 설명했다.

"그자들은 나를 사냥감으로 이용했겠지."

브리기드는 앤뉠의 턱을 놓아주고 뒤로 물러서며 한 손을 뻗었다. 딸이 자기 손을 어머니의 손 위에 올려놓았다.

브리기드가 말했다.

"앤뉠 여왕, 내 딸 에아드부르가를 주지. 내 딸이 한때 지하 감옥의 외로운 여인을 구해 준 이의 쌍둥이를 기르게 되어 영광이로군."

앤뉠이 헛기침을 했다. 처음에 케이타는 앤뉠이 그런 칭찬에 수줍어하는지도 모른다고 생각했으나, 한편으로는 앤뉠의 아버지가 딸이 한 짓을 알아냈는지가 궁금했다. 그 배신행위로 고초를 겪었는지도. 앤뉠의 몸에 생긴 많은 흉터는 검을 가진 남자들과 싸우다가 생긴 것만은 아니었다.

에바가 고개를 끄덕였다.

"저는 괜찮아요."

"그럼 가거라."

브리기드가 딸의 손을 놓았다.

"내 축복과 심장을 함께 주마."

에바는 어머니를 껴안았고, 인간과 드래곤, 켄타우루스 하나로 구성된 작은 무리는 브리기드와 그 무리가 협곡으로 돌아갈 때 바위 위에 서서 그들을 배웅했다. 그들이 모두 사라지자, 에바가 일행을 돌아보며 어머니 같은 목소리로 말했다.

"그럼 이제 시작해 볼까요."

31

라그나의 귀에 헉, 하는 숨소리가 들리는가 싶더니 누군가 바닥에 접시를 떨어뜨렸다. 동생과 사촌이 감탄하는 소리를 냈다.

"참 아름다운 여자로군."

마인하르트가 죽을 네 그릇째 먹으면서 웅얼거렸다.

호기심이 생긴 라그나는 어깨 너머를 돌아보았다. 그리고 숨을 멈추며 즉시 자리에서 일어났다. 그는 뒤로 손을 뻗어 동생과 사촌을 잡아 일으켜 무릎을 꿇렸다. 그도 한 무릎을 꿇고 머리를 수그렸다. 존경심에서라기보다는 그럴 필요성 때문이었다. 시간이 흐르면 여자의 모습이 보이겠지만, 지금은 그녀의 마법이 환히 빛나며 그의 눈을 부시게 했다.

"어…… 라그나, 벌거벗은 여자에게 너무 과하지 않냐?"

마인하르트가 속삭였다.

"그냥 벌거벗은 여자가 아니야, 바보."

"어딘가에서 말 냄새가 나지 않아?"

비골프가 한마디 했다가 머리를 한 대 얻어맞았다.

"번개 드래곤들이로군. 이곳은 참 흥미로워."

벌거벗은 여자가 말했다. 그리고 부드러운 손이 라그나의 머리를 쓰다듬었다. 그는 시간만큼 오래되고 대양처럼 강한 마법이 몸을 타고 흐르는 느낌을 받았다.

"걱정 마, 라그나. 쉽진 않겠지만 그만한 가치가 있을 거야."

여자가 말했다. 동시에 머릿속으로는 이 말을 전했다.

— 당신은 아버지를 전혀 닮지 않았어. 그러니 그런 공포는 놓아 버려도 돼.

여자가 손을 놓자, 라그나는 즉시 여자의 힘이 사라진 것을 느꼈다. 그녀는 마인하르트의 턱과 커다란 혹이 자라난 비골프의 머리도 만졌다.

"이들의 명예심이 참으로 놀랍군요. 동맹을 무척 잘 골랐네요, 앤뷜 여왕님."

"그냥 앤뷜이라고 불러요."

"당신이 뭐라 불리고 싶어 하든 간에, 여전히 여왕이죠."

그 말과 함께 여자는 계단으로 향했다.

"아이들은 나 혼자 보고 오겠어요."

그리고 계단을 올라가 사라졌다.

더러운 맨발 하나가 이제 그의 앞에 까닥거리자, 라그나는 천천히 고개를 들었다. 케이타가 팔짱을 끼고 입술을 꽉 다문 채 서 있었다.

“입에 묻은 침 좀 닦지, 라그나.”

“그 여자는 켄타우루스잖아.”

“나도 알아.”

“하지만 켄타우루스라고.”

“나는 드래곤이고.”

“하지만 그 여자는 켄타우루스지.”

“당신 입에서 떨어지는 침을 닦으려면 한 대 쳐야겠는데.”

“아니면 우리도 식사를 하자고.”

앤뷜이 케이타의 팔을 잡고 식탁으로 끌고 갔다.

“좀 섬세하게 하면 안 되었냐, 라그나.”

셋이 일어설 때 마인하르트가 라그나를 탓했다.

“하지만 그 여자는 켄타우루스야.”

“우리도 안다고!”

온 방이 그를 향해 소리치자, 라그나도 넘어가기로 했다.

에바는 문을 열고 방 안으로 들어섰다. 여자 아기 하나가 요람 속에서 일어서서 자그마한 손으로 창살을 잡고 있었다.

“안녕, 예쁜아.”

에바는 아이에게 손을 뻗어 요람 밖으로 들어 올렸다.

“그 애의 이름은 리안웬이에요.”

“나도 알아. 그럼 넌 이세벨이겠군.”

그녀가 리안웬의 언니를 보고 미소 지었다. 이지는 문간에 서서 문제가 없나 감시하고 있었다.

"그리고 넌 동생을 라이라고 부르고."

"어떻게 알았죠?"

"난 많은 것을 알고 있지."

이세벨이 방 안으로 더 들어섰다.

"새로 온 보모로군요."

"그래."

"그리고 벌거벗은 것 같은데요."

에바는 웃었다.

"그것도 맞아."

그녀가 본디의 형태로 변신하자, 여자애가 숨을 들이켜는 소리가 들렸다. 흥분과 호기심, 에바와 같은 부류에 대해 더 많이 모든 것을 알고 싶다는 열의가 느껴졌다. 더욱 중요하게는 ―더욱 인상적이게는― 자신과 전혀 다른 존재를 즉각적으로 수용하는 태도였다.

"신들이여, 맙소사. 당신 켄타우루스로군요."

에바가 다시 웃었다.

"그래."

"아…… 안 돼요, 안 돼."

에바는 굳이 돌아서지 않고서도 불쌍한 이지가 이제 미친 듯 방 안을 돌진하고 있다는 것을 알 수 있었다. 은신처에서 슬쩍 나와서 가장 가까운 탁자 위에 기어 올라가 에바의 등으로 뛰어내리려고 하는 쌍둥이를 막기 위해서였다. 여자애는 검을 들고 정확히 에바의 목을 노리고 있었다.

오랜만에 무척 흥미를 느낀 에바는 혀로 이를 찼다. 이지가 주르륵 미끄러지다 멈추는 소리가 났고, 에바는 어깨 너머로 허공에 매달린 꼬맹이 둘을 보았다. 그녀가 애정이 넘치는 아기를 팔에 안았을 때, 둘은 쌍둥이를 포함해서 이 세상 어떤 존재보다도 서로를 이해했다. 에바는 그 무엇도 말 부분에 부딪치지 않도록 조심하면서 쌍둥이에게로 돌아섰다.

"그래, 얘들인가? '피의 여왕'의 악명 높은 쌍둥이가."

에바가 그들을 향해 씩 웃어 보이자, 남자아이 탈란이 한심하게도 가짜 눈물을 터뜨렸다. 어머니가 해 준 이야기를 바탕으로 생각해 보면 그들의 삼촌 그웬바엘이 가르쳐 주었으리라고 짐작되는 기술이었다.

'내가 사랑했던 만큼 똑같이 미워했던 녀석이지.'

반면, 여자아이 탈윈은 여전히 에바 쪽으로 작은 목검을 겨눈 채 아기 치아라기보다는 송곳니가 가득한 입을 벌리면서 으르렁대고 딱딱거렸다.

"미안해요. 얘들이 그런다는 말을 듣긴 했는데…… 그러니까 새 보모가 오면요."

이지가 말했다.

"괜찮아. 사과할 필요는 없어. 얘들은 오직 동생을 보호하려는 것뿐이니까. 그리고 얘들이 다른 아이들과 같다면 내 입장이 꽤나 난처하겠지."

"전혀 같지 않아요."

"그렇군. 전혀 같지 않아."

몸을 앞으로 숙인 에바가 한 손가락을 여자아이의 얼굴 앞에서 흔들며 검을 빼앗았다.

"이 점만은 확실히 해 두자, 꼬마들아. 앞으로 이런 종류의 일은 없을 거야. 말없는 습격도 안 되고, 비명을 지르면서 습격해도 안 되고, 어떤 종류의 공격도 안 돼. 내가 너희를 돌보고 있는 한, 너희는 제대로 읽고 쓰는 법을 배우고 너희가 언젠가 이끌어야 할 자들을 적절히 배려하는 법도 익히게 될 거야. 우린 무척 좋은 친구가 되겠지. 너희는 나를 사랑하는 법을 배울 거다. 너희에게 다른 선택권이란 기꺼이 따르기 힘든 것일 테니까."

에바가 침대 뒤로 돌아가자 갑자기 아이들이 떨어지며 비명을 질렀다. 이지는 다시 튀어 가서 두 팔을 뻗으며 아기들을 받으려 했다. 하지만 에바는 애초에 아기들이 바닥에 떨어지게 놔둘 생각이 없었다. 적어도 좀 더 튼튼하게 자랄 때까지는.

이지의 두 손이 사촌들 밑을 받쳤지만, 꼬마들은 그 손 한 뼘도 안 되는 위에 둥둥 떠 있었다. 에바는 아이들을 그대로 두었다. 그리고 다시 인간으로 변신한 그녀는 작은 침대 가장자리에 걸터앉아 리안웬을 구부린 팔 안에 안고 이지에게 말했다.

"이 자리가 내게는 잘 맞을 것 같군. 너도 그렇게 생각하나?"

에바가 무척 아름답게 활짝 웃자, 이지는 고개를 끄덕였다.

"아, 네. 이 자리는 당신에게 완벽할 것 같아요."

케이타는 남동생을 자세히 보았다. 그는 아침 식사에 내려왔을 때도 평소처럼 인사하지 않고 식탁에 앉아 자기 앞에 놓인 음식만 빤히 바라보았다. 음식을 먹지도 않았다. 말하지도 않았다. 그저 음식을 바라보기만 했다.

에이브히어의 반응이 너무도 이상해서, 케이타는 라그나가 에바에게 보인 반응 때문에 흘겨보던 것도 잊고 말았다. 그 기이하고 새로우며 무척 불쾌한 감정이 뭔지 이해할 수 없었던 것을 감안하면, 남동생에게 주의가 돌아가 버렸다는 사실은 그만큼 많은 의미가 있었다.

먼저, 오빠들이 에이브히어의 기분을 상하게 한 원인이라고 생각한 케이타는 그들을 살폈다. 하지만 평소처럼 그들은 무사태평했다. 그래서 모르퀴드를 보았더니 그녀 역시 케이타처럼 남동생을 쳐다보고 있었다. 식탁 주변을 둘러보니 올케와 사촌 들도 블루 드래곤 에이브히어에게서 예사롭지 않은 점을 본 듯했다. 그리고 놀랍게도, 노스랜더들조차.

라그나가 그녀의 주의를 끌더니 에이브히어 쪽으로 고갯짓했다. 그녀는 뭐가 잘못인지, 어떻게 고쳐야 할지 몰라서 어깨만 으쓱했다. 특히 남동생이 관련된 일에는 그랬다. 그래도 그 애가 이러는 건 본 적이 없었다. 거의 백 년 동안 한 번도.

“다들 좋은 아침.”

이지가 쏜살같이 계단을 뛰어 내려왔다. 그녀는 식탁 앞에 잠깐 멈춰 서서 빵 한 덩어리를 집으며 주위를 둘러보았다.

“누구 내 강아지 봤어요?”

“그 애를 내 우리에서 가져온 거라면 개를 네 거라고 부를 순 없을 텐데."

다그마가 깨우쳐 주었다.

"어이쿠."

이지는 웃어 버렸다. 그러더니 말을 쏟아 냈다.

"새로 온 보모 좋아요! 그 여잔 켄타우루스라고요."

라그나가 그거 보라는 표정을 보냈지만 케이타는 무시했다.

"좋아요. 난 브란웬이랑 플라워 힐에 가기로 해서."

케이타는 얼굴을 찌푸리더니 잠깐 주의를 다시 어린 조카딸에게 돌렸다.

"뭐하러?"

"그 언덕 가 봤어요?"

이지가 물었다.

"난 거기에 하루에 몇 번씩 올라가요. 그러면 다리가 철판같이 단단해지겠죠."

"네 다리는 벌써 철판같이 단단한 것 같은데."

"좋아요. 그러면 강철로 할게요."

"빨리 와, 뚱보야."

브란웬이 밖에서 외쳤다.

"궁둥이 좀 빨리 움직여!"

"뚱보라고?"

이지도 소리쳤다. 그러더니 뛰어가 버렸고, 케이타는 사촌이 아주 드래곤답지 못한 태도로 비명을 지르는 소리를 들었다. 케이타 생각에는 목숨을 구하려고 도망가는 듯싶었다. 그녀는 약간 킬킬대며 다시 먹기 시작했지만, 남동생의 눈길이 이지가 뛰어나간 문에 못 박혀 있는 것을 보자 멈추었다.

자, 물론 그러면 모든 게 더 말이 되지. 이지가 얘의 약을 올렸나? 모욕했어? 그 뻔뻔한 아가씨가 섬세한 내 동생에게 무슨 짓을 한 거야?

대답처럼, 아무 말도 않은 채로 에이브히어가 탁자에서 의자를 밀고 일어나서 나가 버렸다.

이쯤 되자 머리 회전이 느린 오빠들도 뭔가 이상하다는 것을 감지했고, 식탁에 앉아 있던 이들 모두 일어나서 조용히 그를 따랐다. 이지와 브란웬은 플라워 힐을 향해 왼쪽으로 갔다. 하지만 에이브히어는 오른쪽으로 향했다. 모두 함께 멀찍이 떨어져서 남동생을 따라갔다.

에이브히어는 동쪽 출구로 나가 호수로 향하는 오래된 길을 내려갔다. 걸음걸이는 일정하고 침착했으며 몸은 느긋했다. 하지만 무언가 완전히 잘못되어 있었고 모두들 그것을 알았다. 그렇다고 그를 어떻게 해야 할지는 아무도 모르는 듯했다.

그들은 에이브히어를 따라 작은 언덕을 넘고 작은 호수 몇 개와 시내를 지났다. 마침내 그는 대부분의 카드왈라드르 일족이 임시로 잠깐씩 거처로 삼는 커다란 호수에 이르렀다.

"에이브히어! 좋은 아침이로구나!"

글레안나가 조카를 맞았다. 그녀와 아돌가는 그날 아침이나 전날 밤에 도착한 듯했다. 그들은 무척 피곤한 얼굴이었지만 일족을 보고 반가워했다. 하지만 글레안나의 명랑한 인사에 대한 답례로 에이브히어는 그 옆을 걸어가면서 가볍게 목례만 했을 뿐이다. 글레안나가 놀라서 눈을 깜박이며 조카가 멍청히 일족을 지나치는 모습을 바라보았다. 모두들 하던 일을 멈추고 그를 바라보았다.

에이브히어는 계속 걸어갔다. 삼촌들, 고모들, 사촌들, 육촌들, 결혼으로 이어진 친척들을 모두 지나서. 그들 모두를 무시한 채로. 마침내 켈륀에게 닿을 때까지.

"어이, 사촌."

켈륀이 큰 소리로 인사했다. 오늘 아침은 한층 더 활발해 보였다. 케이타는 그 이유가 뭔지 어렴풋한 예감을 느끼고 움츠러들었다.

"어인 일로 여기까지……."

에이브히어가 켈륀의 목을 잡고 허공으로 들어 올렸다. 모르퓌드는 놀라서 숨을 헉 들이켜며 남동생을 잡으려 했지만 케이타가 모르퓌드의 왼팔을, 브리크가 오른팔을 잡고 뒤로 끌어냈다. 잘한 일이었다. 에이브히어는 한 팔을 뒤로 뺐다가 켈륀을 가장 가까운 나무에 처박았다.

무언가 부서지는 소리에 케이타는 움찔했지만, 켈륀이 자기 발로 도로 일어서는 걸 보고 머리가 깨졌을 걱정은 하지 않았다. 켈륀이 목을 돌리자 뼈에서 우두둑 소리가 났다.

"이걸 원하나, 사촌? 진짜야?"

에이브히어가 땅을 두리번거리며 살피더니 케이타의 일족이 드래곤 형태일 때 쓰는 훈련용 방패를 하나 집어 들어 켈륀에게 엄청난 힘으로 내던졌다. 방패를 맞은 사촌의 인간 육체는 바로 옆에 서 있던 나무를 뚫고 나갔다.

"진짜인가 본데."

피어구스가 웅얼거렸다.

앤뉠은 드래곤들 중 누구도 이 일에 끼어들지 않으리라는 것을 알았다. 카드왈라드르 일족은 이것이 그들의 방식이므로 끼어들 리가 없었다. 피어구스의 형제들은 이 일이 이지와 관련이 있다는 것을 알았으므로 끼어들지 않을 것이었다.

그들 중 누구라도, 특히 에이브히어는 그 아이가 평생 처녀로 남아 있으리라고 정말 기대했을까? 이지를 앤뉠에 비교할 수는 없었다. 사실 피어구스는 그녀의 유일한 상대였지만, 그건 앤뉠이 아버지의 보호하에서 이십삼 년을 보냈으며 그녀를 무서워하는 부대와 이 년을 지냈기 때문이었다. 피어구스는 기다릴 만한 가치가 있었을까? 물론이었다. 그건 앤뉠이 피어구스를 만나기 전에 진정으로 좋아하는 누군가와 기회가 있었더라도 기다렸으리라는 뜻일까? 아마 그건 아니었으리라.

그리고 에이브히어는 항상 '이지를 그런 식으로 생각하지 않는다'는 뜻을 명백히 했다.

어쩌면 그렇게 생각하지 않았겠지만, 앤뉠에겐 이지의 아버지가 때린다고 해도 이렇게 심하지는 않으리라는 예감이 들었다. 브리크는 자기 여자들에 관한 한 얼마든지 잔인해질 수 있는 남자였지만. 아니, 앤뉠이 직접 문제를 처리해야만 할 것 같았다.

그녀는 세상이 자기를 얼마나 미쳤다고 생각하는지 알았지만,

싸우는 두 드래곤 사이에 끼어들 수는 없었다. 아무리 미쳤다고 생각해도 멍청하진 않았다. 사실 두 드래곤은 이 싸움을 시작할 때는 인간의 몸이었지만, 언제라도 바뀔 수 있었다. 그리고 앤뉠은 목숨을 걸고 싸울 준비가 되어 있지 않다면 드래곤 일족과 싸울 때 엄격한 교전 수칙을 선호했다. 그러지 않으면 모르퀴드도 치료할 수 없을 만큼 상처를 입을 수 있었다. 창밖을 내다보며 침만 흘리는 삶은 앤뉠에게 아무런 매력이 없었다. 그래서 그녀는 몸을 돌려 반대쪽으로 뛰어갔다.

앤뉠은 거세게 돌진하며 성문을 지나 숲 속으로 들어갔다. 다그마의 작은 집을 지나 서쪽 들판에 이를 때까지 곧장 숲을 돌파했다. 계속 달리자 마침내 플라워 힐이 보였다. 그녀는 그리로 뛰어 올라갔다. 이 언덕에 대한 이지의 말은 맞았다. 앤뉠은 이 언덕을 매일 몇 번씩이나 다리가 아파서 비명을 지를 때까지 올라갔다. 매일 밤 피어구스는 두 손으로 다리를 주물러 주며 약간씩 신음하더니 이런 말을 중얼거리곤 했다.

'당신 다리 때문에 내가 미치겠군.'

드래곤 남자들의 그런 취향은 다행이었다. 자기 여자들을 그렇게 느끼는 인간 남자는 그다지 많지 않으리라는 것을 앤뉠은 그럭저럭 확신하고 있었다.

"어이!"

그녀가 여자애들에게 달려가 멈췄다.

"앤뉠! 우리랑 같이 훈련하려고 왔어요?"

이지가 환호성을 질렀다.

"너 나한테 잊어버리고 하지 않은 말 있지."

"제가요?"

"켈륀에 대해서."

이지는 험악한 표정을 지으며 브란웬을 보았다.

"나 아냐!"

"브란웬이 말한 게 아냐."

앤뉠이 확인해 주었다.

"에이브히어지."

이지의 눈이 휘둥그레졌다.

"뭐, 뭐요? 하지만 에이브히어는 모를 텐데."

"바로 지금 모든 이들에게 말하고 있는데."

"뭐라고요?"

"사촌을 죽을 만큼 패 주고 있거든."

이지가 한 손을 배에 댔다.

"아! 신들이여, 맙소사."

"거기 가만 서 있지 말고!"

앤뉠이 명령했다.

"움직여!"

"당신은 언제 알았어?"

브리크는 동생이 켈륀에게 하는 짓에서 눈을 떼지 않은 채 자기 짝에게 물었다. 켈륀도 마침내 일어서서 싸울 준비를 하고 있었다.

"에이브히어가 왔을 때 함께 있는 모습 보고 알았지. 그들은 아무 짓도 하지 않았지만."

탈라이스가 덧붙였다.

"하지만 엄마란 아는 법이니까."

"그런데도 그 애한테 아무 말 하지 않았어?"

"뭐라고 말해? 난 열여섯에 그 애를 가졌어. 그 애는 지금 열아홉이지. 그리고 조심하는 한……."

"내게는 말할 수도 있었잖아."

탈라이스가 헛웃음을 쳤다.

"때리는 건 별개야, 오만한 드래곤님. 당신 가족들은 에이브히어를 용서할 거잖아. 특히 나의 장녀에 대한 그의 감정이 뭔지도 모르는 건 오직 에이브히어와 이지뿐일걸. 하지만 켈륀이 죽으면 저쪽 가족은 절대 용서 안 할 거야."

젠장맞을. 탈라이스의 말이 맞았다.

"난 몰랐어."

라그나가 인정했다.

"나도. 저 애송이 안에 저런 성질이 있는 줄 누가 알았겠어?"

비골프는 나무둥치에 기대어 팔짱을 꼈다.

"난 알았는데."

형제가 사촌을 넘겨다보았다.

"언제고 풀려날 날만을 기다리며 거기 있는 줄 알고 있었지."

마인하르트는 얼굴에 피가 휙 튀자, 손등으로 닦았다.

"저 애는 몸속에 분노가 있어. 저런 거지. 아직 모를 뿐이야."

"이젠 알잖아."

"아니, 지금 하는 짓에 대해선 온갖 핑계가 있을걸. 하지만 저 녀석을 불붙인 건 오직 일부일 뿐이야."

"어째서 우리가 저 녀석을 좀 더 일찍 불붙이지 않았을까?"

비골프가 말했다.

"저 왕자님을 나무나 베게 하는 대신에 전투에 써먹을 수도 있었을 텐데."

"누가 저렇게 얻어맞고 싶어 하겠냐? 우리 일족 중 누구를 골라 '정중한 자' 에이브히어 님에게 얻어맞도록 했어야겠어? 마침 사우스랜더 녀석이 저 자식 성질을 건드렸으니, 이제 우리와 함께 돌아가면 우리가 그 분노를 갈고닦아 줘야지. 우리 마음대로 풀어 놓을 수 있는 살아 숨 쉬는 병기가 될 때까지."

라그나가 머리를 동생에게로 기울였다.

"보고는 마인하르트에게로 보내야 한다고 했잖아."

"앞으론 그렇게 하라고 할게."

"에이브히어에게 '정중한 자'라는 이름을 붙였어요?"

다그마가 그들 뒤에서 묻자, 세 남자는 동시에 움찔했다.

"다그마……."

"정말 치사하네요."

그녀를 모르는 이들에게라면 이 말은 별로 매정하게 들리지 않았으리라.

그녀의 짝이 노스랜드 무리를 번갈아 바라보았다.

“정중하다는 게 뭐가 나빠?”

“북부에서 그런 이름을 붙이면 약하다는 뜻이야. 너무 착해서 싸움을 못한다는 뜻이지.”

다그마는 고개를 흔들었다.

“게다가 에이브히어는 전혀 모르는 거 같은데?”

“이런 말이 도움이 될지 모르지만…….”

에이브히어가 한 손으로 사촌을 땅에 얼굴부터 패대기치고 다른 팔은 부러질 때까지 등 뒤로 꺾는 광경을 바라보면서 라그나가 말했다.

“그 이름을 앞으로 오래 간직할 것 같지도 않아.”

팔이 부러진 켈륀이 욕설을 퍼붓더니, 뒤통수로 에이브히어의 얼굴을 박으면서 빠져나왔다. 그리고 그를 마주 보며 멀쩡한 팔로 그의 머리에 몇 번 좋은 펀치를 날렸다. 하지만 그래 봤자 에이브히어의 화만 더 돋우었을 뿐이다. 에이브히어는 세게 박치기를 날렸고 뭔가 부서지는 소리가 호수 건너편까지 퍼졌다. 그 소리를 들은 모든 이가 찔끔했다. 다음 순간 왕자는 사촌의 목을 한 손으로 잡고 다른 손으로는 얼굴을 호되게 쳤다.

라그나가 가장 깊은 인상을 받은 건, 그 싸움 내내 둘 다 인간 형태 그대로였다는 점이다. 심지어 라그나에게도 없는 기술이었다. 인간으로 남아 있는 그의 능력은 그러고 싶은지 아닌지 하는 마음에 좌우되곤 했다.

그는 주변을 돌아보다가 케이타도 구경하고 있다는 것을 알았다. 그녀는 주먹이 날아들 때마다 움츠렸고 맞을 때마다 움찔했다. 그녀도 관여하지 않을 테지만, 싫기는 매한가지이리라.

라그나는 동생과 사촌에게 손짓했다.

"우리가 이걸 말려야겠어."

"자기 일족도 끼어들지 않는데, 왜?"

비골프가 물었다.

"그러니까 우리가 말려야지. 우린 아무런 감정적 연관이 없으니까."

"없지."

마인하르트가 말했다.

"하지만 저 여자는 있는 것 같은데."

이지가 길을 막는 모든 이를 밀고 나아가더니 잠깐 에이브히어와 켈린을 바라보았다. 이 시점, 켈린의 얼굴은 피범벅이었지만 에이브히어는 여전히 그를 한 손으로 잡고 두들겨 대고 있었다. 딱히 정중하다고는 하기 어려운데.

그때 다시 라그나는 사촌이 싸움에 나서기를 포기한 것은 단순히 이지가 거기 서 있기 때문이라는 느낌을 받았다.

이지는 으르렁대며 그들에게로 쿵쿵 걸어가면서 말리는 일족들에게서 팔을 빼냈다. 전투 중인 화염 드래곤들에게로 다가간 그녀는 두 손으로 또 다른 훈련용 방패를 집었다.

"맙소사."

비골프가 경탄했고, 라그나는 말없이 동의했다. 훈련용 방패가 강철로 만들어지지 않았을지는 몰라도 전사가 되려고 매일 훈련하는 드래곤들이 쓰는 물건이었다. 라그나는 자신의 첫 번째 훈련 방패를 기억했다. 훈련을 시작하고 처음 몇 달 동안 그걸 드느라 팔뚝이 얼마나 저렸는지도.

하지만 저기 저 인간—여자인 건 말할 것도 없고—은 타고난 것처럼 방패를 휘두르고 있었다. 그 방패가 자기 키보다 몇 뼘은 더 크고 무게도 얼추 비슷하리라는 사실은 무시하고서. 이지는 방패를 휘둘러 에이브히어의 옆구리를 쳤고 그는 중심을 잃고 넘어져서 곁에 서 있던 일족들에게로 쓰러져 버렸다.

처음으로 라그나는 아버지가 그 여자애와 마녀 어머니 탈라이스를 맞아 그들 손에 죽었을 때 애초에 이길 가능성이란 별로 없었음을 깨달았다. 그래도 에이브히어는 머리 옆을 문지르며 이지가 무슨 어둠의 신이라도 되는 양 얼굴을 찌푸렸을 뿐 멀쩡했으니, 이 화염 드래곤 왕족들의 머리가 단단하다는 것 하나만은 칭찬할 만했다.

"멍청한 자식!"

이지가 방패를 내던지자 모든 드래곤들이 그녀를 보고 감탄할 만큼 땅이 흔들렸다.

"네가 같이 자는 녀석이 누구인지는 생각했던 거야?"

에이브히어가 그녀를 향해 우레 같은 소리를 내질렀다.

"아, 생각했죠."

이지의 말끝에선 악의가 뚝뚝 떨어졌다.

"생각했고, 그 일분일초를 즐겼는걸요."

"망할."

비골프가 이지의 말에 웅얼거렸다.

"저 녀석 상처 입을 건데."

브란웬의 도움을 받아서 이지는 손을 아래로 내밀어 엉망으로 두들겨 맞은 켈륀을 일으켰다. 한 손은 이지의 어깨에 감고, 다른 손은 몸 가까이에 있던 브란웬을 지렛대로 삼아 일어선 켈륀은 그들의 부축을 받은 채 요새로 돌아갔다. 기운이 빠졌고 피를 많이 잃었지만, 마지막 한 번은 어깨 너머로 돌아보며 사촌에게 피에 가득 찬 웃음을 지어 보이는 것을 잊지 않았다.

그 미소의 뜻—정욕에 찬 조소인 동시에 '내가 이겼지!'라는 의기양양함—이 뭔지 알자 에이브히어는 다시 일어섰지만, 마인하르트가 더 빠른 동작으로 그를 도로 땅에 쓰러뜨렸다.

마인하르트는 언제나 어린 훈련생들의 존경을 얻곤 했던 어투로 타일렀다.

"끝났다, 애송이. 이젠 무슨 다른 짓을 해 봤자 저 여자에게 네가 이미 받은 상처보다도 더 큰 상처를 받을 뿐이야. 그런다고 자존심이 회복되지도 않고."

모르퓌드가 그들을 지나쳐 동생 옆에 웅크리고 앉았다.

"오, 에이브히어."

"난 괜찮아, 누나."

에이브히어는 자기 발로 일어섰고, 누나가 그와 나란히 섰다. 동생을 살피는 누나의 시선엔 심란한 기색이 가득했다. 모르퓌드가 그의 손을 잡았다.

"나랑 가자."

그녀는 동생의 항의 따위는 무시하고 끌고 가 버렸다.

라그나는 케이타에게로 갔다.

"당신은 괜찮아?"

"내가 얻어맞고 흙 속에 뒹군 것도 아닌데, 뭐."

"그렇지. 당신의 소중한 남동생이 얻어맞고 흙 속에 뒹군 것도 아니고, 사실은."

"경고 하나 할까. 개를 얕잡아 봐서는 안 돼."

"당신들 누구도 얕잡아 봐서는 안 될 것 같은데."

라그나는 별다른 생각도 없이 엄지손가락을 써서 그녀의 뺨에 튄 몇 방울의 피를 닦았다. 그녀는 속눈썹을 내리깔았고, 피부에는 열이 올랐다. 그것만으로도 충분했다.

하지만 그에게는 그것도 필요하지 않았다.

그래도 말 한마디 없이 이 모든 일이 벌어지는 가운데 둘 다 주변에 점차 깔리는 고요를 무시할 순 없었다. 왕족이든 천출이든 모든 이의 관심이 그들에게 쏠려 있었고, 라그나는 그들의 표정을 읽을 수가 없었다. 그래서 굳이 그렇게 하지 않는 편이 좋다는 결론을 내렸다.

라그나는 한 손을 내렸다.

"당신 사촌을 위해 뭘 할 수 있는지를 알아보지. 몸싸움 후엔 내가 꽤 도움이 되거든."

공주가 고개를 끄덕이기만 할 뿐 아무 말도 하지 않자, 그는 켈륀을 따라가며 자신에게 쏠린 모든 눈을 무시하려 애썼다.

"번개 드래곤?"

글레안나가 따졌다.

“너 이제 아예 미쳤니?”

케이타는 눈을 치켜떴다.

“언제부터 고모가 내가 하는 일에 관심 가졌다고 그래요?”

“네 아버지는 관심 가지겠지. 네 어머니도 참으로 관심 가질 거고.”

“아이고, 그 생각을 하니 밤에 잠이 안 오겠어요.”

글레안나는 케이타의 한 팔을 잡고 일족에게서 몇 걸음 떨어진 곳으로 끌고 갔다. 손아귀 힘이 어찌나 셌는지 분노가 고스란히 느껴질 정도였다. 보통 때라면 케이타는 고모에게 입에 발린 말을 하며 근심을 덜어 주려고 했을 것이다. 하지만 이번은 아니었다.

“무슨 장난을 하는 거냐?”

“대체 무슨 말씀을 하시는지…….”

고모의 손가락이 조여들자 케이타의 눈에 눈물이 찔끔 났다.

“나랑 게임할 생각은 마라, 꼬마 아가씨. 이것만도 충분히 나쁜데, 이제 너랑 그…….”

글레안나가 말을 끊자, 케이타는 퉁명스레 응수했다.

“나랑 누구요?”

“네가 그렇게까지 멍청하다니 믿을 수가 없구나.”

케이타는 고모의 손가락을 팔에서 떼어 내려 했다.

“고모가 무슨 말을 하시는지 모르겠네요. 그리고 저 좀 놔주셨으면 좋겠어요.”

베르세락의 눈처럼 까만 글레안나의 눈이 가늘어졌다. 입술도 얇아졌다. 글레안나는 자기 말을 듣지 않고 명령을 재빨리 따르지 않는 자들에게 별로 인내심이 없었다. 하지만 케이타는 누구의 지시도 받을 애가 아니었다.

"개 놔줘요, 고모."

피어구스가 그들 옆에 서 있었다.

"그저 얘기 좀 하는 거야."

피어구스는 케이타의 다른 팔을 잡고 고모에게서 떼어 냈다.

"얘긴 나중에 하셔도 돼요. 그리고 오늘 밤 성으로 오셔서 아이들 좀 보세요."

그러고는 케이타를 데리고 갔다.

"대체 무슨 일이 일어나고 있는지 모르겠구나."

호수에서 성으로 이르는 길을 반쯤 갔을 때, 피어구스가 다시 입을 열었다.

"하지만 뭐든, 동생아, 네가 무슨 짓을 하고 있는지는 알길 바란다."

"내가 모르던 때도 있었어?"

피어구스가 멈췄다.

"농담 아니다. 네가 카드왈라드르 일족에 맞설 걸 걱정하지 않아도 내게는 이미 걱정할 일들이 지긋지긋하게 많아. 특히 너와 에쉴드에 관한 소문이 사실이라면."

"오빠가 나를 신뢰해 줬으면 좋겠어."

케이타는 그렇게 중요한 일을 두고 큰오빠에게 대놓고 거짓말할 수가 없었다.

“난 널 신뢰해, 케이타. 그래서 걱정하는 거지. 넌 보통 땐 이렇게…… 속 보이게 굴진 않잖아. 그리고 그 소문이 퍼지는 강도와 속도로 봐서는 다그마 라인홀트가 관련되어 있다는 표시가 역력한데. 하지만 그 여자가 너를 좋아한다는 건 안다. 그렇다면 어째서 그 여자는 너를 그렇게 곤란하게 만들 말을 하고 다니는 거냐?”

“나한테 조금만 시간을 줘, 제발.”

“그러지.”

피어구스는 몸을 숙이고 동생의 뺨에 키스했다.

“하지만 그동안에도 뒤를 조심해라.”

이지는 브란웬에게서 대접을 받아 들었다. 지난 삼십 분 동안 벌써 네 번이나 갈았는데도 대접 속엔 핏물이 가득했다. 그녀는 복도로 나갔다가 하인이 새 물과 깨끗한 천을 가지고 달려오자 안심했다.

이지가 하인과 대접을 바꿀 때, 엄마가 다가왔다.

“페그, 이건 라그나 님에게 맡기도록 하자.”

탈라이스는 문을 열고 하인을 들여보낸 후 이지가 여전히 들고 있던 대접을 받았다. 그리고 그 대접을 문 옆에 내려놓은 다음, 이지의 손을 잡았다.

“이리 오렴.”

이지는 순순히 엄마를 따라 문 몇 개를 사이에 둔 다른 방으로 갔다. 귀족들과 일족들을 위해 마련한 손님방이었다.

탈라이스가 문을 닫고 딸을 마주 보았다. 이지는 각오하고 있었다. 엄마가 에이브히어 편을 들리라는 것을 알았다. 이지가 '어울리는 남자'를 위해 처녀성을 온전히 간직하지 않았다는 사실에 엄마가 질색하리라는 것을 알았다. 엄마는 이지가 부대와 함께 떠나기 직전에 그렇게 당부했었다. 하지만 그건 중요하지 않았다. 이지는 벌써 몇 달 전에 선택을 했고, 자신이 한 일이나 일어났던 일에 당당했으며 부끄러움도 느끼지 않았다. 엄마가 얼마나 화가 났든 간에.

탈라이스가 물었다.

"너 괜찮니?"

이지는 그 질문에 약간 놀라 움찔했으나 곧 자기를 다잡았다. 그녀는 자신이 즐겨 부르는 표현대로라면 가벼운 경멸 쪽으로 가기로 했다.

"맞은 건 제가 아니잖아요?"

엄마가 가까이 다가오자 이지는 기다렸다. 비난, 힐책. 그 모든 것을.

"다른 누가 아니라 너에 대해 물은 거야, 이세벨."

탈라이스가 손을 들어 한 손을 이지의 뺨에 댔다.

"너 정말 괜찮아?"

이지는 눈을 몇 번 깜박였다. 눈물을 참으려고 애쓰니 갑자기 눈 뒤가 타오르는 느낌이 들었다. 한때는 엄마 외에는 다른 누구에게도 보여 줄 수 없었던 눈물이었다. 그런 친밀함은 사라졌다고 생각했었다. 글레안나의 표현대로라면 흑흑 울기에는 너무 나이가 들었다. 하지만 이렇게 자기를 비판하지 않고 걱정만 해 주는 엄마와 이 지루한 방에 단둘이 있으려니 눈물을 참을 수가 없었다.

"그이는 어떻게 그럴 수가 있대요, 엄마?"

이지가 흐느끼기 시작했다.

"모두가 있는 앞에서? 맙소사. 아빠도 있었는데."

그녀는 두 손으로 얼굴을 가렸다.

탈라이스는 이지를 품 안에 안고 같이 무릎을 꿇고 앉았다. 이지가 엄마에게 안겨 흐느끼기 위해서 굳이 몸을 숙일 필요가 없도록. 그리고 그녀도 내내 발끝으로 서 있을 필요가 없도록.

"어떻게 내게 그런 말을!"

"안다, 아가. 알아. 그건 아프고 비열한 말이었어."

탈라이스는 이지의 등을 문지르며 딸이 실컷 울도록 했다.

"그가 아무리 화가 났다 해도 상관없지. 아무리 그래도 그렇게 거지 같은 짓을 하면 안 되는 거야."

엄마가 이해해 주고 편을 들어 준다는 사실을 아는 것이 이지에게는 그 무엇보다도 중요했다. 그녀는 엄마에게 매달려 셔츠 자락을 두 손으로 붙잡고 어깨에 기대 울었다. 얼마나 그렇게 울었는지는 알 수 없었지만 시간이 한참 지났다. 그래도 엄마는 한 번도 불평하지 않았다.

마침내 이지가 다 울고 나자, 그들은 바닥에 앉았다. 탈라이스는 딸의 두 손을 꼭 잡아 주었다.

"나한테 실망하지 마세요, 엄마."
"내가 왜 그래야 하는데?"
"음…… 알잖아요."
이지는 엄마에게 손이 잡혀 있었기에 어깨에 기댄 얼굴을 돌리며 눈물을 문질러 닦았다.
"기다리지 않았으니까."
"뭘 기다리지 않았다는 거지?"
이지는 엄마를 바라보기만 할 뿐이었다.
"아, 음…… 그래, 기다리는 거. 그래. 나도 별로 기다렸던 건 아니란다. 그리고 켈린은 무척 잘생기지 않았니. 네 친아빠처럼……."
탈라이스가 말을 흐리며 갑자기 눈을 크게 떴다. 이지는 즉시 엄마가 무엇을 걱정하는지 알았다.
"걱정 마요, 엄마. 난…… 예방 조치를 했어요."
엄마가 커다란 눈을 가늘게 뜨자 이지는 우겼다.
"하고 있어요, 솔직히."
쌍둥이와 리안웬을 제외하고 드래곤과 인간 사이에 난 아이가 있다는 말은 듣지 못했지만, 이지는 앤뉠과 어머니에게 일어난 위험을 무릅쓸 마음이 없었다. 그녀가 감수하기엔 너무나 큰 위험이었다.
"이게 내게 얼마나 큰 의미인지 엄마도 아시잖아요. 그리고 두 가지 다 할 수 있는 시점이 아니고요. 아이도 갖고 내 부대에서 아침 훈련도 할 순 없죠."

"하지만 언젠가 그런 때가 오지 않겠니. 언젠가."

"그게 내 계획이에요. 그런 다음엔 꼬마 이지들이 뛰어다니게 할지 말지 결정할 수 있겠죠."

탈라이스가 미소를 띠었다.

"계획이 있는 한."

"난 언제나 계획이 있는걸요."

"잘됐구나."

탈라이스는 딸의 손을 꽉 쥐었다.

"그러면 너 그를 사랑하니, 이지?"

엄마가 그런 질문을 했다는 데에 격분해서 이지는 즉시 대답했다.

"그가 켈륀한테 그런 짓을 했는데도요? 더는 아니죠!"

탈라이스는 헛기침을 하고 방 안을 둘러본 후 다시 헛기침을 하고 마침내 인정했다.

"나는, 음…… 켈륀을 말한 거야."

"아……."

모녀는 한참을 서로 마주 보았고, 마침내 이지가 인정했다.

"이거 좀 어색하네요."

다음 순간, 둘은 발작적으로 웃음을 터뜨렸다. 이 시점엔 무척 부적절해 보였지만, 또한 필요한 것이기도 했다.

렌은 모퉁이를 돌아 병사들이 지나칠 때까지 기다렸다. 퀸틸리안 지역에 도착한 지 하루가 지났다. 건물과 예술품, 여자 들의 아름다움이 경탄할 만했다. 열기 때문에 괴로웠지만 이 나라는 마음에 들었다.

하지만 아름다움이 있으면 추함도 있는 법. 노예, 잔인성, 학대 그리고 그 핵심에는 이곳을 지배하는 강철 드래곤이 있었다. 모든 가정, 상점, 정부 건물마다 드래곤의 상징이 지배하고 있었다. 강철 드래곤들은 보통 인간의 몸으로 돌아다녔지만 모두가 그들이 누구인지 알았다. 그들은 놓치려야 놓칠 수가 없었다.

어떤 면에서, 독립 구역 내의 드래곤과 인간 사이의 역학은 동쪽 왕국에서 그의 부류와 인간 사이의 관계와 유사했다. 단 한 가지 큰 차이만 제외한다면. 이스트랜드의 인간들 사이엔 공포가 없었다. 대신 그들은 드래곤의 존재를 찬양했다. 두려워서가 아니라 그러고 싶기 때문에.

근방이 깨끗해지자, 렌은 동굴 한쪽에서 다른 쪽으로 건너갔다. 단단한 바위를 타고 내려가 산 벽을 타고 다른 쪽으로 갔다. 그의 부류에게 주어진 많은 기술 중에서 그가 최대한으로 이용하기를 좋아하는 기술이었다. 그리고 리아논이 그를 이 임무에 파견한 이유이기도 했다.

목적지에 다다르자마자, 렌은 걸음을 멈추고 앞에 펼쳐진 땅을 내려다보았다. 이 땅에는 현재 한쪽 끝에서 다른 쪽 끝까지 부대로 가득 차 있었다. 셀 수 없이 많은 레기온들. 그중 상당수가 강철 드래곤이었고, 수천수만이 인간이었다. 그들은 뜨거운 태양들 아래서 전투에 대비한 훈련을 받고 있었다. 전쟁 준비를 하고 있었다.

렌은 밀려오는 공포와 싸우며 지금 하는 일에 정신을 집중하려 애썼다. 정보를 모아 사우스랜드의 여왕에게 전달해야 했다. 그의 능력을 다해 해치워야 하는 과업이었다.

눈앞의 압도적인 광경에서 돌아서며, 렌은 산을 빠져나와 동굴로 도로 들어갔다.

케이타는 남동생 옆에 쭈그리고 앉아 모르퓌드가 동생의 손에서 피를 닦아 주는 모습을 바라보았다. 켈륀의 얼굴을 가격하다가 주먹 관절이 부러진 모양이었고, 모르퓌드는 감염되지 않도록 제대로 치료해 주고 싶었다.

"습포제를 만들어야겠어."

모르퓌드가 원료를 찾아 근처의 식물들로 걸어갔다. 케이타는 동생의 한 손을 부드럽게 들어 자기 두 손 사이에 꼈다.

"너 괜찮니?"

"아, 누나. 원래대로 해."

분노를 폭발한 후에 진이 다 빠진 목소리였다.

"그러지."

말이 떨어지자마자 그녀는 두 손으로 동생의 부러진 주먹 관절을 내려치고, 동생이 내지르는 고통의 비명을 즐겼다.

"대체 너 뭐하는 거야?"

모르퓌드가 따졌다.

케이타는 에이브히어를 가리켰다.

"너! 대체 걔 부모 앞에서 네가 이지에게 어떻게 그런 짓을 할 수 있니!"

"그 애를 보호하려고 했을 뿐이야."

"보호는 무슨! 새빨간 거짓말쟁이."

"케이타!"

케이타는 언니에게로 몸을 돌렸다.

"언니도 그렇지!"

"내가 어쨌는데?"

"잘한 것도 없는 애를 무슨 아기처럼 감싸 주고 있잖아."

"오, '독사' 케이타의 뜻대로 행동하지 않아서 꽤나 미안하다. 네 구체적 지침에 맞춰 행동하지 않아서 미안해."

케이타는 언니를 밀었고, 모르퓌드도 그녀를 마주 밀었다. 그들이 서로 머리채를 잡기 직전에, 에이브히어가 끼어들었다.

"그만해. 대체 왜들 이래?"

두 형제에게서 떨어져 나와 케이타는 그 자리를 떴다. 너무 화가 나서 제대로 생각할 수도 없었다.

케이타는 이지를 동정했다. 그것이 문제의 진실이었다. 왜? 케이타도 이전에 그랬으니까. 어떤 남자들은 이런저런 이유로 그녀를 가질 수 없었기 때문에 모든 이의 앞에서 망신을 주었다. 뭐,

주로 이유는 하나뿐이었다. 케이타가 그를 원하지 않았다는 것. 그래서 완전히 똑같은 상황은 아니었다 할지라도, 케이타는 조카의 기분을 이해할 수 있었다. 그 애가 얼마나 창피할지를. 누가 그녀를 비난할 수 있을까?

케이타는 에이브히어를 그런 수준보다는 잘 키웠다고 생각했다. 확실히 착각이었다! 일단 이번만은.

하지만 그녀에게는 더 이상한 것이 있었다. 지금 이 순간 기분을 풀기 위해서 하고 싶은 일이라고는 쇼핑도 아니고 마을을 부수거나 어머니의 창고에서 무언가를 훔치는 것도 아니었다. 그 어떤 것도 하고 싶지 않았다. 대신에 오직 '교활한 자' 라그나를 보고 싶었다. 그를 보고, 그와 이야기하고, 그에게 위로해 달라고 하고 싶었다.

욕망이라고 그녀는 인정할 수밖에 없었다. 약간 소름 끼치는 욕망이었다.

라그나와 비골프는 젊은 드래곤을 동쪽 들판으로 데리고 나갔다. 들판 한복판에 그를 내려놓고 멀리 걸어갔다. 거리가 제법 멀어지자, 그들은 옷을 벗고 변신했다.

라그나가 외쳤다.

"좋아, 애송이. 할 수 있으면 변신해 봐!"

시간은 약간 걸렸지만, 화염이 터지고 젊은 드래곤이 본디 모습으로 돌아갔다. 라그나는 그의 옆으로 돌아가 얼굴의 부러진 뼈와 부러진 팔, 부러진 갈빗대를 확인했다. 솔직히 그때 이지가

와 준 게 다행이었다.

라그나는 그가 인간 몸일 때 치유할 수 있기를 바랐다. 그래야 이 애송이가 상처 입은 애완동물처럼 부드러운 침대에 누워서 방 안을 오가는 모든 여자들의 간호와 위로를 받을 수 있을 테니까. 하지만 그는 인간의 뼈를 자기 동족 부류처럼 완전히 이해하는 수준은 아니었다. 그래서 자신보다 치유 능력이 더 뛰어난 모르퀴드가 돌아오기를 될 수 있는 한 기다렸지만, 한낮이 되자 더 이상 기다릴 수 없다는 결론을 내렸다.

"나는 뭘 했으면 좋겠어?"

비골프가 물었다.

"먹을 것. 소 한 마리면 될 것 같은데."

"알았어. 곧 돌아올게."

라그나가 몸을 숙였다.

"내 말 들리나, 켈륀?"

화염 드래곤이 고개를 끄덕였다.

"이건 오래 걸리진 않지만 아플 거야. 많이. 이해해?"

"그냥 해."

그가 속삭였다.

"좀 덜 아픈 걸 해 줄 수도 있지만, 그럼 치유하는 데 오래 걸려. 며칠 정도는 자리보전을 해야 할 거고."

켈륀이 억지로 눈을 뜨고 그를 바라보았다.

"해."

라그나는 무릎을 꿇고 앞발을 켈륀의 몸 위로 들어 올렸다. 그리고 두 눈을 감은 채 발아래 땅에 저장되었던 힘을 몸 안까지 끌어 올렸다. 필요한 것을 얻자, 그는 그 힘을 앞발로 내보내며 화염 드래곤의 몸속으로 밀어 보냈다.

켈린이 고통으로 신음하며 이를 악물었지만, 그의 뼈는 제자리로 맞아 들어가며 온전하게 맞춰졌다.

좀 덜 고통스럽지만 더 오래 걸리는 치유 방식을 선호하는 이도 있지만, 라그나는 이자가 그러지 않으려는 이유를 알았다. 이세벨. 어쩔 수 없다면 모르지만 켈린은 사촌이 그녀와 단둘이 있을 시간을 허용할 마음이 없으리라. 라그나는 이전에 본 적이 있었다. 한 여자를 두고 일족이 벌이는 다툼. 끝이 좋을 리가 별로 없는 사건이었다.

마지막 뼈까지 다 맞춘 후, 라그나는 나중에 출혈이 될지도 모를 부상을 빠뜨리지나 않았나 꼼꼼하게 확인했다. 그리고 치료가 잘 끝났다는 확신이 들자, 앞발을 내리고 주저앉았다. 동생이 잡아 주지 않았더라면 땅에 쓰러져 부딪칠 뻔했다. 그는 숨을 헐떡이며 동생에게 고개를 끄덕였다.

"고마워."

"자. 여기 먹을 것."

비골프는 라그나를 부축해서 아직도 발버둥 치는 소에게로 데려갔고, 형이 입으로 소의 목을 감싸고 부러뜨려서 소를 죽일 수 있게 해 주었다. 라그나는 힘이 돌아오는 기분이 들 때까지 고기를 먹었다.

먹다 남은 음식을 동생에게 넘겨줄 때쯤, 켈린이 일어나 앉았다. 많은 피가 아직도 몸에 덮여 있었고 며칠 동안은 몸이 쑤실 거라고 라그나는 생각했지만, 정신은 이제 든 모양이었다.

"고맙군."

켈린이 인사했다.

"별거 아냐."

젊은 드래곤은 일어서려 했으나 약간 비틀거렸다.

"내가 데려다주고 오는 게 낫겠어."

비골프가 켈린과 함께 떠나자 라그나는 뒤에 남아 잇새에 낀 소 찌꺼기를 빼냈다. 그가 막 상당한 크기의 갈빗대를 빼냈을 때, 케이타가 걸어왔다. 그녀는 또 다른 드레스로 갈아입었고 머리카락은 느슨하게 포니테일로 묶어 뒤로 늘어뜨렸으며 여전히 신발은 신고 있지 않았다. 신발을 왜 싫어하는 거지?

"배고파?"

라그나는 남은 소의 살을 권했다.

"아니, 괜찮아. 켈린은 어때?"

"나아졌어. 뼈를 맞췄고 출혈을 막았지. 당신 동생은?"

"다정한 간병인 모르퀴드와 함께 호수로 가서 자기만 옳은 척 우울의 기사 노릇을 하고 있어."

라그나는 인간 형태로 변신했다.

"동생에게 화난 것 같은데."

"그래, 무척 화났어. 켈린에게도 화났고. 불쌍한 이지를 가운데 두고 그런 게임을 하다니."

"'불쌍한 이지'도 자기 게임을 할 수 있을 텐데."

"그렇겠지."

케이타가 긴장한 채로 주변을 걸어 다녔다.

"무슨 일이야, 케이타?"

"아무것도 아냐."

"그럼 어째서 벽이라도 기어오르고 싶어 안달 난 얼굴을 하고 있어?"

"모르겠어. 그냥 느낌이……."

"뭐가 다가오는 것 같아? 당신이 사랑하는 모든 것을 파괴하러 오는 것 같아?"

케이타가 걸음을 멈추고 그를 바라보았다.

"사실 당신을 볼 때까지는 기분이 좋아지지 않을 것 같았다는 말을 하려 했는데, 그게 무슨 뜻인지 전혀 모르겠어."

"어…… 음."

"하지만 '내가 사랑하는 모든 것을 파괴하러 무언가가 오고 있다'는 게 지금 당장 내가 해야 할 근심이겠지. 그렇지 않아?"

"뭐……."

그녀가 두 손으로 허리를 짚었다.

"나를 거짓말로 속일 생각은 하지 마, 라그나. 나한테 말 안 한 게 뭐야?"

"비골프가 당신네 인간 여왕에 대해서 한 말이 있어. 그 이후로 마음에 걸려."

"신들이여, 맙소사. 또 누구를 죽이려고 했대?"

"아니, 아냐. 그런 게 아니라 그저…… 꿈을 꾸고 있는 모양이

던데.”

케이타의 두 팔이 천천히 옆으로 떨어졌다.

“무슨 꿈인데?”

“잔혹한 전사들이 악마의 말을 타고 그녀의 아이들을 노리러 오는 꿈.”

케이타가 시선을 땅에 떨구고 다시 그 옆을 돌아다녔다.

“인간 전사래?”

“인간이긴 한 것 같군. 하지만 마녀들이야. 내 짐작이 맞다면, 퀼비치 마녀들의 꿈을 꾸는 것 같아. 아이스랜드에서 오는 전사 마녀들.”

케이타가 걸음을 멈추고 그에게로 돌아왔다.

“라그나…… 그 말들은 뿔이 있어?”

앤뉠은 오늘 훈련을 취소했고 그러길 잘했다고 생각했다. 너무 많은 일들이 일어나 집중할 수가 없었다. 초점을 잃으면 그 순간 참아 낼 수 있는 기분일 때보다도 더 큰 사고가 일어날 가능성이 높았다.

앤뉠은 대전으로 들어갔다가 뒤편으로 나오는 길에 식탁에 앉아 있는 탈라이스를 보았다. 그녀는 음식을 앞에 두기는 했지만, 그저 깨작거리고만 있었다.

“어때요?”

앤뉠이 그녀 옆 의자에 털썩 주저앉으며 물었다.

“이만한 게 다행이긴 한 것 같아요. 더 나았으면 좋았겠지만.”

"뭘 걱정하고 있었던 거예요? 눈에 보이는 뻔한 거 말고."

탈라이스는 접시를 도로 밀어냈다.

"내 아들처럼 사랑하는 그 바보의 성질을 건드리자는 목적만으로 이지가 더 바보 같은 결정을 하지 않을까 걱정스럽죠."

"그들을 사랑하지만 그래도 얼굴을 갈겨 주고 싶을 땐 참 좌절스럽지 않아요?"

"그런 일을 겪기엔 너무들 어려요."

"그들을 다른 부대로 보낼 수 있어요. 이지는 해안으로 쳐들어오는 습격자들을 다룰 수 있을 거예요."

탈라이스는 얼굴을 찡그렸다.

"그러면 그게 걔 잘못이 되잖아요? 그 애는 자기 부대를 사랑해요. 그런 애를 다른 데로 보낸다니 이런…… 이런……."

"켄타우루스 똥만도 못한 일 때문에?"

"바로 그거예요."

탈라이스가 돌연히 화제를 바꿨다.

"어쨌든 에바는 정말 좋아요."

"정말 좋죠."

앤뉠도 동의했다. 그녀는 한 손을 들었다.

"들어 봐요. 애들을 조용히 시켰어요. 하지만 에바가 언제라도 비명을 지를 수 있다는 두려운 느낌은 없죠."

"정말 대단해요."

"어허."

탈라이스가 움츠러들었다.

"뭐야?"

앤빌이 열린 대전 문을 가리켰다. 그 사이로 에이브히어와 모르퓌드가 들어오고 있었다. 탈라이스는 손가락으로 식탁을 톡톡 쳤다.

"난 끼어들고 싶지 않아요."

"그래, 끼어들어선 안 되죠."

"이건 내가 상관할 바가 아니에요."

"그래, 아니죠."

그 말이 떨어지고 삼 초 만에, 탈라이스는 두 손으로 탁자를 쾅 내려쳤다.

"가만 놔둘 수 없어!"

앤빌은 웃지 않으려고 코를 문지르며, 탈라이스가 탁자를 돌아 에이브히어에게 돌진하는 모습을 바라보았다. 에이브히어는 눈을 동그랗게 뜨고 완전히 겁에 질렸고 모르퓌드는 동생을 보호하고자 앞으로 나섰다.

"나 지금 에이브히어한테 완전히 화나서 말도 안 나와요."

"켈린이 개를 이용하잖아요."

에이브히어가 항변했다.

"그건 에이브히어가 상관할 일이 아니죠."

"봐요. 내가 기분 상하게 했다면 미안해요, 탈라이스……."

"나에게요? 그 말은 이지에게 해야죠."

"하지만 그 애는 모든 이에게 거짓말을 했어요!"

"그것도 당신이 상관할 바는 아니에요."

앤뉠은 이지가 복도를 달려 계단을 뛰어 내려오는 모습을 보았다. 아마도 에이브히어의 목소리를 들은 듯했다. 이지가 마지막 계단에 닿자마자 앤뉠이 나가 팔을 잡았다.

"잠깐 산책 좀 할까?"

앤뉠이 제안했다. 아니, 명령했다.

"당신! 자기만 옳은 줄 아는 얼간이!"

이지는 앤뉠에게 끌려 나가면서 어깨 너머로 비명을 질렀다.

"난 네 생각을 해서 그런 거야. 게으른 암퇘지처럼 아무것도 모르니까!"

"암퇘지라고!"

앤뉠은 이지를 문밖으로 잡아당기며 계속 나아갔다. 한순간이라도 멈춰 섰다간 이지가 도로 안으로 뛰어 들어가 에이브히어의 거대한 머리에서 푸른 머리카락을 다 뽑아 버릴 거라는 확신이 들었기 때문이다.

라그나는 케이타를 빤히 보았다.

"당신도 그들의 꿈을 꿨나?"

케이타가 목을 긁었다.

"한 번…… 혹은 두 번. 나는 예지몽을 별로 꾸는 일이 없어서 대단하게 생각하지 않았어."

그녀가 더 가까이 다가섰다.

"이거 얼마나 나쁜 거야?"

"퀄비치 마녀?"

그는 살짝 웃었지만, 둘 다 그 소리에 움찔했다.

"전투에서 만난 적은 없지만, 퀼비치가 편을 들어 준다면 전쟁에서 지고 있는 군주도 운명을 바꿀 수 있다는 소문은 들은 적 있어. 그들의 레기온은 보통 레기온보다도 규모가 작은데도 퀼비치 부대 반만 있어도 한 도시를 폐허로 만들 수 있다고 해. 그들은 전사와 마녀의 길을 완벽히 함께 걷고 있지. 생각도 회한도 없이 살해하고 그들을 거슬리는 인간들의 영혼을 파괴해서 개인적인 전투견으로 바꾸어 놓기로 유명하고. 그 불쌍한 것들을 전투에 풀어 적군의 세력을 약간 꺾고 인간들이 죽어 가도 별다른 감정을 못 느낀다지."

케이타가 가슴 위에 꼈던 팔짱을 더 꽉 조였다.

"그 외에는? 내게 아직 말하지 않은 게 있잖아. 뭐지?"

"자기 집단 내에서 태어난 퀼비치는 많지 않아. 그들은……."

"말해."

"여자애들을 어머니에게서 빼앗아 오지. 보통 아이들이 걸음마를 뗄 만한 나이가 되기 전에. 어머니들은 자식 모두나 마을 전체의 목숨을 거는 대신에 딸을 내주곤 해. 그 어머니들이 주저한다고 해서 비난할 수는 없지. 퀼비치의 훈련은 잔혹하기로 이름 높으니까. 또…… 가차 없고. 아이들이 다섯 번째나 여섯 번째 겨울이 될 때 훈련이 시작돼."

"그럼 탈윈은 그들에게 완벽한 아이가 되겠네?"

"당신이 내게 들려준 이야기로 미뤄 보면 그렇지. 그리고 지금 당장 탈윈은 나이 때문에도 부모 때문에도 어떤 신도 섬기지 않

아. 하지만 그 애가 퀼비치가 되면, 퀼비치에 대한 충성으로 적어도 전쟁 신들을 섬길 수밖에 없겠지."

라그나는 숨을 들이마셨다.

"케이타, 당신도 이런 꿈을 꾸고 있었다는 걸 알았다면……."

"지금 당장은 과거에 이렇게 했어야 했다는 걱정 같은 건 할 수 없어, 라그나."

왕족으로서 받은 훈련을 모두 발휘하여 케이타는 공포를 드러내지 않았다. 그저 이렇게만 말했다.

"앤뷜과 피어구스에게 경고해야만 해."

"동의해."

라그나는 들판을 가로질러 성 쪽으로 향했다.

"이 때문에 앤뷜은 그 사실을 알지도 못하면서 훈련하고 있었던 거라고 생각해."

"저들이 언제 여기 올지는 전혀 알 수 없어?"

그들은 요새 주변을 둘러싼 숲 속으로 들어갔다.

"확실히는 몰라. 그들의 기술과 재능은 어마어마하다고만 들었어. 그들은 재빨리 움직이고 몇 리그는 탐지되지 않고 이동할 수 있지. 솔직히, 우리가 아는 바로 그들은 날 수도 있다더군."

"음, 적어도 가족 대부분이 여기 보호하려고 와 있으니까."

라그나는 걸음을 멈추고 어깨 너머를 돌아보았다.

"케이타?"

그리고 그녀의 목소리를 마지막으로 들었던 자리까지 도로 걸어갔다.

"케이타?"

"라그나 님?"

어떤 목소리가 불렀다. 라그나는 몸을 돌려 숲 속으로 걸어 들어온 에이브히어를 보았다.

"누나를 못 봤어요? 케이타요."

"케이타를 못 봤나?"

에이브히어가 그를 빤히 보았다.

"뭐라고요?"

"케이타를 못 봤어? 바로 여기 있었는데."

에이브히어가 고개를 저었다.

"못 봤는데요."

라그나는 이해할 수 없었다.

"하지만 방금 여기 있었어."

라그나는 머릿속에서 그녀의 목소리를 들었다. 희미했지만, 확실히 케이타의 목소리였다.

— 위야.

그는 위를 올려다보며 에이브히어를 도로 성 쪽으로 밀었다.

"가. 가서 형들과 누나를 불러와."

라그나는 당혹스러운 표정으로 서 있는 왕자에게 소리쳤다.

"가! 지금! 내 냄새를 맡고 따라오라고 해!"

그런 후에 드래곤으로 변신해서 허공을 날아갔다.

"에이브히어가 그 개자식을 죽이도록 놔두었어야 해."

탈라이스는 손가락 끝으로 눈을 문질렀다. 그녀는 짝을 사랑했다. 정말로 사랑했다. 하지만 그에게는 회색 영역이라고는 없었다. 오로지 흑과 백, 신경을 건드리는 부분뿐이었다.

"죽이는 건 너무 가혹하지. 그 애가 이지에게 억지로 한 것도 아닌데."

탈라이스는 브리크를 깨우쳐 주었다.

"내가 아는 건, 켈린은 여기 머물러선 안 된다는 거야. 여기선 원치 않아. 우리 음식을 먹고, 우리의 깨끗한 물을 써서 고름 나오는 상처를 낫게 할 순 없다고."

피어구스가 주장했다.

"바보 같은 소리 하지 마. 그 애를 쫓아낼 순 없어."

모르퓌드가 말했다.

유일하게 앉아 있던 그웬바엘이 두 발을 탁자 위로 올렸다.

"나는 그보다 못한 일로도 쫓겨났는데, 걔는 왜 그럴 수 없는지 모르겠네."

다그마가 한 손가락을 들었다.

"'오염자', 이 대화에 쓸모 있는 말을 덧붙이지 않으려면 조용히나 있어."

"그 애한테 사우스랜드를 완전히 떠나라는 것도 아니잖아."

피어구스는 아주 너그럽게 대한다는 듯 주장했다.

"그 애한테 사우스랜드를 완전히 떠나라고 해야 해."

브리크가 식탁 끝에서 먹고 있는 두 노스랜더를 가리키며 말했다.

"그 자식은 저 두 얼간이와 함께 그 똥통으로 돌아가면 돼."

탈라이스는 움찔하고는 험악한 표정의 손님들에게 입 모양으로 말했다.

'미안해요.'

그때 에이브히어가 홀로 뛰어 들어왔다.

"그 자식을 죽여 놨어야지."

브리크는 동생이 입을 열기도 전에 말했다.

"무슨 일이야?"

피어구스가 물었다.

"나도 잘은 모르겠어."

"모르겠다는 게 무슨 뜻이야?"

"라그나가 형들을 데려오래."

그웬바엘이 다리를 바닥에 쿵 내려놓았다.

"왜?"

"모르겠어. 난 케이타 누나를 찾고 있었는데……."

에이브히어가 어깨를 으쓱했다.

"모두 하는 말이 사실이라면, 라그나는 케이타가 어디 있는지 알고 있을 줄 알고. 그런데 오히려 내게 케이타를 못 봤느냐고 묻잖아. 그 행동이…… 마치 케이타 누나가 눈앞에서 사라진 것 같은 투였어."

탈라이스는 고개를 흔들었다.

"이거 좋은 일은 아니겠네요."

"모두 진정해요. 아마도 그를 더 이상 볼 수가 없어서 도망갔는지도 모르잖아요. 그 애가 어떤지 다들 알면서."

모르퓌드가 끼어들었다.

"그렇다고 우리 여동생이 그에게서 도망가고 싶다는 이유만으로 대화하다 말고 사라진 걸 당연하다 여겨선 안 되지."

피어구스가 그웬바엘을 가리켰다.

"가서 초소 뒤를 확인해. 브리크는……."

"잠깐, 잠깐."

모르퓌드는 언짢은 기색으로 한숨을 내쉬었다.

"내가 먼저 확인할 시간을 줘."

그녀가 눈을 감았다. 탈라이스는 항상 드래곤을 둘러싸던 마법이 덩굴손처럼 몸에서 나와 사방으로 펼쳐지는 것을 보았다. 아름답고도 놀라운 광경이었다. 실제로 오직 몇 명밖에 볼 수 없다는 게 아쉬웠다.

그웬바엘이 물었다.

"이거 오래 걸리나? 난 벌써 지루한데."

"우리 사촌의 딱지나 떼고 오자니까. 시간 보내게."

브리크가 제안했다.

그때, 모르퓌드가 눈을 번쩍 뜨며 방 안을 두리번거렸다.

"오! 신들이여, 맙소사."

탈라이스는 앉아 있던 탁자에서 미끄러져 내려왔다.

"뭐예요?"

"엘레스트렌."

다들 어리벙벙하여 아무 말도 못 하고 서로만 바라보았다. 하지만 다음 순간, 모두 대전 문을 향해 뛰어갔다. 어디든 갈 의도는 없었지만, 탈라이스와 다그마도 그들의 발목을 잡지 않도록 뒤를 따랐다.

브리크가 노스랜더들 옆에 멈춰 서 그들을 재보다가 물었다.

"우리가 돌아올 때까지 저들을 지켜 줄 텐가?"

비골프—탈라이스는 오직 짧은 머리로 그와 사촌을 구분했다—가 고개를 끄덕였다. 브리크는 탈라이스를 한번 돌아보고 문 밖으로 튀어 나갔다.

마인하르트—그는 머리카락이 더 길고 약간 더 머리가 컸다—가 올려다보며 물었다.

"당신들을 지켜 줄 동안 음식을 좀 더 먹어도 될까요?"

케이타는 호되게 떨어졌다. 어깨가 빠지고, 발톱 두 개가 부러졌다. 그녀는 신음하며 뒤로 돌아누웠지만 초강력 강철로 만든 밧줄이 목에 감겨 있다가 꽉 조이면서 무릎을 꿇고 앉도록 일으켰다.

"자, 자, 사촌. 너 이거보다는 강하다고 생각했는데."

케이타는 사촌이 목에 올가미를 감아서 곡식 자루처럼 땅으로 끌어 내렸을 때 드래곤으로 변신해 버렸다. 엘레스트렌은 드래곤이 된 그녀를 멀리까지는 끌고 갈 수 없었지만, 케이타가 미처 몰랐던 동굴로 데려왔다. 횃불과 군데군데 피워 놓은 모닥불로 동굴 안은 환했다. 케이타는 이곳이 회의실이라는 감이 왔다. 하지만 무슨 회의를 하는지는 알고 싶지 않았다.

엘레스트렌이 그녀의 머리채를 잡고 고개를 뒤로 젖혔다.

“네 여왕을 배신하고도 우리에게 아무런 응징도 당하지 않을 줄 알았나, 공주?”

케이타가 질문에 대답하기도 전에, 엘레스트렌이 다시 그녀를 앞으로 처박았다. 케이타의 머리가 바닥에 부딪쳐 튀어 올랐고, 몇 분 동안 모든 것이 암흑이 되었다.

다시 정신이 들었을 때는 드래곤이 몇 와 있었다. 장로 둘과 여왕의 왕실 근위대 몇. 케이타는 아버지가 그중에 끼어 있지 않다는 사실을 눈치챘다.

“그래도 여왕의 딸이네, 엘레스트렌.”

테이티 장로가 한창 논박 중이었다.

“그리고 반역자죠. 에쉴드를 보호했고 여왕을 왕좌에서 끌어내려고 하는 두 얼간이를 만났잖아요.”

엘레스트렌이 케이타 주위를 돌았다.

“이 여자를 죽여야 한다는 건 아니에요. 하지만 자유롭게 돌아다니며 우리를 해칠 공작을 꾸미게 둘 순 없죠.”

“그래서 어쩌자는 건가?”

“사막 경계로 데려가야죠. 이 일을 해결할 때까지 소금 광산에서 눈코 뜰 새 없도록 사촌들이 일을 시켜 줄 겁니다.”

망할. 케이타는 이제 자기가 어디 있는지 알았다. 왕실 근위대의 자문 회의실이었다. 자문 회의는 어머니의 근위대 중에서 의원들을 뽑았고, 근위대의 규칙을 어긴 자들을 재판했다. 이론상으로 자문 회의는 오로지 왕실 근위대 소속만 재판할 수 있지, 왕족은 할 수 없었다. 하지만 케이타는 진정한 재판을 사촌이 절대

허락해 주지 않을 것임을 감지했다.

"공주를 포로로 삼자는 건가?"

"그게 우리 여왕님을 완전히 지켜 준다면……."

"그는 내 탓이라고 생각해요."

이지는 흐느끼지 않을 수 있게 되자 말했다.

"물론 네 탓이라 생각하지. 그 남자들은 그러니까. 우리 에이브히어처럼 다정한 애도 어차피 그 아버지의 아들이니까. 어쨌든 남자고."

"방패로 더 세게 때려 줄 걸 그랬나 봐."

앤뉠이 쿡쿡 웃으며 들판 한가운데 털썩 주저앉아 칼을 돌로 갈기 시작했다.

"아직도 네가 그 망할 방패를 들었다는 게 놀랍다."

"그냥 훈련용 방패인걸요."

"드래곤용이지, 이지. 드래곤용 연습 방패라고."

이지는 어깨를 으쓱하고 들판 너머와 주변의 숲을 바라보았다. 그녀는 앤뉠 옆에 앉아서 잠시나마 요새를 빠져나왔다는 안도감을 느꼈다. 에이브히어와 켈륀에게서 떨어져서.

"다 괜찮을 거야, 이지."

"절대 괜찮지 않을 거예요. 둘은 화해를 할 거고 나는 사촌 사이를 갈라놓은 창녀로 떨어지겠죠."

"켈륀이 너를 그렇게 쉽게 버릴 것 같니?"

앤뉠이 그녀의 턱을 잡아 자기를 바라볼 때까지 잡아당겼다.

“아니면 그러길 바라는 거야?”

좌절한 이지는 숙모의 손을 떨쳐 냈다.

“켈뤼이 이제 저를 자기 것이라고 ‘권리 주장 서약’을 해야 한다는 양 다들 구네요.”

“그게 네가 원하는 거니?”

“아뇨.”

“그럼 너는 에이브히어에게 그걸 원하는구나.”

이지는 역겹다는 듯 콧소리를 냈다.

“나는 에이브히어의 등조차 보고 싶지 않아요.”

“그래?”

“그는 마치 내게 무슨 권리라도 있는 듯 행동했어요. 내 삶에 대해 무슨 발언권이라도 있는 것처럼.”

“넌 켈뤼도 원하지 않는다, 에이브히어도 원하지 않는다. 그럼 뭘 원하니, ‘위험한 자’ 이지?”

이제 이지는 두려움이나 부끄러움도 없이 여왕을 똑바로 바라보며 진실을 인정했다.

“전 여왕님의 종자가 되고 싶어요.”

“내겐 호위 기사가 벌써 있는데. 지금은 좀 뚱뚱하지만.”

앤뷜이 단조롭게 말하자 이지는 충격을 받고 큭큭 웃다가 소리쳤다.

“앤뷜!”

“그래. 하지만 말 하나는 잘 다루지. 내 바이올런스가 그를 좋아해.”

앤뉠은 몇 걸음 떨어진 곳에서 차분하게 풀을 뜯고 있는 거대한 검은 짐승을 힐끗 보았다.

"하지만 내 종자가 뚱뚱하고, 그래서 나는 아무 데도 가지 않는 거야. 아무것도 하지 않고. 이지 네가 내 종자가 된다면 네 모든 재능은 헛되이 낭비될 거다. 난 그렇게는 하지 않아. 귀여운 너를 위해선 그렇게 할 수 없지."

"하지만 독립 구역의 적들과 맞서 싸우러 웨스트랜드로 가지 않을 건가요?"

이지는 전날 부모들이 하는 소리를 들었다.

앤뉠이 어깨를 으쓱하더니 무릎을 끌어 올려 두 팔로 다리를 감쌌다.

"트라시우스와 정면 대결을 할 레기온을 보낼 거야."

"그게 앤뉠이 원하는 건가요?"

"지금 이 순간에는 내가 가진 전부란다, 이지."

말이 땅을 발로 긁으며 고개를 절레절레 흔들자, 앤뉠이 살짝 웃었다.

"보다시피 내 바이올런스는 그 소리가 전혀 마음에 안 드나 보구나."

이지는 바이올런스에게 시선을 준 채로 얼굴을 찡그렸다. 앤뉠이 한 말이 바이올런스의 관심사인지 아닌지는 확실히 알 수가 없었다.

"이지."

여왕의 목소리가 부드러웠다. 너무 부드러워서 바로 옆에 앉은 그녀조차도 놓칠 뻔했다. 하지만 이지는 그 목소리에 어린 공포를 감지하고 바이올런스로부터 천천히 시선을 뗐다.

그들이 나무에서 나왔지만, 이지는 아무런 소리도 듣지 못했다. 그들은 죽음처럼 움직였다. 게다가 수가 너무 많아서, 이지는 셀 수조차 없었다. 이전에는 그런 것을 본 적이 없었다.

동물 껍데기와 가죽이 여러 차례 전쟁을 겪은 단단한 근육질 몸을 덮었다. 그들은 모두 문신을 많이도 하고 있었다. 똑같은 문신은 하나도 없었다. 저마다 팔에, 허벅지에, 가슴에 문신을 하고 있었지만 확실히 모두의 얼굴에 문신이 있었다. 검은색의 부족 표시는 얼굴의 상처로 흉터가 남은 자리만 빼고 전체에 퍼져 있었다.

대부분은 걷고 있었지만, 마흔 정도는 말에 올라탔고 그 옆에는 각각 거대한 개 같은 생명체가 따라오고 있었다. 그들이 타고 있는 동물은 말처럼 보였지만, 이지는 그렇게 거대한 말을 본 적이 없었다. 그들이 부단히 일어날 때마다 과하게 큰 근육이 물결쳤고, 그들은 뿔로 흙을 파낼 수 있도록 머리를 땅으로 흔들었다. 이지는 그 동물이 땅을 파는 것은 뿔을 갈기 위한 방법이라는 느낌을 받았다. 눈은 피처럼 빨갰다. 개 같은 동물에게도 뿔은 있었지만, 그들의 것은 이지가 서부 산맥에서 쫓아다니곤 했던 산양처럼 안으로 말려 있었다. 다그마가 기르는 대형견과는 달리, 그 생물은 더 거대했다. 어떤 것들은 좋이 백오십 킬로그램은 나갈 듯했고, 모두 근육과 살이 단단했다. 지하 세계가 토해 낸 것만 같았다.

그러나 이지를 가장 심란하게 한 것은 굵은 사슬과 목걸이로 붙들고 있는 존재였다. 개들은 목줄이 없고 말들은 안장이 없는데도, 그것들만은 굵은 금속 개 목걸이를 목에 둘렀고 그 사슬을 포획자들이 붙들고 있었다. 그들은 뿔도 없었고, 저승의 눈도 없었고, 과하게 발달해서 울룩불룩한 근육도 없었다. 인간이기 때문이었다. 입에 게거품을 물고 죽이고 싶어 안달 난 인간 남자들. 오래오래 전에 맑은 정신과 인간성을 잃어버린 남자들.

앤뉠이 천천히 일어섰다. 시선은 전체 레기온이 아니라 맨 앞에서 말을 타고 오는 자에게 박혀 있었다. 어떤 여자. 마녀.

이지는 어머니 같지는 않았지만, 마녀를 알아볼 수 있었다. 그들을 모두 알아볼 수 있었다.

"이지."

앤뉠이 다시 불렀다. 이제 그녀의 목소리는 한결 더 강했다.

"가."

"앤뉠을 혼자 싸우도록 남겨 두라고요?"

"아니, 가서 지원군을 데려와."

마녀 지도자가 손바닥을 위로 해서 한 손을 들더니 가운뎃손가락과 집게손가락을 뻗었다. 이지는 마녀가 그 손으로 주문을 내쏘기를 기다렸으나, 그녀가 한 행동이라고는 손가락을 왼쪽으로 민 것뿐이었다. 목줄을 잡은 여자들이 휙 당기자, 남자들이 찬 목걸이가 딸깍 열리면서 떨어졌다. 풀려난 남자들이 광기에 차 포효하며 달려들었다.

"이지, 가!"

앤뉠이 검을 들어 올리며 비명을 질렀다.

지휘관의 명령대로, 이지는 집을 향해 총알처럼 달려갔다.

"계속 그렇게 돌아다닐 거예요?"

다그마가 탈라이스에게 물었다.

"내 머리가 다 어지러워요."

"어떻게 그렇게 침착할 수가 있죠?"

다그마는 목록을 작성하느라 바쁜 가운데에도 대답했다.

"나는 안달복달하지 않기로 했어요. 안달복달해 봤자 도움 될 게 없으니까."

"저 여자는 이해 못 해, 알겠지만."

다그마는 천천히 고개를 들어 식탁 건너편에 앉은 신을 바라보았다.

"다들 너 같진 않거든."

여신이 뻔뻔하게 두 발을 나무판 위에 올려놓았다. 한 팔은 도로 자라나 있었다.

"여기 왜 왔어요?"

다그마의 질문에 전쟁의 여신은 입을 삐죽거렸다.

"환영 인사가 그냥 그러네."

"누구랑 말하는 거예요?"

탈라이스가 물었다.

다그마는 한숨지었다.

"신이에요."

바로 그때 탈라이스가 두 손을 위로 들며 외쳤다.

"저런, 큰일 났네!"

"이런 짓을 저지르고도 공주의 오빠들이 빠져나가게 해 줄 것 같은가?"

시아를 장로가 물었다.

"제가 모르퀴드에게 말하죠. 그 공주라면 이해할 겁니다. 어떤 반발이 있으면 제가 처리하겠습니다."

"그러면 굳이 우리를 불러 모을 이유가 있었나?"

"제가 발견한 걸 자문 회의에 제출할 겁니다. 그러면 여러분이 그에 따라 공주를 재판하시겠죠. 그런 다음에 응당한 처벌을 내릴 거고요."

"처벌? 소금 광산에?"

"우리 여왕님을 배신한 대가죠."

"난 마음에 안 드네만."

테이티 장로가 반박했다.

"그게 최선입니다."

"아니, 사촌."

케이타가 마침내 말할 틈을 찾았다.

"그건 네 자존심을 위한 거지."

그녀는 발로 땅을 짚으며 몸을 끌어당겼다. 쉽지 않았다. 온몸이 쑤셨다.

"내가 하는 일은 여왕님을 위해서야."

"네가 하는 일은 너 자신을 위해서야. 자기 혼자 옳은 척하는 쌍년 짓을 하면서 괜히 여왕의 탓으로 돌리지 마."

케이타가 되받아치는 순간, 주먹이 그녀의 입 옆을 내리쳤다. 그녀는 땅바닥에 도로 나가떨어졌다.

"엘레스트렌! 그만두게!"

"이 고상한 척하는 속물 계집이 저한테 도전하고 싶은가 봅니다만."

엘레스트렌이 케이타를 발로 차자, 케이타의 드래곤 육체가 위로 떠올라 뒤집혔다.

"어디 받아 보시지, 공주. 내가 틀렸다는 걸 증명해 봐. 신들에게 우리 운명을 결정하게 하자고."

케이타는 콜록대며 몸을 천천히 일으켰다. 사촌의 몸에서 긴장이 풀어진 것을 보자, 그녀는 흙을 한 줌 집어 그녀의 하나 남은 쓸모 있는 눈에 던졌다.

엘레스트렌이 검을 떨어뜨리며 물러섰다. 그리고 괴성을 지르며 눈에서 흙을 털어 내려 했다. 케이타는 비틀비틀 일어서면서 앞발을 모으고 발톱을 얽어서 엘레스트렌의 얼굴을 향해 휘둘렀다. 케이타가 세게 치자, 엘레스트렌의 머리 전체가 옆으로 꺾였다. 그래도 아직 똑바로 서 있었으며, 케이타의 앞발이 얼얼할 정도로 일격을 날렸는데도 비교적 동요하지 않은 듯했다.

천천히, 엘레스트렌이 케이타를 마주했다.

"아…… 젠장."

케이타가 중얼거리고 몇 초 만에 사촌이 주먹을 휘둘러 그녀를 동굴 벽까지 날려 보냈다. 케이타는 벽에 세게 부딪쳤다가 땅에 떨어지며 더 세게 부딪쳤다.

"엘레스트렌! 안 되네!"

하지만 사촌은 시아를 장로의 말을 무시하고 케이타의 머리채를 잡아 몸을 뒤집었다. 그리고 무릎으로 케이타의 가슴을 내려찍으며 다시 잡은 검을 케이타의 머리 위로 들어 올렸다.

"미안, 사촌."

하지만 둘 다 엘레스트렌의 말이 진심이 아님을 알고 있었다.

고함을 지르는 남자들이 앞으로 달려들자, 앤뉠은 검을 빼서 쳐들었다. 손잡이는 어깨까지 들고 칼날은 더 낮게 내렸다. 처음으로 돌진한 자들 몇몇이 충분히 가까워지자, 그녀는 호를 그리며 검을 휘둘렀다. 몇몇은 반으로 갈랐고, 다른 자들은 팔을 베었다. 몇몇은 그녀를 지나쳐 이지를 쫓아갔다. 앤뉠은 조카를 보호하기 위해 그 뒤를 따르고 싶었지만, 이지에게도 자신의 가치를 증명할 기회를 주어야 한다는 것을 알았다. 앤뉠은 이 싸움에서 돌아설 수도 없었고 돌아서지도 않을 것이었다. 그렇게 오랫동안 꿈을 꾸어 온 상황에서는 그럴 수 없었다. 이게 바로 앤뉠이 기다려온 것이었고, 도망갈 마음은 없었다.

더 많은 남자들이 달려들었고 앤뉠은 자기 할 일을 시작했다.

이지는 나뭇등걸을 뛰어넘고 바위를 돌아서 달렸다. 남자들이 그녀의 피에 군침을 흘리며 뒤에서 쫓아오는 소리가 들렸다. 그들은 피를 갈구하고 있었다. 이지는 몸을 돌리지 않았다. 보지 않았다. 그럴 겨를이 없었다. 숲에서는 싸우기 까다로웠다. 무장하고 있긴 했지만 지금은 서서 싸울 수 없었다. 게다가 앤뉠에게 지원군이 필요한 상황에서는 그럴 수 없었다. 쌍둥이를 —더욱 중요하게는 그녀의 여동생을— 보호하는 이들에게 경고해야 하는 이 상황에서는 더더욱 그럴 수 없었다.

케이타는 검이 가슴에 박히기 전 무언가 막아 주기를 바라며 두 손을 들었다. 그때 빛이 번쩍하자 그녀는 숨을 들이마셨고 엘레스트렌이 고함을 지르며 떨어져 나갔다. 케이타는 몸을 돌리고 자기 앞에 착륙하는 모르퓌드를 입을 떡 벌리고 쳐다보았다.

엘레스트렌이 당황해서 눈만 깜박였다.

"모르퓌드?"

"망할 계집."

모르퓌드가 앞발을 들며 환한 하얀 불꽃을 내뿜자 엘레스트렌이 다시 뒤로 날아갔다.

"내 동생을!"

모르퓌드는 버럭 소리를 지르며 그녀에게 나아갔다.

"내 여동생에게 이런 짓을 해!"

엘레스트렌이 일어서며 으르렁거렸다.

"이 거짓말쟁이 배신자 년을 감싸는 거야?"

"내 동생이니까!"

엘레스트렌은 검을 들어 공격하려 했지만, 모르퓌드가 입을 열어 화염을 내보냈다. 불꽃이 뱀처럼 동굴 바닥을 기어가 검을 감싸더니 엘레스트렌이 어안이 벙벙해 꼼짝 못 하는 사이 손에서 빼냈다.

엘레스트렌과 함께 있던 자들은 출구를 찾아 달렸지만, 그 앞에서 브리크와 그웬바엘을 정면으로 마주쳤다. 왕족들은 이 드래곤들을 그저 도망가게 놔둘 기분이 아니었다.

엘레스트렌은 두 발을 들었다. 항복의 표시였다. 카드왈라드르 일족이 흔히 취하는 동작은 아니었지만, 분명히 전투가 끝났다는 표시였다.

라그나가 케이타 옆에 한 무릎을 세우고 착륙했다.

"맙소사, 케이타."

"나 좀 일으켜 줘."

케이타가 앞발을 내밀자, 라그나가 잡았다. 피어구스는 케이타 반대편에 착륙해서 동생의 다른 쪽 앞발을 잡았다. 둘은 케이타가 일어설 수 있도록 부축했다.

케이타는 모르퓌드가 한 발을 들고 주문을 읊으면서 발톱을 오므려 주먹을 쥐는 모습을 보았다. 엘레스트렌이 몸 안에서 뭔가 찢겨 나가는 것처럼 쓰러지며 비명을 질렀다. 에이브히어가 모르퓌드의 어깨를 잡으며 뒤로 끌어당겨 멈추려 했지만 그녀는 손목을 탁 흔들어 덩치 큰 동생을 동굴 저편까지 날려 버렸다. 라그나와 피어구스는 재빨리 케이타를 데리고 피했다.

탈라이스는 다그마와 눈에 보이지 않는 신에게서 시선을 돌렸다. 가슴을 쥐어짜는 듯한 느낌이 들었다. 마지막으로 그런 통증을 느낀 것은 이지가 위험에 처했을 때였다. 탈라이스는 식탁에서 일어나며 복도 계단 꼭대기를 쳐다보았다. 켄타우루스가 거기 서서 그녀를 보고 있었다. 에바의 평온하지만 직접적인 표정이 그녀가 알아야 할 모든 사실을 말해 주었다.

탈라이스는 기다란 식탁 위로 올라가 몇 초 만에 그녀를 뛰어넘고 대전의 정문으로 달려 나갔다. 그러다가 다른 건물에서 나오는 번개 드래곤 둘을 보았다.

"비골프!"

그녀는 외쳤다.

"마인하르트!"

둘 다 걸음을 멈추고 탈라이스가 자기들 옆을 쏜살같이 지나 옆문으로 빠져나가는 모습을 보았다. 그녀는 서쪽 들판으로 이어지는 숲 근처까지 달렸다.

"엄마!"

탈라이스는 자신을 향해 달려오는 딸을 보았다. 그 뒤를 따라오는 것들도 보았다. 딸을 따라잡기 직전이었다. 더 이상 인간이 아닌 인간들. 그건 오직 한 가지 의미였다.

퀼비치.

"멈추지 마!"

탈라이스는 딸에게 고함을 질렀다.

"가!"

어머니와 딸은 서로를 지나쳐 돌진했다. 탈라이스는 허벅지에 항상 묶고 다니던 단도를 꺼냈다. 그녀는 미친 자의 목을 자르며 가까운 바위 위로 튀어 올라 한 발로 디뎠다가 다시 다른 자의 목을 단검으로 그었다. 땅에 착륙한 탈라이스는 딸이 스스로 몸을 지킬 수 있으리라 믿으며 계속해서 달렸다.

이지는 어머니의 명령을 따라 계속 달렸다. 나무들 사이를 빠져나갈 때쯤 바로 첫 번째 추격자가 뒤에서 달려들었고 둘은 함께 뒤집어졌다. 남자가 이지의 머리카락을 잡고 머리를 옆으로 돌린 후 입을 그녀의 목덜미에 댔다. 치아가 목을 파고들자 이지는 비명을 지르며 손으로 장화 속에 숨겨 놓은 단검을 찾았다.

하지만 이지의 손가락이 검손잡이에 닿았을 때, 남자가 그녀에게서 떨어져 나갔다. 인간 형태를 한 번개 드래곤이 그를 땅바닥에 내동댕이치자 남자의 머리가 터져 나갔다. 이지는 칼을 꺼내며 일어섰다.

"이지!"

그녀가 고개를 들자 마인하르트가 도끼를 던졌다. 이지는 도끼를 받아 빙그르르 돌며 가장 가까이에 있는 미친 남자를 쪼갰다. 그리고 회전을 멈추며 단검을 휘둘러 다른 남자의 배를 목까지 갈라 버렸다. 그녀는 도끼를 들고 숲 속으로 도로 뛰어들면서 소리쳤다.

"일족을 데려와. 모두 데려와! 마인하르트! 비골프! 날 좀 따라와요!"

모르퓌드는 발치에서 흐느끼고 있는 전사 앞에 웅크렸다.

"이런 짓을 하고도 빠져나갈 수 있을 줄 알았어? 정말로 네가 이런 짓을 하는데 내가 가만있으리라고 생각했어?"

모르퓌드는 누군가 외치는 소리를 들었다. 누군가 그만하라고 고함쳤지만 그럴 수가 없었다. 엘레스트렌이 케이타에게 한 짓을 본 후에는 그럴 수가 없었다. 동생을 그렇게 다치게 하고, 동생을 막 죽이려 하고.

모르퓌드는 속삭였다.

"말해 봐, 사촌. 기분이 어때? 네 혈관의 피를 유리 조각으로 바꿔 놨는데 기분이 어떠냐고?"

그녀가 주먹을 쥐어짜자 사촌 몸속의 유리 조각이 더 커졌다.

"비명 지르고 싶어져? 내 동생이 비명 지른 것처럼?"

모르퓌드는 엘레스트렌의 녹색 머리카락을 잡고 들어 올리며 얼굴에 대고 소리를 질렀다.

"아프냐고!"

여자는 인간 여왕이 적들을 다 찢어 놓는 광경을 구경했다. 마법을 훈련한 그녀의 자매들이 인간성을 파괴하고 고문하여 공격용 짐승으로 만들어 버린 자들이었다. 여자의 옆에 있는 충실한 개는 친구이자 동반자였다. 여자는 그 개를 자신과 말을 보호하듯 보호했다. 하지만 저 남자들은 그녀에게는 아무런 관심사가 아니었고, 다크플레인 '피의 여왕'의 진을 빼기 위한 도구였다.

머리 하나가 옆으로 휙 날아오자, 스톰이 이빨로 물어 올리더니 막 흔들다가 여자의 말, 데스브링어에게 내밀어 밀고 당기며

놀았다. 그들은 함께 그러고 놀기를 좋아했다.

"아스타……."

그녀의 부사령관 브륀디스가 불렀다.

"놀웬 마녀입니다."

아무런 경고도 없었기에 놀란 아스타는 들판을 달려오는 놀웬 마녀를 보았다. 마녀에게는 단검 외에는 아무것도 없었다.

아스타는 약간 으르렁거렸고, 데스브링어는 불안하게 땅을 긁었다.

"훌다!"

아스타가 부드럽게 말했다.

"죽여 버려."

훌다가 씩 웃더니 다리를 조였다. 훌다의 말은 무엇을 해야 할지 정확히 알았다. 놀웬 마녀는 퀼비치 마녀의 천적이었다. 그 이유는 천 년 전의 기억으로 사라져 버렸지만, 증오만은 남아 있었다.

여왕이 남자들을 거의 끝장내 버렸지만, 아스타는 그 결과에 별로 개의하지 않았다.

"두 번째 부대를 내보내라."

아스타의 목소리는 부드러운 부름 정도 이상으로는 높아지지 않았다.

브륀디스가 한 팔을 들고 외쳤다.

"부대, 앞으로!"

아직 자리를 얻지 못한 퀼비치들이 비명을 지르며 무기를 들고 앞으로 뛰어나갔다 .

앤뉠이 발치의 시체에서 자기 검을 뽑아 들었을 때 그 고함 소리가 들렸다. 그녀는 몸을 돌려 자신에게로 달려드는 여자들을 보았다. 대략 스무 명 남짓. 하지만 들판에 널린 시체들과 달리 그녀들은 미치거나 통제할 수 없거나 망가진 인간이 아니었다. 그녀들은 앤뉠과 같았다. 훈련을 잘 받았고 오로지 임무를 수행할 때 필요한 만큼만 미쳤다.

맨 처음으로 다가온 마녀는 자신의 얼굴을 향해 날아온 주먹을 고개를 수그려 피했다. 그리고 위아래로 움직이며 앤뉠의 뒤로 돌아가더니 앤뉠의 신장을 향해 주먹을 날렸다. 고통과 분노로 비명을 지르며 앤뉠은 돌아서서 검을 휘둘렀다. 그들의 검은 강렬한 힘으로 맞부딪쳤고, 그 힘이 앤뉠의 팔을 타고 전해졌다.

또 다른 검날이 날아왔다. 앤뉠은 뒤로 몸을 젖히며 검에 붙은 손잡이를 잡았다. 그리고 이를 악물며 근육의 힘을 다 쏟아 내서 두 여자를 잡았다. 하지만 더 많은 마녀들이 다가왔다.

앤뉠은 마지막 순간까지 기다렸다가 두 다리를 들고 앞에 있는 마녀를 찼다. 다리를 뒤로 훽 뺄 때, 앤뉠은 땅에 내려앉으며 두 다리를 벌렸다. 한 손으로는 검을 든 다른 여자의 팔을 여전히 잡고 있었고, 자기 검으로는 또 다른 여자의 검을 막았다.

앤뉠은 잡고 있던 손을 확 잡아당겨 비틀면서 몇 군데 부러뜨렸다. 여자는 한 무릎을 꿇었고, 앤뉠은 팔꿈치를 이용해서 여자의 오른쪽 안면부 뼈를 산산조각 냈다. 여자가 비명을 지르며 뒤로 넘어갔지만 죽지는 않았다.

앤뵐은 바지 뒤에 꽂아 두었던 단검을 꺼내 다른 여자의 아랫배에 찔러 넣었다. 그 여자는 여전히 칼을 손에 든 채로 무너졌고, 피가 상처에서 쏟아져 나왔다. 앤뵐은 그녀가 몇 초 안에 다시 일어서리라는 것을 의심하지 않았다. 얼굴이 부서진 여자는 벌써 반쯤 일어나 있었다.

앤뵐은 구르면서 검을 높이 들었지만, 뒤에서 거대한 손이 그녀의 손목을 잡더니 비틀었다. 손목이 부서지고 싶진 않았기 때문에 그녀는 들고 있던 단검을 놓고 팔이 비틀리는 방향으로 몸을 돌렸다. 그대로 두 무릎을 꿇으며 빙그르르 돌아 적을 마주 본 앤뵐은 잡혀 있지 않은 손을 주먹 쥐어 그 여자의 사타구니 뼈가 부서지는 소리가 들릴 때까지 내려쳤다. 여자가 이를 갈며 주저앉자 마무리로 박치기를 날렸다. 앤뵐은 팔을 빼고 아픔을 털어버리면서 일어섰다.

이지가 곧장 달려와서 옆에 섰다. 그녀는 휙 날아서 앤뵐을 뒤에서 덮치려던 세 여자를 들이받았다. 두 노스랜드 드래곤도 날아와서 앤뵐을 등지고 앞에 쿵 내려앉았다.

비골프가 마녀들의 우두머리를 향해 번개를 내뿜었다. 냉혹한 계집은 문신이 가득한 얼굴로 웃으면서 한 손을 들었고 번개는 산산조각이 나서 땅에 떨어졌다. 어안이 벙벙한 드래곤들은 그저 바라만 보았고, 여자는 혐오스럽다는 코웃음을 치더니 손을 들었다. 마치 신들이 민 것처럼, 두 드래곤이 근처 숲 속으로 날아가버렸다. 나무가 무너지는 바람에 본의 아니게 그 숲을 뚫고 나갈

자들을 위한 새 길이 났다.

그 순간, 앤뷜은 버틸 가능성이 없다는 것을 깨달았다.

물론 그런 점은 하등 중요하지 않았다.

“뭘 어떻게 한 거예요?”

다그마가 신에게 따져 물었다.

“어째서 내가 뭘 어떻게 했으리라고 짐작…….”

다그마는 한 주먹으로 탁자를 내려쳤다. 그 순간은 정말로 아버지가 된 듯한 기분이 들었다. 아버지가 아신다면 자랑스러워하겠지.

에이르가 차갑게 그녀를 바라보았다.

“인간, 혹시 내가 누군지 잊은 건 아닌가.”

“여자, 난 당신이 누군지 눈곱만큼도 관심 없어. 무슨 짓을 했는지 말해.”

다그마는 귀에서 헐떡이는 소리에 돌아섰다. 때마침 무언가가 열렬히 그녀의 얼굴을 핥았다. 그 순간, 다그마는 이해했다. 에이르는 아무 짓도 하지 않았다.

“난눌프.”

다그마는 그녀를 좋아하는 늑대 신에게 말했다.

“무슨 짓을 했는지 말해 줄래?”

난눌프가 문으로 달려갔다.

다그마는 그 뒤를 따랐다.

그날 에이르에게서 마지막으로 들은 말은 이것이었다.

"사과 기대하지, 무례한 계집."

아스타는 언제 인간 여왕이 더는 버틸 가능성이 없다는 것을 깨달았는지 알았다. 오늘 자신이 죽는다는 것을 깨달았을 때였다. 옆에서 싸우는 두 여자도 함께. 그들 모두 죽을 것이며 어떻게 할 도리가 없음을 여왕은 알았다.

그래도 인간 여왕은 검을 집어 다시 전투로 돌아갔다. 그리고 퀼비치 장로들이 아직 초심자라고 생각하는 자들과 계속해서 싸웠다.

"화염 드래곤들입니다."

브륀디스는 차분하게 경고했다. 아스타가 큰 소리를 싫어한다는 것을 알고 있었기 때문이다. 그래 봤자 무슨 소용인가? 전투에서 공포에 질리기 시작하면 아무 소리도 안 들릴 텐데.

"방어진."

아스타가 명령했다.

브륀디스는 왼편 부대를 향해 고개를 끄덕였다. 여자들이 일제히 왼손을 들었다. 공격을 이끌던 화염 드래곤들은 퀼비치가 만든 방어진에 가장 먼저 부딪쳤다. 주둥이가 부러지고 피가 튀면서 드래곤들이 뒤로 넘어가 가까이 와 있던 동료와 부딪쳤다.

아스타는 다시 패배한 인간 여왕에게 집중했다. 그러나 패배자처럼 싸우지 않는 여왕에게.

형제들의 분노가 이런 형태든 저런 형태든 한데 모여 언니를 사로잡고 있다는 것을 깨달은 케이타는 라그나와 큰오빠에게서 떨어져 나와 절뚝대며 동굴 건너로 뛰어갔다. 그녀는 언니 옆에 웅크렸다.

"안 돼, 모르퓌드. 걔를 놔줘."

엘레스트렌이 피를 토하기 시작했다. 케이타는 그 안에 유리 조각이 섞여 있는 것을 보고 겁에 질렸다.

"제발!"

그녀는 앞발로 언니의 얼굴을 잡고 억지로 돌려 자기 눈을 마주 보게 했다.

"멈춰."

케이타는 언니를 흔들었다.

"제발, 언니. 걔를 놔줘. 나를 위해서 그냥 보내 줘!"

모르퓌드가 주먹 쥔 앞발을 풀었고, 엘레스트렌의 머리는 바닥으로 쿵 떨어졌다. 모르퓌드는 여기가 어딘지 모르겠다는 듯 눈으로 동굴을 헤맸다.

케이타는 헐떡이며 입을 언니 옆에 갖다 대고 속삭였다.

"숨 쉬어. 그냥 숨을 쉬어 봐."

모르퓌드가 침을 삼켰다.

"난…… 난 괜찮아. 괜찮다고."

케이타는 몸을 뒤로 젖히며 언니의 눈 속을 탐색했다. 분노는 사라졌다. 그녀가 아는 모르퓌드가 돌아왔다.

탈라이스는 달려드는 말에게 화염구를 던졌다. 말이 뒷다리로 일어서자 기수가 굴러떨어졌지만 자기 발로 땅을 디뎠다. 탈라이스는 두 손을 들었다 다시 뒤로 빼며 주변의 대지에서 힘을 끌어 모았다가 앞으로 내쏘았다. 하지만 발사의 반동으로 뒤로 날아가고 말았다.

탈라이스는 나무들 쪽으로 향한다는 것을 알았다. 튼튼한 떡갈나무에 머리나 목을 들이받을 가능성이 상당히 높았다. 그녀는 연구하고 있었던 주문을 불러서 생각하고 사용했다. 탈라이스가 몰랐던 힘이 홍수처럼 흘러 들어와 몸속을 사납게 돌진했다. 그녀는 제어할 수 없는 몸동작을 그만두고 허공에 매달렸다. 그런 후에 몸을 일으켜 날개가 달린 양 땅 위를 떠돌았다.

퀼비치 마녀가 그녀를 빤히 보다 격분하며 비명을 질렀다. 탈라이스도 맞서 고함을 지르며 마녀를 상대하러 뛰어나갔다. 그녀는 마녀와 충돌했다. 둘 다 땅 위에 쿵 떨어지며 관성으로 그 위를 길게 갈랐다. 그들이 구르다 멈췄을 때는 자신들이 만든 구덩이 안에 빠져 있었다. 둘은 주먹과 부족 간의 오랜 증오 외에는 달리 서로 휘두를 게 없었다.

적들은 소중한 도끼를 빼앗아 갔지만, 이지의 목숨을 끝장내기 위해 여러 무기를 쓰기보다는 맨손으로 덤볐다. 이지에게는 잘된 일이었다. 그녀는 항상 주먹다짐을 좋아했으니까.

이지는 얼굴로 날아오는 일격을 고개를 숙여 피했지만 등 아래로 날아오는 주먹은 피할 수 없었다. 그 충격에 무릎을 꿇고 넘어졌지만, 그녀는 두 손으로 땅을 짚으며 한 다리를 뒤로 뻗어 누군가의 가슴을 찼다. 그대로 앞으로 구르며 일어나 머리에 날아오는 다른 주먹을 피하고 어깨를 노린 일격으로 앙갚음했다. 그 충격에 뼈가 부서졌고 여자가 몸을 덜컥 뒤로 젖혔다. 그래도 마녀는 관성을 이용해서 반대편으로 돌며 주먹을 쥔 손등으로 이지의 얼굴을 내려쳤다. 그 충격에 이지는 휙 나가떨어졌다.

누군가 이지의 목을 잡고 땅으로 쓰러뜨렸다. 이지는 자기를 내리누르는 두 손을 향해 손을 휘두르며 가까이에 있는 발을 차냈다. 하지만 가슴 위로 검을 겨누고 있는 여자는…… 그 여자만은 피할 수가 없었다. 어머니나 앤뉠을 부를 수도 없었다. 그들도 나름대로 싸우고 있었다. 여왕을 보호하기 위해 할 수 있는 임무를 완수했다는 사실과 함께 이지는 죽어 갈 것이었다.

그들이 이지의 팔을 쿵 내리치고, 두 다리를 꼼짝 못 하게 눌렀다.

"해 봐, 나쁜 년."

이지는 고함을 지르며 피 섞인 침을 자기를 붙잡고 있는 여자들에게 뱉었다.

"해 보라고."

"굳이 원한다면."

마녀가 검을 이지의 가슴 위로 쳐들었다. 이지는 몸을 웅크리며 시선을 돌리고 싶었지만 그러지 않았다. 검이 허공에 휘둘러졌고 이지는 오른팔을 한 번 더 잡아당겨, 자신을 잡은 마녀를 기습해 가슴 위로 끌어당겼다. 적어도 이 미친 여자 중 한 명이라도 함께 데리고 갈 작정이었다.

"망할."

놀란 마녀가 소리를 질렀다.

"가만있어, 쿨비치."

누군가 외치고 검이 마녀의 등 가까이에서 아슬아슬하게 멈췄다. 마녀가 숨을 내쉬며 이지의 몸 위로 떨어졌다.

"젠장맞을."

마녀는 속삭였고, 이지는 그 말에 동감할 수밖에 없었다.

라그나는 모르퀴드가 동생을 부축해서 일어나는 모습을 보았다. 하지만 그는 곧 케이타를 품 안에 안고 모르퀴드에게 고개를 끄덕였다.

"제가 데려가죠."

모르퀴드가 고개를 끄덕이며 그의 팔을 토닥였다.

라그나는 케이타를 내려다보며 미소 지었다.

"어디 가든 떨어질 똥 더미를 찾아다니는 능력이 있다니까."

케이타가 그 말에 웃음을 터뜨렸다.

"누군 그렇게 말할지도 모르지."

"이놈들을 다 어떻게 했으면 좋겠어?"

브리크가 그웬바엘과 함께 출구를 막은 채로 물었다.

"그냥 놔둘 순 없지."

케이타가 말하자, 오빠들이 미소를 지으며 검에 손을 댔다.

"아니, 아니야! 죽여서도 안 돼!"

"망할."

브리크는 검을 검집에 도로 넣었고, 그웬바엘은 입을 삐죽 내밀었다.

케이타는 피어구스를 바라보았다.

"글레안나가 필요해. 고모라면 이자들을 처리할 수 있을 거야. 지금 무슨 일이 일어나고 있는지 모두에게 진실을 말할 때가 되었으니까."

"무슨 생각을 하는 거야?"

라그나가 물었다.

케이타는 위로 손을 뻗어 입에 묻은 피를 닦았다.

"시간이 별로 없는 것 같아."

라그나가 상냥하게 그녀에게 키스했다.

"당신 말이 맞는 것 같군."

피가 그녀를 덮었다. 주먹 관절은 너덜너덜 깨지고 부서졌다. 코도 부러졌다. 적어도 어깨 한쪽은 빠진 것 같았다. 두 눈은 입술과 턱과 함께 부어올랐다. 온몸에 멍이 든 채로 앤뉠은 맞서 싸우고 있는 마녀들을 바라보았다. 그들은 말을 탄 일곱 마녀가 앞으로 나설 때까지 계속 버티고 있었다. 앤뉠은 가운데 있는 자가 우두머리라고 점찍었다.

동물 가죽으로 만든 옷을 입고, 은과 강철과 동물의 신체 부위로 만든 보석을 매단 그들은 정말로 아이스랜드의 야만족처럼 보였다.

앤뉠은 자신의 검을 내려다보았다. 그것을 집으려다 균형을 잃을 뻔했지만, 간신히 바로설 수 있었다. 그녀는 두 손으로 검을 들고 두 발로 단단히 버텼다. 그리고 어깨에서 느껴지는 극심한 고통을 무시하며 검을 높이 들었다.

마녀들이 말을 세우고 내렸다. 그들은 적어도 우두머리 뒤로 세 발짝은 떨어진 자리에 서 있었다. 우두머리가 앤뉠로부터 고작 몇 걸음 떨어진 자리에 완전히 멈춰 섰다. 그들은 선 채로 우두머리를 쳐다보았다.

마침내 앤뉠이 소리쳤다.

"자, 덤벼라! 끝장을 봐야지! 어서!"

우두머리가 머리를 옆으로 기울였다.

"당신은 이길 수 없어요."

그 목소리는 부드럽고 침착했다.

"그래도 넌 죽여 주지, 쌍년아. 내가 너만은 꼭 죽인다. 그러니까 덤벼라. 끝내자고."

마녀가 하늘 위를 올려다보았다.

"당신의 드래곤 일족이 오고 있군요. 그들이 날개를 퍼덕이는 소리가 들려요. 기다리고 싶은가요?"

"난 누구도 안 기다려."

앤뉠은 검을 더 꽉 쥐고 발을 더 깊이 파묻었다.

"무기를 들어라. 무기를 들고 덤벼. 이대로 끝장을 보자고."

우두머리가 등에 멘 검에 손을 뻗었다. 룬문자로 뒤덮인 장검이었다. 다른 여섯—우두머리 양쪽에 각각 셋씩 서 있었다—도 마찬가지로 검을 빼 들었다. 둘은 장검, 하나는 단검, 다른 하나는 전쟁 망치, 둘은 도끼였다. 무기마다 룬문자가 가득했고, 그녀들은 사용법을 제대로 아는 듯했다.

우두머리가 검을 들고 앤뉠에게로 걸어왔다.

"앤뉠!"

피어구스가 다가오며 고함치는 소리가 들렸다.

앤뉠은 미소를 지었다. 여기서 무슨 일이 일어나든 그의 시간이 다 끝나면 저편에서 피어구스를 만나게 되리라는 것을 알기 때문이었다. 그들은 영원히 떨어지지 않을 것이다.

앤뉠 바로 옆에 선 마녀가 검을 높이 들고 끄트머리를 아래로 향했다. 앤뉠은 무기를 좀 더 멀리 뻗어 정확히 마녀의 가슴을 겨냥했다.

마녀의 검이 날아오자, 앤뉠은 자세히 바라보았다. 받아치기 적당한 때를 찾으려고, 기회를 잡을 순간을 찾으려고.

검이 앤뉠 앞의 땅에 꽂혔다. 마녀는 처음에는 왼쪽, 다음에는 오른쪽을 보았다. 그녀와 함께 있던 마녀들도 검이든 망치든 끝을 아래로 해서 땅에 무기를 내리꽂았다. 그런 후에 그들은 앤뉠 앞에 무릎을 꿇었다.

그들이 모두 무릎을 꿇자, 우두머리가 뒤에 서 있던 전사 마녀 부대를 돌아보았다. 마녀들은 모두 하나가 되어 무릎을 꿇었고 말들은 고개를 숙이고 개들은 흙 속에 누웠다.

대체 무슨 짓거리들인지 알 수 없었던 앤뉠은 여전히 검을 쳐든 채 물었다.

"이게 뭐지?"

"우리는 여기 당신의 아이를 위해 왔어요."

"하지만 너희는 아이들을 데려가지 못할 거다."

마녀가 미소를 띠었다.

"우리는 아이를 데려가려고 온 게 아니에요. 당신이 레기온을 이끌고 독립 구역민들과 전투를 벌이러 가는 동안 보호하러 온 거지요."

마녀는 검을 빼어 손바닥을 그었다. 그리고 앞으로 걸어 나오더니 자신의 손으로 앤뉠의 얼굴을 쓸어내렸다.

"우리의 목숨과 피를 당신에게 바칩니다, 앤뉠 여왕. 제 검을 드립니다."

"제 검을 드립니다."

또 다른 마녀가 말했다.

"제 망치를 드립니다."

다른 마녀가 소리쳤다.

"제 도끼를 드립니다."

또 다른 하나가 외쳤다.

전체 레기온이 고함을 지르며 자신들의 무기와 목숨과 영혼을 앤뉠과 아이들에게 바쳤다.

대체 어떻게 해야 할지 몰라 앤뉠은 주위를 돌아보았다. 마녀가 말한 대로, 드래곤 일족이 하늘에서 내려와 그들을 둘러쌌다. 하지만 앤뉠이 찾은 것은 전쟁 군주의 조그마한 딸이었다. 앤뉠이 아는 이 중에 답을 알 만한 것은 그녀뿐이었다.

다그마는 거대한 드래곤들 사이에 서 있었다. 한쪽엔 카누트,

다른 한쪽엔 귀엽기 짝이 없는 강아지가 있었다. 이지가 데리고 놀던 강아지였다.

다그마가 성을 향해 눈을 깜박였다. 앤뉠은 한 발, 또 한 발 뒤로 물러섰다. 그리고 검을 내린 다음, 돌아서서 한마디 말도 없이 떠나가 버렸다.

피어구스는 자신의 짝이 환호하고 고함을 지르는 전사들을 등지고 돌아서는 모습을 보았다.

죽었을 거라고 확신했던 이지가 스스로 땅에서 일어나 뒷걸음질 치더니 무기를 도로 잡고 쳐들었다. 그녀의 어머니도 들판 반대편에서 똑같이 했다. 그들은 싸우고 있던 전사들과 꽤 거리가 멀어질 때까지 걸어갔다. 그런 후에 돌아서서 앤뉠을 따랐다.

"같이 가요, 피어구스."

다그마가 그에게 속삭였다.

"가요."

그는 마녀들을 경계할 생각도 하지 않고 그렇게 했다. 그의 일족이 대신해 주리라는 것을 알았기 때문이다.

"여기서 야영한다!"

마녀 하나가 소란스러운 와중에 소리 질렀다.

"시체는 화장해 우리의 신과 앤뉠 여왕에게 공물로 바쳐라!"

성의 옆문에 도착해서 앤뉠, 이지, 탈라이스가 문으로 들어갔을 때 피어구스가 따라왔다.

앤뉠은 계단을 오르다 다리에서 힘이 빠져 쓰러지고 말았다.

피어구스가 이지와 탈라이스를 지나쳐, 자신의 짝이 땅에 쓰러지기 전에 두 팔로 안았다. 그가 그녀를 들어 올리고 미소 지을 때, 앤뉠이 눈을 떴다.

"겨우 오 분 맘 놓고 혼자 두면 꼭 사고를 쳐, 아가씨?"

앤뉠은 피투성이 이를 드러내며 싱긋 웃었다. 적어도 치아는 모두 온전했다.

"저들이 먼저 시비를 건 거야, 드래곤님."

그녀가 마주 응수했다.

34

'선택된 왕조'의 렌은 바위투성이 땅을 가로질러 달렸다. 독립 구역의 부대가 그의 벌거벗은 엉덩이에 바짝 따라붙었다. 그는 이틀 동안 들키지 않고 이 영토를 드나들었지만, 대군주 트라시우스의 장녀, 바테리아—이제까지 어떤 드래곤도 하지 못한 방식으로 렌을 겁먹게 한 여자였다—가 렌을 보고 아버지의 경비대를 보내 뒤를 쫓게 했다.

이번에는 오직 한 번의 기회밖에 없음을 안 렌은 언덕을 뛰어오르며 근처에 있는 모든 생물로부터 마법을 끌어모았다. 나무, 물, 풀, 무엇이든. 꼭대기에 이르자, 그는 통로를 여는 마법을 풀었다. 렌의 동족을 수호하는 신들로부터 부여받은 기술이었다. 그는 통로를 열어 수백 리그를 단번에 이동할 수 있었다. 그의 아버지는 다른 세계로 이동하는 능력이 있었다. 하지만 보통은 일단 통로를 지나 어디에 이르게 될지 꼼꼼히 조준하려면 몇 주나 몇 달이 걸릴 때도 있었다.

안타깝게도, 이번에는 그럴 시간이 없었다. 렌은 부대가 뒤까지 바짝 쫓아왔다는 것을 알았다. 손과 앞발이 그를 잡으려고 했다. 그는 방금 연 통로가 가고자 하는 곳으로 데려가 주기만을 바랐다. 더 심각한 상황이 벌어지는 곳이 아니라.

최선의 결과를 얻기를 기도하며, 렌은 머리부터 뛰어들어 문을 탕 닫았다. 나머지는 모두 신들에게 맡겼다.

그들은 아래 뜰에서 공포와 충격에 질린 비명을 들었다.

"엄마가 와 있군."

그웬바엘이 다그마의 무릎 위에 발을 올려놓은 채 말했다. 이지는 그가 밤마다 하는 대로 그의 머리카락을 삼백 번 빗어 주고 있었다. 아무 불평 없이 이렇게 해 주는 것은 가족 중에서 오직 이지뿐이었다.

케이타는 어떻게 몇 초 만에 모든 형제들과 그 짝들과 자식들, 라그나와 그의 동생과 사촌, 다그마의 개들과 앤닐의 개들 그리고 부모님까지 피어구스와 앤닐의 침실에 모이게 되었는지 알 수가 없었다. 하지만 모두 거기 있었다.

케이타가 노스랜더들이 손이 거칠다며 불평할 때마다 그웬바엘은 케이타를 '섬세한 꼬마 공주님'이라고 불러 댔고, 라그나는 그보다는 전사들에 더 익숙한 터라 앤닐의 탈골된 어깨를 제자리에 맞춰 주었다. 그동안 모르퓌드는 케이타의 상처 입은 갈빗대를 치료하고 섬세하게 다루지 않으면 흉한 흉터를 남길 수도 있는 자상을 돌봐 주었다.

문이 벌컥 열리고, 리아논이 팔을 펼친 채로 방에 들어왔다.

"내 새끼!"

그녀가 소리 질렀다.

하지만 돌아온 대답이라고는 '어머니', '어머님', '엄마'가 뒤섞인 웅얼거림뿐이었다. 마지막은 케이타와 그웬바엘이 한 말이었다. 리아논은 손을 옆으로 내렸다.

"환영 인사가 그게 고작이냐?"

"뭘 먹는 중이라서요."

브리크가 입 한가득 음식을 문 채로 설명했다.

리아논은 방 안으로 들어왔고 그녀의 짝이 그 뒤를 따랐다. 베르세락이 막내딸의 얼굴을 보자마자, 케이타는 의자에서 비틀비틀 뛰어내려 아버지의 팔을 잡았다.

"하지 마요, 아빠."

"그 초록색 드래곤 계집을 남김없이 없애 주지. 내 형제가 화장할 시체도 볼 수 없도록."

"글레안나 고모가 알아서 할 거예요."

"그건 그거고."

아버지가 이 문을 나가기 직전이고 아무도 말릴 생각을 하지 않는다는 것을 깨달은 케이타는 한 손으로 멍이 든 옆구리를 찰싹 치며 고통의 신음을 내뱉었다.

금방, 아버지의 팔이 그녀를 감쌌다.

"케이타, 너 괜찮니?"

케이타는 눈물 몇 방울을 짜냈다.

"약간 아파요. 저 좀 의자에 앉혀 주세요, 아빠."

"그럼."

베르세락이 딸을 부축해서 안으로 들어갔고, 케이타는 발로 문을 차서 닫았다.

"내 용감하고 귀여운 딸."

아버지가 말했다.

"얘 정말 대단하지, 리아논? 그 엘레스트렌 년에게 혼자 맞서다니."

리아논은 막내 손녀딸을 들어 올리며 코를 비볐다.

"걔가 별달리 선택이 있어서 그런 것 같진 않은데, 여보."

"자기가 위험에 처했다는 걸 알았지만, 용감하게 가족과 당신의 왕좌를 지켰잖아."

케이타는 모르퀴드가 눈을 굴리며 코웃음 치는 모습을 보았다. 아버지가 케이타의 섬세하고 완벽한 엉덩이를 앉히기 위해 등을 돌리고 의자를 쓸어 내는 사이, 그녀는 모르퀴드의 머리카락을 잡아당겼다. 모르퀴드가 동생의 손을 찰싹 치자, 케이타도 언니의 손을 쳤다. 그들이 자그마하게 몸싸움을 벌이려는 순간, 브라스티아스가 호통을 쳤다.

"그만들 좀 해요!"

"약속했잖니. 접촉을 받으면 곧장 알리기로."

리아논이 케이타에게 말했다.

"거짓말이었어요."

케이타는 인정했다.

"그럼 네 귀한 엉덩이를 누가 발로 찬다 해도 놀랄 게 없겠네."

어머니가 창문을 가리켰다.

"그보다, 어째서 얼굴에 문신을 하고 거의 헐벗은 여전사들이 궁정을 어슬렁대는 거지?"

"그들은 퀼비치 마녀들이에요."

다그마가 설명했다.

"여왕 전하가 믿어야 한다고 주장하는 그 신들이 아기를 보호하기 위해 보냈다는군요. 물론, 앤뷜은 그들이 임무를 맡아 주기 전까지 죽을 만큼 싸워야 했어요. 그들은 아이스랜더니까요. 아시겠지만, 그게 그들의 방식이죠."

"난 퀼비치들이 싫어."

탈라이스가 바닥에 앉은 채 불평했다. 그녀는 넓게 벌린 브리크의 다리 사이에 편하게 자리 잡고 있었다.

"당신은 계속 그 말이군. 이유도 설명하지 않고 말이야."

브리크가 지적했다.

"놀웬 마녀는 퀼비치 마녀를 싫어하기 때문이지."

모두가 탈라이스를 쳐다보기만 했다.

"내가 굳이 나 자신을 설명할 필요는 없어! 그저 저들이 여기 있는 게 싫다고."

"뭐, 받아들여."

앤뷜이 말했다.

“내가 천 쪼가리 걸친 오합지졸을 죽이면서 파도처럼 밀려오는 야만인을 다 베어 버리지 못했으니 ‘난 그냥 저들이 싫어.’라고 우겨도 돼.”

앤뉠은 마지막에는 새된 소리로 탈라이스 흉내를 냈고 탈라이스는 별로 기꺼운 표정이 아니었다.

케이타가 의자에 편안히 앉았다는 것을 확인한 —그 순간 엘레스트렌은 잊은 듯 보이는— 베르세락이 앤뉠에게 물었다.

“꿈속에서 보았다는 자들이 저들이냐?”

“예, 저들이었어요. 말과 저 망할 개들까지.”

“난 저 개들이 마음에 드는데.”

다그마가 그웬바엘에게 속삭였다.

“나한테 번식용으로 한 쌍 나눠 주려나?”

베르세락이 앤뉠을 찬찬히 살폈다.

“대체 어떻게 한 거냐?”

앤뉠의 대답은 따뜻한 미소였고, 베르세락 역시 그에 웃음으로 답하며 자랑스럽게 고갯짓을 했다. 순간, 피어구스가 일어나 손가락으로 그들 사이를 가리켰다.

“그거 뭐였지?”

앤뉠은 재빨리 바닥을 내려다보았고 그의 아버지는 어깨를 으쓱했다.

“뭐가 뭐라는 거냐?”

“둘 사이에 오고 간 표정 말입니다.”

“아버지는 앤뉠이 저 거친 전사 마녀들에 대한 꿈을 꾼 걸 어떻게 아셨어요?"

언제나 심문관 역할을 떠맡기 좋아하는 그웬바엘이 끼어들어 물었다가 이지에게 머리를 한 대 얻어맞았다.

"아얏!"

이지는 빗을 검처럼 휘둘렀다.

"점잖게 구세요!"

"당신? 당신과 내…… 아버지가?"

피어구스가 앤뉠에게 따졌다.

"설명할 수 있어."

"어떻게 설명할 건데?"

"우리 모두 침착해야 하지 않을까?"

모르퀴드가 간청했다.

"앤뉠, 대답해!"

"좋아, 그럼!"

앤뉠도 짝을 향해 고성을 질렀다.

"진실을 원해? 난 작년 내내 당신 아버지와 매일같이 훈련했어! 자, 이제 진실을 알아서 참도 좋겠네!"

케이타가 앤뉠의 건장한 어깨 너머로 라그나를 보았다. 그녀는 그가 그 순간 지은 사랑스럽게 혼란스러운 표정이 좋았다. 그의 동생과 사촌도 똑같이 영문을 모르겠다는 얼굴이었다. 마침내 그가 그녀를 보고 입 모양으로 물었다.

'훈련?'

케이타는 재빨리 손을 입술에 대고 터지는 웃음을 눌렀다.

"그동안 내내 아버지와 훈련을 했다는 거야?"

베르세락의 장남이 그의 짝에게 물었다.

"그런데도 내게 말을 안 했다고?"

"당신이 화낼 걸 알았으니까!"

케이타는 언니의 소맷자락을 잡아당겼다.

"오늘 하루 이보다 더 이상한 일이 생길 것 같아?"

모르퓌드가 한 손가락을 들었다.

"삼 초 만에 더 이상한 일이 생길 것 같은데."

"어떻게……?"

케이타는 말을 뚝 끊었다. 방 안의 공기가 잠깐 빨려 들어갔다 다시 밀려왔다. '선택된 왕조'의 렌이 벌거벗은 몸으로 마룻바닥 한가운데 뻗어 있었다.

그웬바엘은 조카딸의 팔을 톡톡 두드렸다.

"저 렌은 항상 거창하게 입장하는 법을 안다니까."

라그나는 사우스랜드의 왕족들을 이해한 적도 없었고, 할 것 같지도 않고, 하고 싶은지조차 알 수 없었다. 하지만 그들이 죽이게 재미있는 자들이라는 것은 알게 되었다. 그의 동생과 사촌이 이미 알아낸 것처럼.

마인하르트가 이스트랜더를 도와 일으켜 주었다. 그리고 그에게 바지를 건네며 이지가 못 보게 가렸다. 이지는 마인하르트 옆으로 좀 더 잘 보려고 기웃거렸고, 그 모습에 에이브히어는 심기가 불편해졌다.

"무슨 소식이 있어, 렌?"

렌이 바지를 입는 동안 그웬바엘이 물었다. 마인하르트는 물러서자, 이젠 옷을 입은 렌이 두 손을 허리에 얹었다.

"우리가 두려워했던 대로야. 트라시우스는 드래곤 전사들과 인간 전사들을 훈련시켜 다크플레인을 양동작전으로 공략하려 해. 특히 드래곤 전사들을 노스랜드를 통해 진군시키려 하지."

렌은 라그나에게 시선을 맞췄다.

"당신 사촌 스튀르뵈른의 도움을 받아서."

"그 자식이 그랬다 해도 놀랄 게 없지."

마인하르트가 한마디 했다.

"그건 사소한 거야."

라그나는 케이타의 옆으로 옮겨 갔다.

"그 녀석의 목부터 배까지 갈라놓으면 기분 좋겠군."

비골프가 팔짱을 끼며 중얼거렸다.

"그리고 라우다리쿠스를 서부 산맥을 통해 보내려 하던가?"

앤뉠이 물었다.

렌은 고개를 끄덕였다.

"내가 본 바에 따르면 앤뉠, 그 인간은 수백 레기온을 지휘하고 있어요. 하지만 그런 일이 일어나기 전에 트라시우스는 케이타를 왕좌에 앉히고 싶어 하죠."

케이타가 갑작스레 웃음을 터뜨리자 방 안의 모든 이가 화들짝 놀랐다. 그녀는 재빨리 입을 가렸다.

"미안."

라그나가 약간 몸을 숙이고 그녀를 살폈다.

“무슨 생각을 하는 거야?”

“모두의 의견에 따르면, 난 생각 같은 건 안 해.”

요즈음 케이타를 너무 잘 이해하게 된 라그나가 허리를 폈다.

“그런 발상은 쓰레기통에 갖다 버려.”

케이타는 처음으로 보는 양 방 안을 둘러보았다.

“미안해. 내가 나 말고 다른 이의 명령을 받아야 할 새로운 존재의 국면에 접어들었는지 몰랐네.”

“그러고 싶으면 맘대로 잔소리해, 공주님. 그래도 그런 일을 할 건 아니지.”

“또 공주 년이라고 그러네.”

“얘가 뭘 하면 안 된다는 거야?”

브리크가 물었다.

케이타는 두 손을 들어 모두를 진정시키려 했지만, 라그나는 진정할 수 없었고 그녀가 슬쩍 빠져나가게 둘 마음도 없었다.

“이건 정말로 완벽해.”

그녀가 추측했다.

“정신이 완전히 나갔군.”

“엘레스트렌이 벌써 밑밥을 깔아 두었잖아.”

케이타가 설명했다.

“내 얼굴이 부서지고 멍이 들었어. 이 끔찍한 상처는 나으려면 일주일은 걸릴 거고 갈빗대에도 멍이 있으니 이건 완벽해.”

“미친 짓이야.”

라그나는 렌이 그 말을 했다는 것에 놀랐다.

“퀸틸리안 지방에 갈 생각을 정말로 하는 건 아니겠지.”

“내가 지금 이런 꼴을 하고 거기 간다면, 트라시우스는 기쁘게 나를 받아 줄 거야.”

“그다음은 뭐고?”

“그다음은 내가 알아서 할게.”

“잘 알아서 하리라 믿지. 그렇지만 무척 열 받은 트라시우스 일족과 함께 그 지방에 갇혀 있게 돼.”

“더 심각한 상황에 처한 적도 있었어.”

“아니, 그런 적은 없었다, 케이타.”

잠든 손녀를 안은 리아논 여왕이 방을 돌아 딸과 마주 보았다.

“독립 구역민이 뭘 할지 안다. 나는 그들에게 내 아버지를 잃었어. 딸까지 잃을 순 없다.”

“엄마…….”

“안 돼.”

어머니는 침착하고 절제된 목소리였다. 약 올림, 유머, 별명은 이 순간 모두 사라졌다.

“넌 왕좌를 수호할지 모르지만 지배하는 건 나야. 넌 그 지역에 가지 못한다.”

좌절하기도 했고, 어머니를 피해 빠져나갈 길은 없다는 것을 깨달은 케이타는 의자에 편히 기댔다.

“지금 스퀴르뵈른이 자기 영지에서 사우스랜드 경계까지 가지고 온 게 뭔지 혹시 아나?”

라그나가 렌에게 물었다.

"알지, 사실은."

렌이 말했다.

"약간 놀랄 만한 물건이긴 한데, 그 직후에 발견한 것에 비하면 별로 놀랍지도 않아서."

"그게 뭐지?"

라그나가 물었다.

렌은 방 안을 둘러보았다.

"에쉴드. 에쉴드를 찾은 것 같아."

구슬픈 눈으로, 그가 케이타를 보았다.

"독립 구역에는 없더라고."

케이타는 얼굴을 찡그렸다.

"그럼 대체 어디 있다는 거야?"

캐슬무어의 문이 천천히 열리고 아톨은 절뚝거리며 다가오는 '독사' 케이타를 보았다. 그는 케이타를 신뢰하지 않았지만, 그녀가 돌아온 이유에는 호기심이 일었다. 이번에는 그 이상한 드래곤 수사도 대동하지 않고 혼자 왔다.

"레이디 케이타."

케이타가 한 손을 들어 후드를 뒤로 젖히자, 아톨은 자기도 모르게 숨을 들이켰다.

"세상에 케이타."

그녀가 그의 팔 안으로 쓰러지듯 매달렸다.

"제 가족이 이런 짓을 제게 했어요, 아톨. 이제 그들이 저를 찾고 있답니다. 제가 여기 머무를 수 있을까요? 그저 잠깐만이라도 좋아요."

"물론입니다."

아톨은 그녀를 부축해 안으로 들어가며 경비병들에게 문을 닫으라고 손짓했다.

"여기서는 안전합니다, 레이디. 약속하죠."

길리브레이 장로는 라일로켄 장로를 따라잡았다. 둘 다 인간 형태로 아우터플레인까지 데리고 갈 전세 마차로 향하고 있었다. 아우터플레인에 이르면 다른 수단을 사용해서 퀸틸리안 지방까지 가기로 했다.

이틀 전, 두 장로는 케이타 공주에 대한 공격 소문이 퍼지자 도망쳐서 함께 다크플레인을 떠났다. 공주도 사라졌고, 공주의 노스랜드 연인과 일족 또한 짐을 쌌다는 말이 돌았다. 여왕의 진노는 이제까지 본 적이 없을 만큼 컸다. 두 장로는 카드왈라드르가 습격해 올까 걱정한 나머지 신변의 안전을 위해 대피하기로 한 것이다. 트라시우스 대군주가 그들의 안전을 보증했으니, 그에게 그 약속을 이행하게 할 생각이었다.

그들은 서둘러 모퉁이를 돌았으나 술집의 열린 뒷문 새로 빛이 쏟아져 나오자 얼어붙은 양 멈춰 섰다. 넓은 어깨에 멘 전투도끼가 번득였다.

"장로님들."

"자네들은 누군가?"

"내 이름은 비골프. 내 뒤에 있는 녀석은 사촌 마인하르트."

뒤에 있는 자는 앞에 선 자보다 덩치가 더 컸다.

"베르세락 님이 우리에게 부탁을 해서."
"그리고 우리는 부탁 들어주길 좋아하지."

"렌이 함께 오지 않았다니 놀랍군요."
케이타는 아톨의 보좌관이 건넨 찻잔을 받아 들었지만 마시지는 않고 떨리는 손으로 들고만 있었다.
"그가 어디 있는지도 모르는걸요. 상황이 너무 끔찍해졌어요."
"그럼 그웬바엘은?"
형제들이 그의 성에 동시에 온 적은 없었지만, 아톨은 그들의 관계를 알고 그들의 면면도 알고 있었다. 그는 자신의 영역 안에 들어온 모든 것을 아는 자였다.
"나한테 화가 났어요. 모두 내게 화를 내고 있죠. 내가 어머니를 배신했다고 생각하니까요."
아톨이 뒤로 기댔다.
"정말 그랬습니까?"
"물론 아니죠. 난 절대로 그런 위험은 무릅쓰지 않아요. 그러지 않아도 어머니가 나를 어떻게 생각하는지 잘 알잖아요."
"그렇죠."
케이타가 컵만 들여다보고 있자, 아톨이 물었다.
"이전에는 어째서 여기 온 겁니까?"
"그땐 이모를 찾고 있었어요. 어머니가 이모를 찾는다는 말을 들어서……."
"이모가 안전한지 확인하고 싶었던 거군요."

케이타는 옆 탁자에 찻잔을 내려놓았다. 빈손이 되자 그녀는 두 손을 맞잡고 쥐어짜기 시작했다.

"이건 알아줘요. 난 절대로 에쉴드를 해치지 않았을 거예요. 그저 내게 문제가 될 만한 얘기를 어머니에게 하지 않도록 확인받고 싶었을 뿐이죠."

케이타는 입술을 핥았다.

"나라면 이모를 안전한 곳으로 보냈을 거예요. 어머니가 찾을 수 없는 곳으로."

그녀는 움찔하며 아름다운 얼굴에 난 상처를 조심스럽게 건드렸다.

"이제 내가 안전한 곳을 찾아야겠네요."

"당신을 도울 사람이 아무도 없습니까?"

"어머니의 궁정에서 내 동맹이 되어 주겠다고 한 장로가 둘 있었지만 사라졌어요."

"길리브레이와 라일로켄 말이오?"

케이타는 머리를 휙 들었다. 공포를 머금은 눈이 커다래졌다.

"신들이여, 맙소사!"

그녀는 비명을 지르다시피 하며 벌떡 일어났다. 의자가 뒤로 넘어져 바닥에 부딪쳤다.

"당신도 내 어머니 밑에서 일하는군요!"

"아니, 아닙니다."

아톨이 재빨리 일어서며 케이타의 손을 잡았다.

"그렇지 않다고 약속하죠. 진정해요."

"그럼 어떻게 알았……."

"다 괜찮아요. 약속하죠."

아톨이 눈을 감았다. 어떤 목소리가 그를 불렀다.

— 그 애를 내게 데려와요, 아톨.

그는 케이타의 어깨를 한 팔로 감싸며 말했다.

"가요, 케이타. 만나게 해 줄 분이 있어요."

아톨은 자신의 개인실 뒤쪽 문으로 그녀를 데려가 계단을 올랐다. 보좌관이 뒤에 따르고, 그는 케이타를 사 층까지 안내했다. 케이타가 캐슬무어에 머무르는 동안 한 번도 가 본 적 없는 방들이 이어졌다.

"날 어디로 데려가는 거죠?"

그녀가 물었다.

"여기는 특별 손님을 위한 내 개인실입니다."

"그런 걸 할 기분이 아니에요, 아톨."

케이타는 그에게서 떨어지려 했다.

"물론 그렇겠죠. 그런 게 아닙니다."

아톨이 케이타를 이끌고 여러 개의 방을 지나 맨 뒤에 있는 유리문 앞에 이르렀다. 그리고 한 번 노크한 후 문을 열고 안으로 들어섰다.

"케이타, 당신 어머니의 사촌이자 트라시우스 대군주의 반려를 기쁜 마음으로 소개하겠습니다. 레이디 프란세자."

케이타도 프란세자에 대해 들어 본 적 있었다. 리아논의 통치를 두려워한 많은 이들이 그랬듯이 그녀가 권력을 잡자 도피한 여자였다. 하지만 프란세자가 트라시우스에게 가담해서 짝이 되었다는 것은 누구도 알지 못했다. 하긴 그 당시 프란세자에게 신경 쓰는 이는 아무도 없었다.

"내 어머니의 사촌이라고요?"

케이타는 적절히 당황스러워하는 말투를 내려고 애썼다.

"안녕, 예쁜이."

프란세자는 퀸틸리안식으로 길고 소매 없는 튜닉을 인간 몸 위에 두르고 있었다. 손목에는 황금 팔찌를 달고 귀에도 황금 귀걸이를 매달았으며 목에도 굵은 황금 목걸이를 걸었다.

"참 오래 너를 기다렸지, 친애하는 조카."

"나를요, 왜요?"

"그건 나중에 말해도 되고."

프란세자가 두 팔을 뻗었다.

"자, 널 좀 자세히 좀 볼까."

케이타는 앞으로 나서면서 커다란 침대를 돌아갔다. 하지만 우뚝 멈춰 서고 말았다. 눈길이 바닥에 쓰러진 벌거벗은 여자에게로 쏠렸다. 목에는 굵은 개 목걸이를 걸었고, 사슬은 침대 기둥에 묶어놓아 꼼짝할 수 없었다.

"에쉴드!"

케이타는 이모에게로 뛰어가 조심스레 몸을 뒤집고 두 팔로 받쳤다.

"대체 이모에게 어떻게 한 거죠?"

프란세자가 연극하듯 움츠렸다.

"내가 정말 흉측한 짓을 해 버렸지?"

이 말에는 일말의 냉소도 서려 있지 않아서 더욱 아름답게 들렸다.

"알아, 안다고. 표면적으로는 끔찍하게 보이겠지만, 사실은 협조하지 않으려 해서 말이야."

에쉴드가 눈을 뜨더니 케이타의 얼굴을 보고 조카딸의 모피 망토를 붙들었다.

"나는 아무 말도 안 했어."

그녀는 히스테리를 일으키며 말했다.

"맹세한다, 케이타. 아무 말도 하지 않았어!"

"쉬이, 쉬이. 괜찮아요, 에쉴드."

"그게 바로 문제의 일부라는 사실을 깨닫지 못하고 있나 봐. 나한테 말을 안 하는 게. 말만 했더라면 이 지경에 이르지는 않았을 텐데. 내가 너무 냉혹했나? 우리는 어쨌든 사촌인데."

케이타는 그 여자의 목소리를 듣는 것만으로도 구역질이 났지만, 이모의 몸이 너무 차갑다는 사실만이 걱정될 따름이었다. 에쉴드는 다크플레인의 드래곤이었다. 불로 만들어졌다. 그녀가 절대로 느껴서는 안 되는 감각이 냉기였다.

프란세자가 두 손을 깍지 끼고 양 집게손가락을 세워 턱을 받치면서 물었다.

"자, 케이타. 언젠가 다크플레인의 영토를 지배할 수 있다면 어쩌겠니?"

"지배해요? 다크플레인을?"

케이타는 품에 안긴 이모가 죽어 가는 것을 느끼면서도 게임을 계속하려고 애써야만 했다. 지금 이 상황이 시험이고 경고라는 사실을 그녀도 알고 있었다.

"불가능한 소리 같다는 건 안다만, 그렇지 않다는 걸 약속하지. 그저 나를 믿기만 하면 돼."

에쉴드가 필사적으로 케이타에게 매달리며 고개를 저었다.

"케이타, 제발."

"다 괜찮아요, 에쉴드. 정말로."

케이타는 이모의 이마에 입 맞추며 조심스레 등을 바닥에 뉘었다. 그녀는 에쉴드의 뺨을 한 번 토닥였고 이제 이 게임을 끝내야 할 때라는 결론을 내렸다. 그래서 눈을 감고 한 가지 생각만 내보냈다.

— 이제 때가 됐어, 라그나.

케이타는 일어서서 프란세자를 마주 보았다.

드래곤의 미소가 더 커졌다.

"나에게 도전할 셈인가, '독사' 케이타? 바보 짓 마."

"그런 짓은 안 해요."

케이타는 프란세자 옆 탁자 위에 놓인 신선한 과일 접시를 가리켰다.

"여기 과일 맛있지 않아요? 나도 항상 맛있게 먹었는데."

"그래, 무척 맛있어. 즙도 많고. 매일 조금씩 따 오지."

"아톨의 문 위에 걸린 나무에서 따죠?"

아톨이 한 걸음 내디뎠다.

"케이타?"

케이타는 큭큭 웃었다.

"좋아. 거짓말 못 하겠네…… 많이는. 솔직히 말해, 며칠 동안 프란세자 당신을 지켜봤지. 매일 아침 나와서 열매를 따고 종일 깨작깨작 먹더군. 사이사이 신선한 소의 시체를 배달해서 먹기도 했지만. 하인들이 그 과일에 손도 대지 못하는 건, 벌써 하녀 아이가 하나 그랬다가 채찍을 맞았기 때문이라지. 그건 강철 드래곤과 같지 않아? 뭐든 자기 것이라 주장하는 것."

"이 꼬마……."

"별로 쓰진 않았지, 내가 썼던 약이? 맛에도 꽤 신경을 쓰려고 했거든."

프란세자가 숨을 헐떡이며 한 손을 배에 댔다.

"내가 여기 혼자 있는 줄 아니? 나를 지켜 줄 이 하나 없이?"

"혼자가 아니란 건 알아."

케이타는 머리카락을 넘겼다.

"알겠지만 그 독은 드래곤일 때는 별로 효과가 없거든. 아톨의 주문이 당신을 인간 형태로 붙들어 놨다는 게 아쉽네."

강철 드래곤이 아톨을 돌아보았지만, 그는 고개를 저었다.

"그럴 수는 없습니다. 당신을 변신하게 하면 그녀도 변신할 테니까요. 그녀가 데리고 온 자도."

"너무 안됐네, 응?"

케이타는 웃음을 멈출 수가 없었다.

"저 여자를 죽여, 아톨."

프란세자가 꿇어앉으면서 명령했다.

케이타는 코웃음을 치고 한 손으로 됐다는 듯 허공을 쓸었다.

"저자도 그걸 마신 후라서 움직일 수 없을걸."

그녀는 아톨을 돌아보았다.

"보좌관이 당신을 미워하더란 얘기 내가 했나? 게다가 이곳을 원하더라고. 우리가 지금 파괴할 벽을 고쳐 주겠다는 약속만 했을 뿐인데, 기쁘게 바날란 뿌리를 당신 와인에 넣어 줬지."

케이타가 두 손으로 박수를 쳤다.

"이거 정말 재미있지 않아?"

그들 주위의 건물이 우르르 흔들렸고, 프란세자 뒤의 벽이 뜯겨 나갔다. 아톨은 한 팔을 뻗었으나 지독히도 약해진 마법이 두 손을 오가면서 깜빡였을 뿐, 그는 바닥에 쿵 쓰러지고 말았다.

라그나와 렌이 벽이 있던 자리에 만든 공간을 통해 안으로 들어왔다. 일단 아톨의 장소로 들어오면 그들의 마법은 확연히 줄어든다는 것을 알기 때문에, 먼저 문 반대편에서 건물을 뜯어내고 모르퓌드가 밖에 남아 케이타의 계획 다음 부분을 실행하도록 했다.

라그나와 렌이 아톨을 상대하는 동안, 케이타는 프란세자에게로 걸어갔다.

"당신을 구해 줄 이가 아무도 없다니 너무 아쉽네."

그녀는 프란세자가 에쉴드에게 한 짓을 설명할 때 썼던 어투로 말했다.

"당신의 근위대는 내 오빠들에게 당하느라 바쁠 거고."

"네가 하는 짓 모두가……."

프란세자가 숨을 내쉬었다.

"너희 허약한 여왕에게 전쟁만 일으킬걸. 이 영토를 찢어 놓을 전쟁을."

"그럴지도."

케이타는 말했다.

"그리고 인정해야겠네. 나는 이 전쟁을 막으려고 열심히 싸워 왔거든. 심지어 해결책을 찾으려고 당신네 영토에 들어갈 준비도 되어 있었지."

그녀는 웅크리고 앉아 프로세자의 부어오른 얼굴을 들여다보았다. 독이 벌써 인간 몸 안에서 효력을 발휘하고 있었다.

"하지만 내 이모가 포로로 잡혀 있다는 말을 들었어. 그리고 내 친구 렌은 이모가 고통을 겪고 있음을 감지했다고 말했지. 그 후에는 돌아올 길이 없더라고. 누구에게도 없었지. 당신에게도."

케이타는 다시 일어섰다.

"가끔 전쟁은 피할 수 없다는 말이 있긴 해도."

그녀는 미소를 띠며 예쁜 어투를 유지하려고 신경 썼다.

"하지만 걱정 마. 내 친구들과 일족의 도움을 받아서 모든 걸 제대로 시작할 수 있는 사랑스러운 생각을 해냈으니까."

두 검투사가 마주 보고 빙빙 돌자 관중들이 환호했다. 게임의 마지막 날이었고, 트라시우스 대군주의 장녀인 바테리아는 이제까지 이렇게 지겨운 적이 있었나 싶을 정도로 공식적으로 지루했다. 사실 발밑에서 미묘한 진동을 느꼈지만, 그것이 도리어 더 커져서 자신과 아버지의 세계를 더럽히는 지겨운 것들 모두를 삼켜 버릴 만큼 커다란 틈이 생기기를 바랐다. 그녀는 이 권태를 끝낼 일이라면 뭐든 일어나기를 기대했다.

그때 사람들이 숨을 들이마시는 소리가 들렸고, 고귀한 아버지가 의자에 앉은 채로 몸을 앞으로 내미는 모습이 보였다. 그녀는 다시 전투에 집중했으나 검투사들이 뒷걸음질 쳐 물러나 있었다. 상대의 일격 때문이 아니라, 경기장 한가운데 갑자기 생겨난 것 때문이었다.

신비한 통로였다. 이런 유의 마법이 있다는 말은 들은 적 있으나 실제로 쓰는 이를 본 적은 없었다. 거기서 걸어 나온 자는 인간 형태를 한 자그마한 드래곤이었다. 표정으로 봐서 사우스랜더였다. 그녀는 이제 조용해진 관중을 둘러보다가 바테리아의 아버지에게 시선을 고정했다.

여자가 소리쳤다.

"트라시우스 대군주님, 여왕의 아버님이자 제 외할아버님을 기려 제 여왕이 보내는 선물입니다."

말과 함께 여자는 뭔가를 멀리 던졌다. 그것은 데구르르 굴러가며 이리저리 부딪치다 마침내 경기장 한가운데 멈췄다.

바테리아의 아버지가 번개처럼 일어섰지만, 내던져진 것은 인간에서 드래곤으로 변했다. 바테리아는 이 높이에서도 어머니를 알아볼 수가 있었다.

트라시우스가 난간을 붙잡고 다시 시선을 사우스랜더에게로 돌렸다.

"그리고 이건 제가 보내는 사소한 성의 표시죠."

여자는 통로 안쪽으로 손을 뻗더니 세 남자를 끄집어냈다. 늙은 드래곤 둘과 엘프 하나.

"대군주, 당신이 원하는 게 전쟁이라면……."

사우스랜더가 그를 향해 소리쳤다.

"그 전쟁을 얻게 될 거야!"

다음 순간 여자는 사라졌다. 막 짝을 잃고 분노로 날뛰는 바테리아의 아버지와 검투장 한가운데 떨고 있는 세 이국인을 남겨두고.

뭐, 다른 게 없다면 지금 상황이 좀 더 흥미로워지긴 했네.

앤뉠은 작전실에서 기다렸다. 지도와 지휘관들이 보낸 서신이 널린 탁자 위에 엉덩이를 걸치고 팔짱을 낀 채였다. 그 뒤에는 다그마와 탈라이스가 서 있었다.

브라스티아스가 문을 열고 두 여자를 들여보냈다.

"아스타 장군과 부사령관 브륀디스입니다."

여자들이 안으로 들어서자, 그는 문을 닫고 앤뉠 가까이에 섰다. 굵은 팔로 팔짱을 껴 가슴에 턱 올려놓고 흔들림 없는 시선으로 자신의 여왕에게 도전했던 자들을 바라보았다.

부사령관 브륀디스가 도끼를 바닥에 쿵 내려놓고 고개를 숙이며 한 무릎을 꿇었다. 하지만 아스타는 그저 가벼운 목례만 했을 뿐이다. 그래도 앤뉠이 알아봐 주기를 기다리며 고개는 계속 숙인 채였다.

앤뉠은 그들을 맞아 주기 전에 다그마에게 오라고 손짓을 한 후 귀에 대고 속삭였다.

“당신 무리도 나한테 이런 식으로 절하면 어때?”

“그랬다간 여왕님이 자는 중에 우리가 죽일 수밖에 없을걸요.”

다그마도 마주 속삭이더니 윙크했다. 앤뉠은 싱긋 웃었지만 금방 싹 지우고 대신에 험악한 표정을 지으며 두 여자에게 집중했다.

“그래, 여기 온 이유가…….”

앤뉠이 입을 열자 아스타가 고개를 들었다.

“내 쌍둥이를 보호하기 위해서라는 건가.”

“그것이 저희가 부여받은 과업입니다. 실행해야 할 과업이기도 하지요.”

“내가 필요 없다고 하면 어쩔 건가? 가라고 하면 어쩔 거야?”

“그러면 갈 겁니다. 저희가 받은 명령은 당신의 명령을 따르라는 거니까요. 그게 저희가 할 일입니다.”

앤뉠은 거의 으르렁대고 있는 탈라이스를 힐끔 돌아본 후에 물었다.

“여기에는 놀웬의 아기도 있다. 당신들이 옆에 있어도 그 아기가 안전할 수 있나?”

“저희는 애든 어른이든 놀웬 마녀를 해친 적이 없습니다. 지금도 그럴 일이 없지요. 저희는 누구를 해치려고 여기 온 게 아닙니다, 앤뉠 여왕님. 아이들을 데려가지도 않습니다. 당신은 저희를 직접 전투에서 만나셨고 저희의 존경을 얻으셨습니다. 저희는 능력을 다해 명령을 실행할 것입니다. 목숨을 다해 아이들을 보호할 것입니다. 필요하다면 영혼까지도 바칠 것입니다."

"어째서?"

"앤뉠 여왕님은 수많은 지도자와 수많은 문화, 수많은 신들의 세계 사이에 서 계시는 분이니까요. 전쟁이 여왕님을 부르고 있습니다. 대답을 하셔야 합니다."

앤뉠이 무어라 대답하기도 전에, 방 뒷문을 두드리는 소리가 나더니 에바가 들어왔다. 그녀는 두 다리로 걸었고 드레스를 입고 있었다. 그녀가 앤뉠의 옆으로 와서 귀에 대고 속삭였다.

"언제 아기들을 재웠는지 알려 달라고 말씀하셨죠."

"고마워."

앤뉠은 대답했지만 눈은 아스타에게 향해 있었다. 마녀가 켄타우루스를 보고 히죽 웃었다. 다른 쪽, 브륀디스는 여전히 한 무릎을 꿇은 채 고개를 숙이고 있었다.

"이쪽은 에바."

앤뉠이 마녀에게 말했다.

"아기들의 보모지."

두 여자는 상대를 가늠했고 마침내 마녀가 말했다.

"켄타우루스, 우린 당신 종족을 재미로 사냥한 적이 있다."

에바가 미소를 지었다.

"우리는 당신 종족을 간식으로 먹었지. 내 비위를 건드릴 생각 마, 퀼비치. 아니면 당신 자매들이 애도할 만한 살점 하나 남겨 주지 않을 테니까. 내 잇새에서 후벼 판 것을 빼면.”

그녀는 앤뉠에게 목을 까닥여 인사하고 밖으로 나갔다.

앤뉠이 다시 다그마에게 몸을 기울여 귀에 대고 속삭였다.

“정말 마음에 든다니까, 저 여자.”

리아논은 왕좌에 앉아 자식들이 다가오는 모습을 바라보았다. 여동생은 그웬바엘의 팔에 안겨 있었다. 그 옆에는 장로들 중 남은 자들이 있었다. 엘레스트렌에게 가담한 자들도 무사히 끼어 있었다. 그들은 자기도 모르는 새 엘레스트렌의 복수를 향한 열망에 끌려든 것이므로, 리아논은 문제 삼지 않기로 했다…… 이번만은.

“끝났느냐?”

자식들이 앞에 서자 리아논은 물었다.

“끝났습니다.”

장남이 모두를 대신해서 대답했다.

“좋아.”

여왕은 단상에서 내려와 그웬바엘에게로 더 가까이 갔다. 그녀는 여동생의 일그러지고 찢긴 얼굴에서 머리카락을 걷어 올렸다. 리아논은 새끼 때부터 프란세자를 항상 싫어했던 이유를 기억해 냈다. 그 나쁜 년은 항상 비열했다.

“안녕, 동생.”

에쉴드가 눈을 번쩍 뜨더니 리아논이 자기를 내려다보고 있는 것을 보자 휘둥그레졌다.

"나…… 나는 아무 말도 안 했어, 언니. 맹세해. 난 절대로 배신은……."

"쉿. 이제 다 끝났어. 네가 무엇을 희생했는지 안다."

신들이여, 맙소사! 알고도 남았다. 노스랜더가 에쉴드의 손을 건드려 자신이 본 영상을 리아논에게 보냈다. 에쉴드에게 경고하고 보호하려 했지만 도리어 목이 베여 눈앞에서 죽고 만 퀸틸리안 연인. 구타. 고문. 라그나는 리아논에게 그 모든 것을 보여 주었다.

여왕은 그렇게 해 달라고 부탁하지 않았으나 노스랜더가 그렇게 한 이유를 알 수 있었다. 그러므로 에쉴드의 충성에는 의문의 여지가 없다는 것. 어떤 의문도 없다는 것. 에쉴드는 과거에도 충실했고, 앞으로도 충실할 것이었다. 케이타에게. 에쉴드가 보호하고자 했던 이는 케이타였다. 고통을 감내한 것도 케이타를 위해서였고, 프란세자가 조카딸에게 접촉하면 무슨 일이 생길지 두려워했다. 그렇게 된 일이었다.

"넌 안전해, 동생. 집에 돌아왔으니."

리아논이 근위대에게 손짓했다.

"이 아이를 치료사에게 데려가라."

에쉴드는 조심스레 그웬바엘의 두 팔에서 다른 이에게로 옮겨져 회의실을 나갔다.

"고초를 겪으셨다니 유감천만입니다, 케이타 공주님."

장로 중 한 명이 말했다. 리아논은 굳이 누군지 쳐다보지도 않았다.

"엘레스트렌은 왕실 근위대에서 내보냈습니다."

"엘레스트렌은 이 세계에서 아예 내보내야 해."

브리크가 말했다.

"안 돼."

케이타는 오빠를 쳐다보며 고개를 저었다.

"내가 허락하지 않을 거야."

"어째서 넌 그 애를 보호하는데?"

"엘레스트렌은 내가 여왕을 배신했다고 생각했어. 자기 할 일을 한 것뿐이지. 어쩌면 열의가 약간 과했는지도 모르지만. 게다가 그 애도 가족이잖아."

리아논은 그들이 캐슬무어로 떠난 이래로 이런 대화를 꽤 많이 했으리라는 것을 짐작했다.

"결정은 이미 내렸다."

리아논이 왕좌로 돌아갔다.

"글레안나가 엘레스트렌의 운명을 결정할 거야."

여왕은 자리에 앉은 후 장로들을 바라보았다. 그들 모두 고개를 끄덕였고 리아논은 자식들에게 다시 집중했다.

"자, 이제 마지막으로 하나만 남았는데……."

케이타와 형제자매들, 라그나와 일족 모두 궁정을 지나 대전 계단을 올랐다. 집까지는 오랜 비행이었고, 모두들 진이 빠져서 요기를 하고 잠을 자기만을 손꼽아 기다렸다.

하지만 그들은 계단 맨 아래에 멈춰 서서 기다렸다. 그들은 '피투성이' 앤뉠을 기다렸다. 그녀가 계단 한가운데 앉아 그들 모두를 바라보았다. 그 뒤에는 다그마와 탈라이스와 브라스티아스가 서 있었다.

"앤뉠!"

앤뉠은 짝의 눈을 들여다보았다. 잠시 후 그녀가 말했다.

"계획대로 아이들을 위한 축하 잔치는 진행할 거야. 그리고 모든 게 준비되면 나는 내 부대를 이끌고 서부 산맥으로 가서 독립 구역민들과 전투를 벌일 거야."

피어구스가 숨을 내쉬었다.

"나는 리아논 여왕의 부대를 이끌고 노스랜드로 진입해서 강철 드래곤과 싸울 거고."

부부는 한참 서로를 바라보았다. 마침내 앤뉠이 일어서면서 말했다.

"그럼, 내 사랑. 준비하는 게 좋겠어."

켈륀은 함께 가곤 했던 작은 호숫가에서 이지를 기다렸다. 야심한 시각이었고 쌍둥이의 생일을 축하하기 위해 사흘간 계속될 잔치의 첫날이 시작되기 직전이었다. 어머니는 그도 참석하기를 바랐고, 현재 어머니가 아들에게 느끼는 감정을 생각하면 그 역시 빠지기 싫었다. 하지만 이지를 단둘이 만나야만 했다.

이지가 나무 사이를 뛰어와 그가 벌린 팔 안으로 뛰어들었다.

"켈륀! 못 믿을 거야!"

그러고는 팔과 다리로 그를 꽉 안았다.

"뭘 못 믿는다는 거야?"

이지가 땅에 내려와 그의 두 손을 잡았다.

"나 앤뷜과 함께 웨스트랜드로 가게 됐어. 여왕님의 종자가 될 거야!"

그녀는 발가락으로 서서 위아래로 뛰었다.

"엄마는 노발대발하셨지만."

이지가 웃으면서 켈린을 다시 껴안았다.

"이제 진형 부대에서 나와 앤뉠 옆에서 싸울 거야!"

켈린은 억지로 미소를 지었다.

"그거 멋지네."

"브란웬도 우리와 같이 갈 거야. 네 엄마가 우리를 갈라놓고 싶어 하진 않으셔서. 우리가 같이 일하면 더 잘한다고. 대단하지 않아?"

"대단해."

이지가 얼굴을 약간 찡그렸다.

"뭐가 문제야?"

"이지……."

켈린은 그냥 말해 버리기로 결정했다.

"난 리아논 여왕의 부대와 함께 노스랜드로 파견되었어."

이지가 눈을 크게 뜨고 그를 껴안았다.

"운도 좋다!"

"뭐?"

그녀는 몸을 떼고 그를 보며 씩 웃었다.

"번개 드래곤들과 함께 싸우게 되잖아! 마인하르트와 비골프와 라그나랑. 나랑 브란웬이 요새 며칠 동안 아침마다 그들과 같이 훈련했는데 정말 멋져! 앤뉠이 나를 종자로 삼아 준 것도 일부는 그들 덕분인 것 같아. 너 정말 많이 배울 거야. 진짜 샘난다!"

이지는 그의 어깨를 토닥였다. 하지만 그가 얼빠진 표정으로 바라보자 그녀는 얼굴을 찡그렸다.

"뭐가 문제야?"

"넌 내가 없어도 그립지 않겠어?"

"물론 정말 그립겠지."

이지는 박수를 치면서 꺅 소리를 질렀다.

"하지만 난 앤뉠의 종자가 될 거니까!"

그웬바엘은 한 다리로 바닥을 톡톡 치며 의자에 앉아 있었다.

"그래서……."

다그마가 그의 뒤에서 말했다. 목소리는 침착하고 자제되어 있었다.

"당신이 에쉴드를 도로 아우터플레인까지 호위한다고?"

"그래."

그가 두 손을 꽉 쥐며 대답했다.

"이모가 아직은 웃고 있지만 곧 어머니 때문에 피곤해질 거야. 더 이상 있다가는 압력 때문에 부서지고 말 것 같아."

"에쉴드가 돌아가도 될 만큼 튼튼해졌다고 생각해?"

"모르퓌드 말로는 떠날 때쯤에는 그렇게 될 거래. 아직도 낫는 중이긴 하지만."

"그렇다는 건 알아. 하지만 에쉴드가 집으로 돌아가서 이제까지 겪은 일을 다 잊을 방법을 찾을 준비가 되었는지 확실히 하고 싶어."

"누구를 시켜서 이모를 항상 지켜보라고 할 거지?"

"벌써 조치해 놓았어."

다그마가 한 손을 그의 어깨에 올렸다. 부드럽고 안도감을 주는 손.

"내가 당신을 무척 사랑한다는 걸 기억해 줘, 그웬바엘."

"당신이 그렇다는 것을 알지."

그웬바엘은 이를 악물고 기다렸다. 다그마가 그의 소중하고 소중한 머리카락을 조금 쥐는 것을 느낄 때까지는 꾹 참았다.

"난 못 하겠어!"

그는 의자에서 벌떡 일어나 방 저편으로 비틀비틀 걸어갔다. 다그마가 사악한 가위를 다리에 대고 톡톡 두드렸다. 그는 그 가위가 자기를 노린다는 것을 알았다. 느낄 수 있었다.

"그렇게 머리카락을 길게 기르고 노스랜드에 가서 전투를 할 순 없어."

그녀의 목소리에서 이제 침착성도 자제력도 사라진 것이 느껴졌다.

"어울리지 않아."

"내 머리카락이 조금도 그립지 않겠어?"

"당신을 더 그리워할 거야. 하지만 머리카락은 잘라야 해. 이제 이 의자로 오지그래."

"할 수 없어. 이건 내 머리카락이라고. 이 머리카락이 있어야 내가 나다운 거야."

"지금 내가 당신을 대머리로 밀어 버릴 것처럼 구는데, 그저 등 중간까지만 오게 자르려는 것뿐이야."

그웬바엘은 겁에 질려 숨을 헉 들이켰다.

"차라리 나를 대머리로 밀어 버려."

다그마가 가위를 내던졌다. 카누트는 주인이 이렇게 분통을 터뜨리는 것을 거의 본 적이 없는지라 침대 밑으로 슬쩍 기어 들어갔다.

"그냥…… 잔치가 끝날 때까지만 기다려 줘."

그는 거래를 시도했다.

"사흘만 더. 나만 좋자는 게 아니라 당신도 그동안 내 머리카락을 더 한껏 누릴 수 있잖아."

다그마가 팔짱을 꼈다.

"아버지 말씀이 맞았어. 당신은…… 완전히 미쳤어."

브리크는 침대에 앉아 무릎에 팔꿈치를 괴고 손바닥에 턱을 얹은 자세로 그의 사랑이 분통을 터뜨리는 모습을 구경했다.

"대체 그 여자는 자기가 뭐라고 생각하는 거야? 내 딸을 종자로 삼아?"

"아마 여왕이라고 생각하겠지."

"입 닥쳐!"

브리크가 그녀를 위해 만들어 준 진한 파란색 드레스를 입고 무척 탐스럽게 보이는 탈라이스는 방 안을 서성거렸다.

"헤실헤실 웃기만 하는 멍청이가……."

"그냥 이지라고 불러."

"여기저기 뛰어다니면서 모든 사람에게 잘된 일이라고 떠벌리고 다닌다니까. '난 앤뉠의 종자가 될 거예요. 미친 여왕과 일상적으로 죽음을 상대할 거예요.'"

"이지가 그렇게 신나 있는 건 본 적이 없는데."

"입 닥쳐!"

이지는 침실을 향해 복도를 달렸다. 옷을 갈아입어야 했다. 잔치 손님들이 속속 도착 중이었다. 그녀는 모퉁이를 돌다가 벽돌판 같은 단단한 것에 머리부터 쿵 부딪쳤다. 누군가는 그걸 가슴이라고 부르리라.

이지는 뒤로 나동그라지며 엉덩방아를 찧었다. 그리고 가장 심한 충격을 받은 듯한 이마를 문지르면서 앞길을 막은 커다란 멍청이를 보고 얼굴을 찡그렸다.

"괜찮아?"

그는 애써 걱정스러운 목소리를 냈다.

"괜찮아요."

그가 손을 뻗었지만 이지는 그의 두 손을 쳐 냈다.

"당신 도움은 필요 없어요. 무척 고맙네요."

"계속 이런 식으로 행동할 거야?"

이지는 일어섰다.

"네. 당신은 정말 얼간이예요. 이전부터 얼간이인 줄은 알고 있었지만…… 얼마나 얼간이인지까지는 미처 몰랐달까."

"그래, 계속 그런 식으로 해."

에이브히어가 그녀를 돌아 지나가자, 이지는 한마디 던졌다.

"그보다, 켈륀을 당신 형네 부대로 보내다니 참 영리하네요."

그가 걸음을 멈추고 그녀를 마주 보았다.

"무슨 말을 하는 거야?"

"모르는 척하긴."

"켈륀이 노스랜드에 간다고? 나와 같이? 젠장, 그 켄타우루스 똥 같은 짓은 바로 당장 끝내 주지."

이지는 그가 피어구스를 찾으러 가지 못하게 팔을 잡았다.

"아니면, 이 똥 같은 짓은 우리끼리 끝낼 수 있잖아요. 당신이 나를 보호할 필요는 없어요, 에이브히어. 내 연인들을 때리고 다닐 필요는……."

"그 단어, 내 앞에서 다시 쓰지 마."

"내가 누구랑 섹스를 하든 그것도 당신 소관은 아니죠."

"이런 대화는 하지 말자."

"걔는 당신 사촌이에요."

이지는 일깨워 주었다.

"그리고 너는 걔랑 잤지."

에이브히어가 이지의 면전에 대고 고함을 질렀다.

이지는 차분하게 대답했다.

"그랬어요. 한 번 이상. 그렇다고 내게 죄책감을 느끼게 할 순 없어요. 하지만 그 애는 당신 사촌이에요. 당신이 통제할 수 없는 일을 가지고 일족과의 사이를 망가뜨리지 마요. 나라는 문제를 가지고."

그러고는 방으로 들어가면서 등 뒤로 문을 쾅 닫았다.

브란웬이 읽던 책에서 고개도 들지 않고 명랑하게 말했다.

"너희 둘은 정말 말싸움도 잘한다."

피어구스는 방 건너편으로 달려가 딸의 손에서 작은 식사용 칼을 빼앗았다. 앤뉠이 케이타가 골라 준 새 드레스를 자랑하려고 한 바퀴 돌자 아들이 미친 듯 웃으면서 침대 위에 벌러덩 드러누웠다.

"그렇게 나쁘진 않지?"

"그래."

피어구스는 필요 이상으로 여러 번 고개를 저었다.

"전혀 나쁘지 않아."

"당신 괜찮아? 땀을 흘리는 것 같은데."

"그저 그 드레스를 입은 당신을 보니 피가 솟구쳐서."

앤뉠이 험악한 표정으로 딸과 시선을 마주쳤다.

"저 애가 지금 코웃음 친 거야?"

"아니."

피어구스는 한 손으로 키득거리는 딸의 얼굴을 덮으며 침대 위 제 오빠 옆으로 밀었다.

"그냥 살짝 코를 킁킁거린 것뿐이지."

"거짓말도 잘하시네. 어떻게 나를 속여서 당신과 그 기사님이 다른 존재라고 철석같이 믿게 했더라?"

"그거야 당신이 나한테 말 한마디도 끝낼 틈을 안 줘……."

"지금으로써는 상상만 해도 미친 짓이야, 이 새빨간 거짓말쟁이 같으니."

저녁 식사를 위한 옷도 갈아입지 못한 케이타는 라그나의 몸에서 떨어져 나와 침대 반대편으로 기어갔다.

"방금 뭐라고 했어?"

그녀가 그를 마주 보며 다그쳐 물었다. 땀에 젖어서, 그보다는 그녀에 젖어서 라그나는 고개를 들었다.

"우리와 함께 전투 처녀로 노스랜드까지 함께 가야 한다고 말했는데."

"그거 위안부 같은 거야?"

"아니."

그는 눈을 감으며 숨을 깊이 들이마셨다 내보냈다.

"우리 민족 사이에서는 영예로운 자리지."

"이거 나를 노스랜드로 데리고 가서 당신이 강철 드래곤들과 싸우지 않을 때마다 그 물건으로 바쁘게 만들려는 수작이 아니라고 장담할 수 있어? 그렇게 해서 나를 영원히 당신 곁에 머물게 하려고?"

라그나는 그녀를 빤히 바라보며 눈을 깜박였다.

"물론 아니지. 어째서 그런 생각을 해?"

케이타가 손가락으로 그를 가리켰다.

"나는 어떤 남자에게도 나 자신을 주지 않을 거니까. 규칙적으로 보는 애인이 있는 건 싫지 않아. 하지만 난 엄마처럼은 안 될 거야. 나를 이성을 넘어 숭배하는 남자에게 묶이지 않겠다고."

"어떤 여자도 그런 걸 원하진 않으니까?"

"그거 비꼬는 말이야?"

"어째서 그런 생각을 했지?"

그는 여전히 단단하고 맛있게 굵어진 자기 물건을 가리켰다.

"이제 여기로 돌아와서 끝내지 않겠어?"

"우리가 서로 이해하는 한, 나는 당신의 전투 창녀로 따라가긴 할게……."

"전투 처녀야."

"하지만 그 이상은 약속할 수 없어. 어떤 명예로운 자리라도 나를 상으로 내걸진 말고, 내 날개를 위협하지도 말고, 불꽃이든 번개든 당신 부족이 피해자를 낙인찍을 때 쓰는 뭐든 간에 내 완벽하기 그지없는 몸에 흉터를 낼 생각은 하지도 마."

"짝이라는 거지."

"뭐가 되었든."

"그 정도면 공정한 것 같군."

"난 '권리 주장 서약'은 하지 않아, 라그나. 당신하고든, 누구하고든."

"좋아."

자기 뜻을 관철했다고 생각한 케이타는 다시 침대 건너편으로 기어가 라그나의 몸 위에 올라탔다. 그녀는 그의 남성을 잡고 자기 몸 아래에 맞춘 후 자신의 그곳을 천천히 아래로 내려 그를 다시 한 번 몸 안 깊이 받아들였다. 라그나가 그녀의 목덜미를 잡고 커다란 손가락으로 그곳의 근육을 마사지했다.

"하지만 당신이 나랑 함께 있는 동안은 말이지, 공주님……."

"아직도 공주 년처럼 들린다니까."

"다른 놈은 몸 안에 받아들이면 안 돼. 다른 수컷의 앞발이나 손도 대게 해선 안 되고. 이 정도면 공정한 거래 같은데?"

"그럭저럭 공정하네."

그녀는 벌써 그의 몸에 대고 허리를 흔들면서 숨을 헐떡이고 있었다.

"그럭저럭 공정해."

다그마는 계단을 향해 내려갔다. 이번에도 케이타가 골라 준 드레스를 입고 있었다. 첫 번째 골라 준 것만큼 잘 어울리는 옷이었다. 아마도 이 공주는 다그마에게 예쁜 것이 가득한 새 옷장을 통째로 안길 모양이었다. 그 생각에 다그마는 약간 겁을 먹었다. 케이타가 실제로는 새 옷장을 '사 줄' 뜻이 없다는 것을 알고 있었기 때문이다. 그래서 다음 며칠 동안 그 지역을 통과하는 상인들이 변을 당하지 않을까 두려웠다.

갑자기 걸음을 멈춘 다그마가 카누트를 내려다보았다. 그녀는 둘 다 똑같은 것을 감지했음을 알고 개에게 눈썹을 치켜 보인 후 계단을 계속 내려가 이지의 방 앞에 섰다. 그리고 노크도 없이 안으로 들어가서 그녀가 재빨리 등 뒤로 뭔가를 감추는 현장을 잡았다.

"내놔."

다그마는 한 손을 내밀고 명령했다.

"하지만……."

"탈라이스와 브리크의 딸, 이세벨, 내놔."

"얘가 있으면 기운이 난단 말이에요."

"그런 얼굴 하지 마, 여왕의 종자."

다그마는 이지가 입술을 오므리는 것을 보았다. 이 아이는 누가 그렇게 부를 때마다 저절로 떠오르는 미소를 감추려 애쓰고 있었다.

"떠날 때까지만 데리고 있으면 안 돼요?"

"내 말 믿어, 이지. 넌 걔를 데리고 있을 수 없어. 이제 넘겨."

이지가 한숨을 쉬며 강아지를 등 뒤에서 꺼내 다그마의 손에 올려놓았다.

"난 개 좋아하는데."

"이지 네가 좋아하지 않는 것도 있니."

다그마는 이지의 이마에 입을 맞추고 몸을 돌렸다.

"옷 입어. 곧 저녁 식사 시작이야."

그러고는 강아지를 데리고 방을 나왔다. 계단을 내려가 대전의 뒷길로 나선 다그마는 강아지를 땅에 내려놓았다.

"강아지인 척 그만해, 난눌프!"

늑대 신이 거대한 앞발을 내디디며 혀를 내밀고 다그마를 향해 씩 웃었다. 인간의 형체였다면 비웃고 있는 것이 분명했다.

"그리고 이지는 좀 가만 놔둬."

다그마는 경고했다. 그리고 늑대 신이 입을 열자, 재빨리 덧붙였다.

"짖지도 말고!"

요새의 벽은 그런 피해를 견딜 수가 없을 것이다.

난눌프가 입을 삐죽하며 꼬리를 내렸다. 다그마는 그의 머리를 토닥여 주었다. 개가 혀로 그녀의 얼굴을 핥다가 빙빙 돌면서 꼬리로 치는 바람에 다그마는 엉덩방아를 찧을 뻔했다. 그 틈에 개는 뛰어가 버렸다.

"누구랑 얘기하는 거예요, 다그마?"

모르퀴드가 뒤에서 다가왔다.

"어떤 신이랑요."

다그마는 간결하게 대답했다.

모르퀴드는 한 바퀴 돌았다가 안으로 들어가며 중얼거렸다.

"자랑쟁이."

에이브히어는 케이타에게 다가가 소맷자락을 잡아당겼다. 동생이 뭐라 한마디 하기도 전에 그녀는 눈썹을 치키고 못마땅하다는 듯 입술을 오므리며 바라보았다.

"나한테 화 좀 그만 내, 누나."

그가 말했다.

"누나까지 나한테 화내면 나 견디기 힘들어."

"이지에게 사과는 했어?"

"아니."

그는 팔짱을 꼈다. 자기도 모르게 입을 내밀었지만 신경 쓰지 않았다.

"그리고 안 할 거야. 그 애는 미쳤어! 합리적으로 말해도 들으려 하지 않아."

"합리적으로 말해도 들으려 하지 않는다고?"

"알잖아. 누나는 개 고모이기 전에 내 누나야. 이 가족에선 그게 아무런 의미가 없어?"

"물론 없지."

케이타는 동생을 놔두고 가 버렸고 에이브히어는 바닥만 내려다보았다. 참을 수 없는 일이었다.

형들은 귀에 못이 박이도록 그에게 얘기했다.

'기회가 있을 때 켈륀을 죽여 버렸어야지, 바보.'

모르퓌드는 그를 토닥이며 달랬다.

'다 괜찮을 거야. 지금은 걱정 마.'

모두 기대했던 반응이지만 이 순간까지는 일족의 반응이 완벽한 균형을 이루기를 자신이 바라고 있었다는 것을 깨닫지 못했다. 케이타의 직접적이지만 공정한 충고까지도 포함해서.

그래서 누나가 말도 하지 않고 화만 내거나 어떻게 처리해야 할지 얘기도 해 주지 않자 너무 힘들었다. 특히 케이타는 그가 멍청이거나 유리로 만들어진 것처럼 대하지 않는 유일한 형제였으므로.

에이브히어는 바닥을 긁는 소리를 듣고 고개를 들었다. 케이타가 커다란 의자를 질질 끌고 그에게 다가오고 있었다.

"그거 앤뉠의 왕좌 아냐?"

에이브히어는 누구 관련자가 없나 주위를 둘러보았다.

"그냥 빌리는 거야."

그녀는 왕좌를 에이브히어 앞에 놓고 푹신한 좌석 위로 올라섰다. 그리고 눈높이가 같아지자 두 손을 동생의 어깨에 얹었다.

"내가 너 사랑하는 거 알지, 꼬마 동생아."

"그런 것 같은데. 하지만 말로 들으면 더 좋겠는걸."

케이타는 미소를 지었고, 에이브히어는 그 모습에 안도감을 느꼈다.

"좀 시간이 걸릴지 몰라. 너도 다른 가족들처럼 우스꽝스러울 정도로 고집이 세니까. 하지만 언젠가 네가 이 일을 바로잡으리라는 것을 알고 있어. 그때까지는……."

그녀는 두 팔을 동생의 목에 감고 꼭 껴안았다.

"내 사랑과 충성을 항상 네게 줄게."

"아! 고마워, 누나."

그녀가 몸을 떼고 한 손가락으로 동생을 가리켰다.

"하지만 꼬마 녀석이 버릇없이 굴면, 너를 바로 얼간이라고 불러 버릴 테다."

에이브히어도 이미 아는 부분이었다.

"이, 천둥벌거숭이야!"

앤뉠이 복도 건너편에서 소리쳤다.

"대체 내 왕좌 가지고 뭔 짓들을 하는 거예요?"

라그나는 입을 살짝 벌리고 일족을 보았다.

"그 표정은 뭐야? 그렇게 하라고 형이 말했잖아."

비골프가 말했다.

“심지어 제안도 했다.”

마인하르트가 끼어들었다.

“농담하는 줄 알았지. 둘 다 정신이 나갔어?”

“우린 잘해 주려고 한 것뿐이야. 게다가 그 미친 인간 군주가 형들 머리카락까지 깎으려 든다면, 난 더 듣고 싶지 않아…….”

동생이 항변했다.

“누가 그랬죠?”

앤뉠이 뒤에서 따져 물었다.

라그나는 그녀를 마주했다.

“레이디…….”

“누구죠? 나는 이게 누구 생각인지 알고 싶은데요.”

그녀가 훈련 곤봉, 전투 도끼, 전쟁 망치, 방패를 들어 보였다. 인간과 드래곤 피를 이어받은 두 살배기 여자애에게 딱 맞는 크기였다.

“지금 당장 알고 싶다고요!”

비골프와 마인하르트가 손을 들자 여왕의 눈에 눈물이 고였다. 앤뉠은 두 팔을 활짝 벌려 둘의 가슴을 끌어안았다.

“정말 다정하군요. 고마워요, 둘 다.”

바로 그때, 라그나는 생색을 냈다.

“방패도 제안한 건 나죠.”

케이타는 언니 옆에 슬쩍 섰다. 공작이라나 뭐라나 하는 남자와 그의 지루한 인간 짝인 공작 부인이나 뭐라나 하는 여자도 옆에 있었지만, 그녀는 아랑곳하지 않고 말했다.

"나는 전투 창녀가 되어 북부로 갈 거야."

"처녀겠지!"

모르퓌드가 고함을 질렀다.

"이 애는 전투 처녀가 된다고 한 거예요."

그녀는 억지로 미소를 지었다.

"저희 잠깐 실례해도 될까요?

모르퓌드가 케이타의 팔을 잡고 대전 반대편으로 끌고 가더니 동생을 밀치며 말했다.

"대체 넌 뭐가 문제니? 전염병 같은 거 걸렸어?"

"왜 소리쳐?"

"전투 창녀라고?"

"창녀, 처녀. 뭐가 달라?"

"일부러 날 망신 주는 거지."

"그건 기술이 필요하지만, 언니랑 같이 있으면 꽤 쉽다니까."

모르퓌드는 입술을 꽉 물고 케이타를 밀었고, 케이타도 마주 밀었다. 잠깐 침묵이 흘렀고 둘 다 술을 다 마셔 버린 후 다른 잔을 향해 덤벼들었다. 하지만 다그마가 그들 사이에 끼어들었고, 맛있게 보이는 개도 바로 옆에 섰다.

"이번에는 나도 가만히 있지 않을 거예요."

"얘가 먼저 시작했어요!"

둘이 동시에 상대를 비난했다.

"듣고 싶지 않아요. 이 잔치는 당신네 조카들의 탄생과 삶을 축하하는 자리예요. 그러니 적어도 그 어머니에게 존경심을 약간은 표현할 수 있겠죠. 여자가 할 수 있는 가장 힘든 결정을 한 여자라고요. 오늘 밤이 앤뷜에게 얼마나 힘들지 생각이 안 되나요? 그런데도 둘이 암고양이처럼 싸워요?"

이 조그만 야만인이 하는 말이 맞다는 걸 깨닫자 케이타는 언니를 보고 말했다.

"미안."

모르퀴드도 대답했다.

"나도 그래."

"고마워요."

다그마는 그 자리를 뜨려 했지만 인간 여왕과 신임 종자의 분노한 엄마에게 가로막혔다.

"내 딸을 죽이려는 거예요?"

앤뷜은 빙그르 돌아 탈라이스를 마주했다.

"그래요, 내가 원하는 게 그거죠. 이지를 죽게 만드는 거. 그게 내 인생의 목표죠, 망할."

"엄마."

이지가 달려왔다. 그 품에는 방글방글 웃는 여동생이 안겨 있었고, 목에는 무장을 단단히 한 쌍둥이 사촌이 매달려 있었다.

"이러지 않겠다고 약속했잖아요."

"넌 빠져, 이지. 나는 네 배신자 여왕과 얘기하는 중이니까."

다그마가 케이타와 모르퀴드를 돌아보았다.

"난 끼어들지 않을래요."

그녀는 간단히 선언했다.

"안 할 거예요."

그리고 몇 발 떼다가 몇 초 후 딱딱하게 불렀다.

"카누트!"

케이타의 다리에 딱 붙어 있던 개가 커다란 갈색 눈으로 올려다보았다.

"가는 게 좋겠다."

케이타가 속삭였다.

카누트는 한숨을 내쉬더니 주인을 따라갔다. 다투는 동서 간과 이지 또한 다른 장소로 옮겨 가서 대전에 있는 모든 손님들이 그들이 미친 듯 소리치는 광경을 훤히 구경할 수가 있었다.

"언니는 어떤지 모르겠지만……."

모든 사우스랜드를 다스리는 인간 여왕과 제 엄마가 흉하게 고함을 지르며 몸싸움을 벌이지 못하게 떼어 놓으려는 이지와 그를 돕겠다고 뛰어가는 브리크를 보며 케이타가 말했다.

"오늘 밤 정말 흥겨운데."

모르퓌드는 하인에게 와인을 좀 더 가져오라고 손짓했다.

"놀랍게도, 그리고 드래곤 역사상 처음으로 내가 동생과 뜻이 같은 날이네."

"그 여자는 내 거야."

라그나는 무거운 한숨을 내쉬었다.

"'야수'가 그 특정 표현을 쓸지는 잘 모르겠지만, 그래."

"그저 모두 있는 자리에서 명확히 해 두고 싶었어, 거짓말쟁이 수도사 녀석."

그웬바엘이 설명했다.

"그러니까 네가 무슨 짓이라도 하려고 하면 내가 너를 죽일 수밖에 없다는 걸 이해하겠지."

"내가 당신 여동생을 사랑한다는 걸 아직도 파악 못 했나?"

"이건 케이타에 관한 얘기가 아냐. 나에 관한 얘기지."

"난 다그마에 대한 얘기인 줄 알았는데."

"나랑 관련 있으니까."

라그나는 더는 이 헛소리를 참고 있을 수 없어서, 몸을 앞으로 숙이고 '훼손자'의 귀에 속삭였다.

"머리를 자를 거라고 들었는데, 바닥까지 하염없이 떨어지는 긴 금발 머리채를……."

그웬바엘이 그에게서 휙 떨어졌다.

"망할 자식!"

케이타는 재빨리 옆으로 피하며 오빠가 지나가도록 길을 내주었다. 그녀가 들고 있던 술잔 두 개가 그의 멍청이 짓에 희생양이 될 뻔했다.

"뭣 때문에 그랬어?"

케이타가 그에게 잔을 하나 건네며 물었다. 라그나는 잔 속을 들여다보았다.

"이거 당신 아버지가 빚은 술이야?"

"약한 소리 하지 마, 라그나. 벌컥벌컥 마셔."

"나중에."

그는 잔을 뒤의 탁자 위에 올려놓았다.

"음?"

그녀가 싱긋 웃으며 물었다.

"뭐가 음이야?"

"오빠들이 여기 와서 당신에게 아직 겁을 주지 않았어? 당신이 사랑스러운 여동생을 데리고 가니까 죽기 직전까지 패 주겠다면서?"

"아…… 아니."

케이타의 눈썹이 처졌다.

"아니라니, 무슨 뜻이야?"

"아니라는 뜻이지. 오빠들은 아무 말도 하지 않았어. 잠깐. 그건 아니네."

케이타의 얼굴이 밝아졌다.

"오빠 둘은 그러더군. '비켜!' 그래서 내가 말했지. '꺼져!'라고. 그게 다야."

그녀는 맨발을 굴렀다. 라그나는 언젠가 그녀가 왜 신발을 신지 않으려 하는지 알아내야겠다고 생각했다.

"이 가족은 나를 전혀 사랑하지 않는 거야? 나는 누구에게도 하찮은 존재인 거야?"

"나에게……."

"그 말은 하지 마."

라그나는 웃으면서 그녀를 품으로 끌어당겨 안았다.

"브라스티아스는 항상 위협하면서 왜 당신에게는 그렇게 안 하지?"

케이타가 투덜댔다.

"그거야 당신에게는 오빠들의 보호가 필요 없다는 것을 알기 때문이지. 당신은 자기 앞가림을 잘하니까."

케이타는 코를 훌쩍였다.

"그 말 아주 좋았어."

"진짜 그렇게 생각하니까."

그녀는 미소를 띠며 그의 잔을 탁자 위에 놓고 두 팔로 그의 목을 감았다.

"말해 봐, 라그나. 그 전투 창녀……."

"처녀."

"그 자리 말인데, 그러면 내가 노스랜드의 왕비가 되는 거야?"

"아니."

"왕좌가 있어?"

"아니."

"쇼핑 여행도 시켜 주나? 황금 마차는? 잘생긴 전사로 구성한 부대 하나가 항상 나를 지켜 줘?"

"세 번 연속 '아니'라고 대답해야겠는데."

"그럼 이 전투 매춘부의 목적이 뭐야?"

"전투 처녀라니까. 어쨌든, 기본적으로는 내가 전투를 하러 날아가기 전에 머리를 땋아 주는 거지."

케이타가 그를 올려다보았다.

"농담이겠지."

"그리고 내가 돌아오면 풀어 주고."

"그래, 백 년 동안 왕좌의 수호자 임무를 해 왔는데, 다음 육칠백 년 동안 당신의 머리 땋는 일이 꽤나 기대가 되겠다."

"난 절박했어."

그가 인정했다.

"내 물건은 단단했고, 당신은 젖었고, 당신을 데리고 여행하려면 핑계가 필요했고, 당신에게 사랑한다고 말하고 어머니를 만나 주었으면 좋겠다고 말했어도 아무런 소용이 없었을 게 거의 확실했으니까."

"당신 생각이 맞았을 거야."

진실을 대면하지 않으려 도망가는 대신, 케이타는 물었다.

"하지만 당신이 강철 드래곤들과 전투하러 나간 사이에 나는 뭘 하지? 예쁜 모습으로 빈둥거리며, 불쌍한 노스랜드 여자들 모두를 망신 주나?"

"나를 도와 나와 일족을 배신한 자들을 무너뜨리면 어때?"

케이타가 그에게서 한발 떨어졌다.

"나를 정말 위험에 몰아넣으려는 거야? 당신 이득을 추구하려고 내 목숨까지 걸고 싶어?"

라그나는 거짓말을 할 수 없어 어깨를 으쓱했다.

"그렇게 해서 내가 원하는 것을 얻을 수 있으면."

"신들이여, 맙소사."

케이타는 떨리는 호흡으로 말하며 그의 품 안으로 다시 들어가 그를 꼭 껴안았다.

"여기서 내가 당장 당신을 바닥에 눕히게 하려는 것 같네."

라그나는 그녀를 더 꼭 껴안았다.

"뭐, 당신의 오빠들이 내가 죽기 직전까지 패 주기를 바란다면…… 그것도 방법이겠네."

에필로그

이 이른 아침, 다크플레인 전체가 고요하고 두 개의 태양은 아직 깨어나지도 않은 듯 보일 때, '피의 여왕'이 완전군장을 갖추고 계단 위로 나섰다.

여왕의 짝은 벌써 드래곤으로 변신하여 갑옷을 입은 모습으로 일족과 함께 그녀를 기다리고 있었다. 함께했던 지난밤은 너무나 짧았지만 기억할 만한 밤이었다. 서로 떨어져야 하는 시간을 견디는 데 도움이 될 것이다.

앤뉠은 걸음을 멈추고 아이들을 돌아보았다. 그리고 주저앉아 두 팔을 벌렸다. 아이들이 어머니에게로 달려와 두 팔을 감고 꼭 껴안아 주었다. 여왕은 아이들에게 입을 맞춘 후 들어 올려 보모에게 도로 건넸다. 그녀가 몸을 숙이고 속삭였다.

"문제가 생길 기미가 조금이라도 있으면, 에바……."

"제가 아이들을 데리고 떠나죠, 나의 여왕님. 걱정 마세요."

'피의 여왕'은 뒤로 물러서서 자매들이라고 부르는 이들을 바라보았다. 암살자 마녀, 음모꾼 전쟁 군주. 그들은 한 시간 전, 남들이 보지 않을 때 눈물의 이별을 나누었다. 여기 관중에게 보일 눈물은 이제 남아 있지 않았다. 그녀는 젖먹이인 조카딸을 향해 윙크했다. 여자 아기가 손을 흔들며 작별 인사를 했다.

여왕은 몸을 돌려 계단을 내려가서 짝을 맞았다. 다크플레인의 드래곤 왕자가 머리를 조심스레 그녀에게 댔다. 둘은 오래전부터 말없이도 이해할 수 있는 사이였다. 그녀는 그의 입에 키스했고, 그를 떠나 기다리는 말에게로 갔다. 큰조카딸이자 신임 종자가 투구를 내밀었다. 여왕은 투구를 쓰고 긴 투구 꼭대기에 달린 기다란 보라색 머리채를 어깨 뒤로 넘기면서, 한때 이 머리채의 주인이었던 노스랜더에게 윙크를 보냈다. 그는 대답으로 미소를 띠고 존경을 담아 가볍게 목례했다. 그녀는 등자에 발을 올리고 말에 올라탔다.

일단 자리를 잡자, 그녀는 마지막으로 한번 둘러보았다. 브라스티아스 장군이 왼쪽에 서고 그의 부사령관인 다넬린이 앤뉠의 오른쪽에 섰다. 모르퀴드는 앤뉠 여왕의 전투 마법사 역할을 다시 맡아 인간 부대와 함께 참을성 있게 대기하고 있었다. 그녀의 오빠들은 막내 여동생 케이타 공주가 사우스랜드로 돌아올 때 대동했던 번개 드래곤 셋과 함께 북부로 진군해서 아이스랜드 경계를 넘어오는 적들을 대적할 것이었다.

가반아일의 성문 안팎과 대전 양옆에는 퀼비치 전사 마녀들을 배치했다. 그들의 지도자가 여왕에게 고개를 숙였다. 얼굴의 검은 부족 문신도 그녀의 무시무시한 진짜 본성을 그대로 드러내지는 못했다.

'피의 여왕'은 곁을 떠나 있는 동안 아이들의 안전을 지키기 위해서 할 수 있는 모든 강력한 조치를 했다는 확신이 들었다. 다만 이 전쟁을 이기는 것 이외에는. 이제껏 어떤 전투에서든 패배는 여왕의 선택지가 아니었지만, 이번은 더욱 그러했다. 그녀는 이기기 위해서 해야 하는 모든 일에 대해서 후회도, 죄책감도, 슬픔도 느끼지 않았다.

그리하여 '피투성이' 앤뉠, 다크플레인의 여왕은 알았다. 이 전투가 모두 끝나면, 마지막 방패가 쪼개지고 마지막 지휘관의 배가 갈라지고 마지막 시체가 불태워지면, 그녀의 머리가 퀸틸리안 지방의 성 앞 꼬챙이 위에 걸리게 되거나 아니면 '피의 여왕'의 이름에 걸맞은 진정한 명성을 얻게 되리라는 것을.

《드래곤의 위험한 관계》 끝